KATSUDON 660YEN

HITOMA IRUMA PRESENTS

イラスト:宇木敦哉　デザイン:里見英樹

六百六十円の事情

入間人間

『プロローグⅠ』

『カツ丼《どん》は作れますか？』とその小さなコミュニティの掲示板にトピックとして書きこまれたのは、午後七時すぎで外が真っ暗になった頃《ころ》でした。蟬《せみ》はまだ夜のどこかで鳴いていて、本当の暗闇《くらやみ》が遠い時間です。七月に入ったばかりですが、今日も早速熱帯夜でした。

そのコミュニティは地元に住む人だけがメンバーの小さなもので、書きこみの数も多くはありません。作られたトピックスは大半、最後に書きこまれたのが半年前だったりします。街のいいところというトピックスなど、書きこむ人さえいませんでした。

その中でも地元のスーパーの特売情報だけは妙に賑《にぎ》わっていて、きっと主婦の方々が節約のために情報化社会に立ち向かっているのでしょう。書きこむわけではありませんが、その情報を参考にしてスーパーへ走る人もいるようです。

そんなスーパーの丸得話となんら関係のなさそうなこの書きこみに、そもそも反応する人がいるかもよく分かりません。問いかけに続きはなく、あるのはただその後の長い空白だけでした。書いた人がなにを求めているのか、そこから読み取るのは困難です。

だけどその書きこみを見て、なんの戯《たわむ》れかほぅほぅと反応する人がいました。その人たちがなにを思ったのかまでは分かりませんが、なにかを思ったことは確かなようです。

ハンドルネームを『ギアッチョ』と名乗る女性が、まず真っ先に反応しました。『ギアッチョ』さんはそのとき、アパートの床にほっぽりだしたアコースティックギターへカレーうどんの汁を飛び散らせながら、ノートパソコンの画面に映るその問いかけを覗《のぞ》きこんでいます。なにか書きこむほどの興味はないようです。テーブルを挟んで、向かい側に座る男の人が行儀悪いよと注意するのを、『ギアッチョ』さんはベーと出したカレー臭い舌で突っぱねます。

二人は親子のように言いあいを続けていますが、最後は二人で笑いあいました。

そして彼女は書きこみこそしませんが、読み上げたトピックについてこう語りました。

「隣にカレシと料理の鉄人がつきっきりだったら余裕。アタシが失敗しても、後を引き継いでなんとかしてくれるもの。あー、カレーカツとじうどんとか食べたい」

その次にそれを見かけたのは、ハンドルネーム『河崎《かわさき》』さん。『河崎』さんはその時間帯、自室の勉強机の上に置かれた白いパソコンで、オフラインのオセロに興じています。机の上には他《ほか》に、参考書や教科書とは異なる本が山と積まれています。ジャンルもバラバラで、新刊のハードカバーだったり、食べられる山菜のポケット図鑑だったり。本にはほとんど手垢《てあか》もつけていないようで、一番上のやつには埃《ほこり》が積もっています。

オセロと並行して、恐らくは深い意味なく開いていたであろう地元のコミュニティの掲示板にカツ丼云々《うんぬん》という新しいトピックが現れて、それと同時に風呂へ入れと階下からどなられた『河崎』さんは、一階の母親へはいはいといい加減に返事するついでに、画面を一瞥《いちべつ》します。

そして、どうでもよさそうな空気をまとった台詞《せりふ》をそこへ投げかけます。

「母親なら作れるだろうな。俺《おれ》はカレーしか作れないけど」

翌日の早朝、初めてそのトピックに書きこみがありました。その少女、『ドミノ』さんは、起床したときから家にひとりぼっちで、お腹《なか》も空《す》いていましたが台所には行こうとしません。小さく、丸みのある指がデスクトップパソコンに接続されたマウスを拙《つたな》く、緩慢に操作します。手もとをジッと見つめて慎重に、忍び足のような雰囲気でもありました。

『ドミノ』さんは時折背後を振り返り、だれもいないことに落胆しながら、キーボードに指を這《は》わせます。それは初めて見る動物におそるおそる触れるような、しかし同時に爪《つめ》を強く立てるような、人の中で愛憎というものが両立することを証明する指の動き方でした。

カチャ、カチャ、と忍び足の雰囲気をそのままに書きこみます。しかし文章を作成したもののすぐにそれを送信することはなく、デリートキーを押し続けて、また作成して、を繰り返して、結局送信したのは二十分近い葛藤《かっとう》を経てからでした。

『二度とみたくありません。いいかげんボンカレーがこいしいです』

更《さら》に翌日の昼すぎ、『各務原雅明《かがみはらまさあき》』と本名をそのままネット上で使っている男は目を覚ましました。本人は寝ぼけ眼《まなこ》を擦《こす》りながらいい朝だ、などと意味不明の言葉を口にしています。何度洗ってもカビ臭さの取れなくなってきた、薄っぺらいふとんを蹴《け》って『各務原雅明』さんは立ち上がりました。途端、低い天井の照明に頭をぶつけます。ぐらぐらと揺れる照明にあわせて、『各務原雅明』さんの目の中もふらふらと回っているようでした。

アパートのカビが脇《わき》に生えた窓を開けて、外から入りこむ日差しと蒸《む》し暑さに『各務原雅明』さんは顔をしかめます。だけど換気のためか窓は開けっ放しにして、室内を振り返りました。

『各務原雅明』さんが蹴ってしわくちゃになっているふとんの隣には、横になっている膨らみが一つありました。『各務原雅明』さんはその膨らみ、まだタオルケットを頭まで被《かぶ》って、熟睡している彼女を見て微笑《ほほえ》みます。そしてその細長い腕を左右に広げるように伸ばして、彼女に向けた扇風機とパソコンの電源を、別々の手で同時に入れました。

平日ながら二人とも、仕事に行く気配はまったくありません。それでも晴れ晴れとした顔をした『各務原雅明』さんは、パソコンの画面の奥、一つ書きこみがあったトピックに向けて話しかけるようにこう言いました。

「彼女と一緒ならなんでも作れるかな。僕たちは特にカレー作りが上手なんだよ」


この四人はそのトピックに確かに目を通してコメントは口にしたものの、書きこむまでに至ったのは一人だけでした。しかも質問と微妙にかみあわない、やたらと後ろ向きな内容だけです。それから一週間経《た》っても、他の人の注目はスーパーの安売り情報に向いています。またその四人も、特に他の相手と交流を始めるようなこともありませんでした。このお話は、そんななにもない七月の第二週から始まります。

物語というほど大した事件ではなく、しかし当人たちにとってはなにごともないと流すことのできない、ありふれた五つのお話です。

一章
While my guitar gently weeps

丹羽 静　　　三葉由岐(ギアッチョ)

『えーきせんとりっく、えーきせんとりっく。えーきせんとりっくしょうねんぼぉぉおおおおおおおおおおうううううううううううい！』

実家の屋根に座って夜空に叫んだ。歌の途中で母親に引きずり下ろされてメチャクチャ怒られた。関係者各位というか、どう関係しているかも分からない人にまで頭の上からポンポン怒られた。自分より背の高い人に怒られると、その声が二割増しで怖い。中学生だったアタシは自分がチビであることを悔やんだ。それでもアタシはこりてなかった。

翌日の学校で、進路調査があった。アタシは迷わず『主人公』と書きこんだ。放課後、職員室への呼び出しを予約したようなものだった。担任の先生がペラペラした進路調査の紙を指で摘《つま》みながら、まじめに書けとアタシを叱《しか》る。四十代の先生の顔はイマドキの若者を憂《うれ》えるように呆《あき》れていた。表に出始めたシワは深くなり、溜息《ためいき》の頻度《ひんど》も年々増えている。

『お前は高校進学だろう？　だったら志望高校の名前を書け』

『いやどこでもいいんです。主人公になりたいってだけですから』

職員室の他の先生が向けてくる、ぶしつけでどこか蔑《さげす》むような視線をはねのけるように、目を険しくしてから首を横にぶんぶんと振った。その仕草を先生はなにかの否定と受け取ったのか、また溜息。アタシの両親と一緒だ。どうして大人っていうのは深呼吸せずに、溜息ばかりなんだろう。先生はアタシの進路調査表を机に放って、椅《い》子《す》を回す。

机についていた頬杖《ほおづえ》を外して、アタシと正面から向きあう姿勢になる。

『なぁ、三葉《みつば》。忠告しておくがな、こういう変わったことを書くっていうのはなんにも格好よくないぞ。歳《とし》を取ったとき、自分の中で汚点になるだけだ。夜のふとんの中でふと思い出して、恥ずかしさに悶《もだ》え苦しみたくないだろう？』

経験談のように、湿っぽい口調で先生が諭《さと》してくる。頭ごなしにただ怒るだけの、近所の人のお説教よりはアタシの脇腹に響いた。上履《うわば》きが床に滑って、キュッと鳴る。

『大体、主人公ってなんだ？　具体的にはどういう見通しなんだ？』

『それは……アタシが聞きたいです。主人公って、なんですか？　先生は主人公ですか？』

アタシの質問に、先生は困惑したように両目を細める。太ももをパンと手のひらで叩《たた》いてから、また目を逸《そ》らして溜息。他の先生の嘲笑《ちょうしょう》が、蚊の羽音のように聞こえてきた。

『分かりもしないものになろうなんて、無謀もいいところだな。諦《あきら》めろ』

どこか答えをはぐらかされている気がして、ムッと唇を尖《とが》らせた。大人はいつもこうだ。子供の真剣な相談を、くだらないものと決めつける。頭を働かせようとしない。

アタシはヒーローになりたかった。それは漠然とした夢で、だけど小学校に入学した時期を境に、そんな思いが強くなった。子供のときから、なんでそんなことを考えだしたかはまるで思い出せない。なにかに焦《あせ》るように、そういう願望に追い立てられて、アタシを様々な奇行に走らせた。他のだれかがやらない、できないと敬遠するような出来事には率先して挑戦したし、思いついたことはとにかく現実に、形になるように奔走《ほんそう》した。

お陰でアタシは、地元の有名な悪ガキ扱いだった。悪いことはしてないはずなのに。

『やってみないと分からないじゃないですか。先生は未来が予知できるんですか？』

『やってみなくちゃ分からないようなやつじゃなくて、やる前から成功が分かっているようなやつだけが、お前の望むような主人公になれるんだよ。諦めろ、三葉』

当時は、なんて教育者だと憤慨《ふんがい》した。かわいい生徒の夢を摘もうとするなんて。

説得を諦めたような先生が、『とにかく調査表を書き直せ、それまで帰るなよ』と新品の紙をアタシに押しつけてくる。アタシはそれを不承不承、受け取った。いつまでも職員室なんかにいたくなかったし、窓からの日光が丁度《ちょうど》、顔に当たって眩《まぶ》しかったからだ。

振り返る前、先生の机に雑に積まれていた進路調査表に目がいく。クラスで一番、成績のいい女子の進路調査表には地元の進学校の名前が書いてあった。そこが父親の出身校だったことを思い出しながら、アタシは床を蹴るようにして職員室を後にした。

今度はヒーローとでも書いて提出してやろう、と考えながら。

……それからも、アタシは学校を卒業するまで様々な可能性を信じて走り回った。

だけど結局、アタシはただの思春期に翻弄《ほんろう》された痛い中学生でしかなかった。

自分がヒーローになれないと知った、そんな中学三年間。思春期終了。

ホワイルナントカー、ジェントリーナントカー。

歌詞を暗記したにも拘《かか》わらず、アタシの発音は語尾が少しあやふやだ。自覚しているけど、演奏しているアコースティックギターの音でごまかせていると信じて歌い続ける。

あの暗黒のような中学生時代から、十年弱が過ぎた、夏の日。

午前五時すぎ、空は遠くから始まっている。薄明かりを携えて、夜が次第に目を開けるように。木々は近くに見当たらないのに、蟬はアタシに負けず劣らずうるさい。

土地を囲うような有刺鉄線が、子供のスネぐらいの高さに敷かれている空き地でアタシはギターを鳴らしていた。有刺鉄線は野良《のら》犬や猫、あとはイタチの類《たぐい》が土地に入ってこないようにと、持ち主が張ったものだ。結果、野良犬は入らないけど、こうして人が入ってくる。畑に囲まれて、一人立つアタシは荒れた土地に突き刺さったカカシのようだった。

スティルナントカー、ジェントリーナントカー。

人家が近所にないから、歌おうと鳴らそうと苦情を訴えてくる人は現れない。今も周囲にはだれの姿もない。でも油断していると、たまに土地の持ち主に見つかって無断侵入を怒られて、いい歳なのに街中まで追いかけ回されたこともあった。車どころか自転車も未《いま》だに乗れないアタシに『まぁぁあてぇぇぇぇ！』とか典型的なカミナリおじさんみたいに大声で叫んで、原チャリに乗った五十代のオッサンが追い立てる。

そんな様子を、偶々《たまたま》朝早くから畑に訪れていた農家のオッサンに目撃されて、田舎《いなか》特有の横の繋《つな》がりによって家の近所にまで広まり、アタシはまた悪名を高めてしまった。ただでさえ、今は無職という点でも蔑まれているのに。

ギターを演奏していると、日差しはまだ本格的じゃないのに汗がふき出てくる。ドラえもんに出てくるような空き地ではないから、周囲はあけっぴろげで、それなのに涼風はどこからも吹いてこない。風や空気は宙で固定されて、それに触れると肌に熱を与えてくるみたいだった。

反響するものがなくて、アタシの音楽は締まりなく垂れ流しになっている。それでも文句はこないけど、つまりだれも聞いてないってことだった。

それでも、アタシは歌って弾いて、時々踊る。

ギターに、それと洋楽に興味を持ったのは高校二年生のときだった。

進路として結局選んだ高校は、成績が平均ぐらいの地元の子が大勢受験するような、特徴のない学校だった。アタシはその中にいつのまにか、流されるように入学していたのだ。

当時つきあっていた、同級生男子の部屋の棚にあったジョジョを読んだ影響で洋楽に興味を持って、それまでビートルズもマイケル・ジャクソンも聴いたことなかったアタシはクラスの友人、ギー子《こ》から色々なアルバムを借りた。ギー子は英語の成績がよかったから、こういうのを聴けばアタシもよくなるんじゃないかって副次的な効果も期待して、部屋の埃被ったCDコンポを起動させた。ヘッドホンつけた。ジャカジャカ鳴った。聞き慣れない発音、言葉、歌詞の流れ方。聞きすぎて英語ノイローゼになってはきかけた。ギー子を超人とあがめて彼女の舎弟になろうか三日三晩悩んで、結局やめた。

元々、歌うのは好きだった。そこに楽器が興味として加わったのだ。その年の夏休みに生まれて初めてバイトしてお金を貯《た》めて、楽器店でギターの種類が色々あることに驚いた。

そして店員に勧められるまま、三万三千円のアコースティックギターを購入したのであった。

それから自宅でギターの練習を始めると、今度はヘタクソな音楽を鳴らしていると近所の人の怒りを買った。ウチの周りは短気な人ばかり集まっているらしい。親からも煙たがられるようになったので、仕方なくこの空き地という名の独演会場を利用することにした。

かれこれ六年ぐらい、ここでギターを練習している。アタシにしてはよく続いたものだ。

「……うへー、シャツべちょべちょ」

演奏が一区切りついたので、一度ハンカチで汗を拭《ふ》く。背中が特にべったりと、シャツの生地との隙間《すきま》をなくして不快だった。演奏に対する賞賛、批判はどこからも届かない。

早朝だからという条件を差し引いても、ここでだれかがアタシの歌を聴くことはまずない。

色々練習したけど、一番気にいったのが『While my guitar gently weeps』だった。歌詞の意味は分からないけど、自分にあっているのか歌いやすかった。他に弾ける曲は正直多くない。自作ソングも挑戦したけど、どれだけ頭をひねっても歌詞が二行しか書けなかった。だから音楽の才能は、多分ない。これで食べていくのは無理だ、絶対。

「ああ嘆かわしい。多分って言ったのに、すぐ絶対とか思っちゃった」

額と髪の生え際《ぎわ》を握りこぶしで拭《ぬぐ》いながら、空を見上げる。朝焼けが見られるかなと期待したけど、まだ少し早いみたいだ。蟬の声が車の音みたいに、右から左へ抜けていく。

夜に染まった雲がゆっくりと動いているのを見ると、それに負けない速さで歩いていきたくなる。だけどアタシの行ける場所は少なくて、雲につきあうわけにはいかなかった。

顎《あご》を引いて、静かで、照明を落とした舞台のように続く国道を眺める。だれも通らない、どこまでも遠くへ行けそうな夜明け前の道を見つめていると、なにかが疼《うず》いた。身体《からだ》のどこが敏感に感情を捉《とら》えたのだろうと、手のひらを這わせて探ってみる。指先が見つけた場所は、鎖骨の下だった。そこの筋肉がピクピクと反応している。この反応の正体はなんだろう、と疑問に頭を振り回されるようにして、畑を見渡した。正体どころか、なにもない。

イマドキの畑にはカカシもいない。本当に、アタシの歌を聴くのはアタシ一人だ。

さて。

二十歳《はたち》もすぎて、どうして歌うカカシになっているかというと、これは日課だからだ。早寝早起きを心がけるアタシはいつも、片道二十五分の国道を散歩がてら歩いて、ご近所の迷惑にならないようにと空き地の真ん中でギターを弾く。疲れたらご飯食べに帰る。

そしてどうして定職にも就かないで歌っているんですかというと、ヒーローになるために決まっていた。それがどう繋がるのか正直、自分にも分からない。でもやめられない。

毎日、こんなことばかりやっていた。

思春期が終わってから八年経った。もうアタシには十代の無謀に満ちた若さもないし、就職と進学っていう進路の二択の猶予《ゆうよ》もないし、残っているのは厳しい現実だけだった。

主人公の資格が残されているかも、正直怪しい。

「最後に一曲、えーっと、エキセントリック少年ボウイ！」

それでもアタシはこりてなかった。


アパートに帰ってからシャワーを浴びて、食パンの耳だけを先にかじっていると、同居人が起きてきた。上はTシャツで、下はトランクス一丁という寝間着姿だ。

「うぇ」

「あんた、彼女の食事を一目見て、うぇって反応はどうよ」

同棲《どうせい》相手の静《せい》がごめんごめん、と誠意と精気なく謝ってから、アタシの広げている食卓を一瞥する。眠たげな目はただでさえ元から細いのに、一層、線になる。

ごてごてに黄色と赤色の塗りたくられた食パンを額の高さまで掲げる。

「なに食べてるの？」

「蜂蜜《はちみつ》イチゴジャムパン」

「うぇ」

静が道路で轢《ひ》かれた猫の話でも聞いたように、おっかなそうに首を引っこめる。パラパラと粉がこぼれたので、パンを皿の上に下ろした。

「口の中、納豆よりもにちゃーっとしてそうだね」

「見る？」

いらんいらん、と首を横に振る。それからアタシの向かい側に腰かけて、顎のラインを親指でカリカリと掻《か》いた。そいつ、丹羽《にわ》静は職人に丹念に細工でもされたような顔立ちを全部取っ払うように、大口を開けて欠伸《あくび》する。ガラスの花瓶がカバになった。

『ウチの親戚《しんせき》は、名前が漢字一文字の人が多いんだよ。感性も遺伝するのかな』

なんて、初対面のときにこっちが聞いてもいないことを語った男は、いわゆる美形に該当する。別にこいつの彼女だから、っていうひいき目は入ってない。アタシは静とつきあう前から、『キャーイケメーン』と思っていた。他の女もけっこう狙《ねら》っていたみたいだし。

そんな恵まれた男の不幸は、人を見る目がないってことかもしれない。

「パン、まだ余ってた？」

静が目を擦りながら、アタシに尋ねる。アタシは「んー」と、パンにかじりついたまま冷蔵庫の上の様子を思い出す。ぐにぐに、と粘土をこねるようにその風景が生まれた。

「一枚あったよ。足りる？」

静は細身だけど、二十代男子としてそれなりに食べる。本人も悩んでいるようで、遠い目になっていた。ぼへー、って音が口の端から漏《も》れそうな、気の緩んだ顔は普段にないかわいげがあって、アタシはけっこう好きだ。パンをかじるのを一時停止して、その顔に見入る。

でも静はすぐにだらしない顔を整えて、アタシの方を涼しい顔で見てきた。むぅ。

「卵でも焼くか。食べる？」

「うーん、いい。お腹いっぱいになってきた」

夏場の朝は食欲が湧《わ》かない。これで部屋にエアコンでもあれば、別かもしれないけど。

アタシと静の暮らすアパートは、築十二年。愛の巣にしてはカビの匂《にお》いが酷《ひど》い。辛《しん》気《き》くさい、練り土のような色の壁に囲まれた部屋は寝転んでいると、蝉になった気分に陥る。土の下にいる感覚だ。それぐらいひんやりとしていれば、本当は歓迎なんだけど。

六畳の部屋が一つで、二人で住むには少し狭く感じるときもある。でも部屋が広くたって、そこでギターを弾けるわけじゃない。それに部屋が三つあっても、アタシと静は大抵《たいてい》、同じ部屋にいるだろうし。そう思うと、なんだか初々《ういうい》しいカップルみたいで少し照れた。

「じゃ、僕の分だけ……あ、その前にふとん畳んでこよう」

目がすっかり覚醒《かくせい》して、普段通りの柔和な顔つきになった静が廊下へ出ていく。静は春と夏、廊下にふとんを敷いて寝ている。部屋より廊下の方が涼しいらしい。アタシに気を遣っている、ってわけでもないみたいで、冗談で寝るとこを交換してと言ったら『嫌だ』とハッキリ断られた。いい場所を快く譲《ゆず》らないとはなんて野郎だ、と思わなくもない。

パンを食べ終えて、手についた粉を皿の上で払い落とす。それから皿と牛乳の入っていたコップを一旦《いったん》放置して、廊下へ出た。玄関と反対の突き当たりに、田舎駅のトイレの手洗い場をそのまま一角だけ運んできたような洗面所がある。アタシはどうも、この蛇口が黒いと不潔な印象がある。なんでだろう？　黒は不浄？　いやそんなこと言ったら、自分の髪はどうなるって話だ。全体は茶髪で、だけどその奥には黒が覗いている。

洗面所の左手の扉を開けると、風呂とトイレ。風呂つきなのは嬉《うれ》しいけど、浴槽が狭い。試験管を巨大化させたみたいに縦長に細くて、入っていると洗濯機に放りこまれた気分になる。コインランドリーに持っていくのが面倒なときは、手動で回す洗濯機にもなるけど夏場は暑いからあまりやらない。静は暑いのが苦手なのだ。

棚に置いてある、青色の歯ブラシを取る。幅五センチもないような木の棚は、使われている中心のゾーンは綺麗《きれい》だけど、端っこの使われていないゾーンは薄汚れている。掃除はしているつもりなのに、端っこだけ汚れるのは不思議だ。なんて世界の謎《なぞ》を考えつつ、歯磨き粉をたっぷりつけた歯ブラシをくわえて、アタシは部屋へ戻った。

歯ブラシをシャコシャコと動かしながら、パソコンの電源を入れる。部屋の隅に、硬めのクッションの上に置かれている黒いノートパソコンは、静の所有物だ。でもアタシも好きに使っていいことになっている。というか、許可などもらったこともない。

パソコンは二世代、型もＯＳも古い、らしい。こういった機械類には詳しくないから、静ほどパソコン事情に精通していない。ネットに繋げても動作が重くて、たまにフォーンと大量に空気を出して停止するのも、古いせいだからだそうだ。古いってやーね。

静は玄関の近くにある流しで、宣言通りに卵焼きを作っているみたいだ。フライパンを使う音が聞こえてくる。静はアタシと違って無職じゃない。食堂で働いている。バイトなのか正社員？　的なものなのか、本人もハッキリしていないらしい。調理担当で、メニュー表にあるものはなんでも作れると話していた。だから卵焼きなんて、どれだけ憂鬱《ゆううつ》でも、どれだけ高揚していても、いつもと変わりなく簡単に作れてしまうんだろう。

アタシは一人だとお米も炊《た》けない。ラーメンは作れる、とつきあう前の静に話したら『カップラーメンなど料理ではない』と見抜かれた。鋭い。もしくは、アタシが分かりやすい。

起動したパソコンが安定したみたいなので、ネットに接続する。左手で歯ブラシを使い、右手でマウスを動かす。お気に入りのサイトが更新されてないか巡回して、時々ふむふむと感じいって、時々笑う。噴き出すと、歯磨き粉で濁った唾《つば》がパソコンのディスプレイに飛んで、それを指で拭った。今のを静が見ていたら、濡《ぬ》れ布巾《ぶきん》を持ってくるだろう。

卵焼きとトーストを皿に載せて運んできた静が、アタシに苦言をこぼす。

「よだれ垂らすから歯は洗面所で磨くように。あと、パンは三枚もあったよ」

「ふぃふぁふぉふぉふぁうふぁん」

「歯ブラシくわえたまま喋《しゃべ》らない」

注意されたとおりにきゅぽん、と歯ブラシを引っこ抜く。で、言い直す。

「来たよお母さん。もう耳タコってやつ」

「まるで効果がでないと、何度言ったかなんてことも忘れるみたいだ」

静の嫌みは今日も快調だ。いいやつの匂いとか雰囲気がいっぱいするのに、存外口は悪い。アタシがさっきまで座っていた場所に腰を下ろした静が、床に転がっているギターを一瞥する。その視線に横目で気づいても、アタシは見て見ぬフリをした。

「今日も朝からギター？」

静がトーストをかじるついでの調子で聞いてきた。アタシの目が捉えていたはずのパソコン画面がぼやけて、目の焦点があわなくなる。注意が散漫になった証拠だ。

「まぁ、そんな感じ」

静のカリッと、よく焼けたトーストの耳をかじるような口調と対照的に、アタシは歯ごたえのない言葉を返す。この話題はさすがのアタシでも気まずい。無職で親元を離れたアタシは実質、静に食べさせてもらっているようなものだから。逆ヒモって言えばいいの？

「好きだねぇ」

アタシの心境をしってかしらずか、静はのんびりと評する。アタシはネットに没頭して話題から逃げようかと思ったけど、表示された文章がちっとも目に入ってこないから、諦めて窓の方を見た。窓の外には電線と小鳥がいるだけで、後は青空ぐらいだった。

「由岐《ゆき》はさ」

「え？」

「……いや、いいや。なにか聞こうと思ったけど忘れた」

嘘《うそ》だな、って分かりやすい態度だった。アタシに言いたいこと、あるんだろうなぁ。

自分が養ってる穀潰《ごくつぶ》しになにも不満がないなんてやつ、いるわけないよ。

働かないアタシを、静はどう考えているんだろう。以前に何度か冗談めかして探ってみたけど、冗談みたいな答えしか返ってこなかった。マジメに聞くのは少し怖い。

大学を卒業した静と同棲し始めて、もう一年とちょっとが経つ。ちなみにアタシは高校から進学していないので、出会い方は大学のキャンパスライフ、とかではない。

「あのさ、一応もう一回聞くけど」

こらこらこっち見なさい、って調子でアタシに声をかけてきた。振り向く。

「なに？」

「卵焼き食べる？」

「……じゃあ、ちょっとだけ」

静の差しだしたスプーンにかぶりつく。時々だけどカップルっていうより、ほとんど子供扱いされている気がする。いや餌《え》づけというか……子供どころかペットかよ。

……つーか、歯を磨いてる最中のアタシに勧めるか、普通。歯を磨き直しだし、口の中泡だらけだし。それでも噛《か》む。じゅるっと噛む。うーん、歯磨き粉の味だ。

でも、空気が淀《よど》みかけていたのは回避されたので、まぁいいや。食べてからまた歯を磨いて、使い終わった歯ブラシをぽんと放る。「洗面所に戻してきなさい」「へいへい」やっぱり子供かな。

洗面所で口をゆすいでから、部屋に戻る。隅に座り、静が食べ終わるのを見計らって、アタシは髪の端っこを摘んで持ち上げた。

「髪結んで」

「はいよ」

静が部屋を出て行く。洗面所からブラシとゴム紐《ひも》を持って戻り、アタシの後ろに回った。髪は長い方でもないけど、夏場はいつも静に結んでもらっている。その時間が好きだから。

「僕の髪もそろそろ切った方がいいかな。前髪が目に入るようになったよ」

「アタシが切ったげようか？」

それぐらいはできる。むしろ得意。昔から人の髪を切りまくっていたから。

「じゃあ、今日の夕方にお願い」

「ん」

静のブラシがアタシの髪を梳《す》く。肩に置かれる静の左手の熱が、なんとなく口もとを緩ませる。その表情を斜め後ろから覗いていたらしく、静は微笑みながらも不思議そうに首を傾《かし》げた。

「どうかした？　くすぐったいとか？」

「それもある」

ウヒヒ、とわざと気持ち悪い笑い声をあげた。今度は無言だった。できればこっちにどうしたの、とか尋ねてほしいんだけど。つかえねーやつだなー……とは思うはずがない。

アタシの知る限り、日常的な範囲で静にできないことはない。

「ねぇ」

「うん？」

「アタシにできて、静にできないことってあるかな？」

意地の悪い質問をしているなぁと自覚していた。そんなもん、ねーよ。知ってる。

「うーん……」

そこでねーよ、と即答しないところが静は面白い。優しいとは意地でも思わん。

「あー……ギターとか？」

やっぱそれか。それしかないのか。これでアタシのギターの腕前が人並み外れて上手だったら格好つくのに、人から外れているのは穀潰しであることだけだった。

それにちょっと練習すれば、静はアタシよりもずっとギターを上手に扱える。だから、静はきっとギターの練習なんかしないだろう。少なくとも、アタシとつきあっている間は。

「……静さ、カツ丼作れる？」

ふと、先週のコミュニティの書きこみを思い出してそんなことを質問してみる。口にした後に、馬鹿《ばか》な質問したなぁって後悔したけど静は普通に答えてくれた。

「そりゃ作れるよ。食堂のメニューにあるし、そもそも食べに来たことあるよね」

「そーね」

静が働き始めてから、一回だけ遊びに行ったことがある。カツ丼、六百六十円なり。

「スゲーね、静って」

でもそれが主人公っぽいかって聞かれたら、なんか違うと思う。

「由岐も練習すれば作れるよ」

由岐っていうのは、アタシの名前。ちなみに静は最初、ヨシキと呼んだ。それはXジャパンの人だ。本気かと聞いたら嘘だよって言ったので殴《なぐ》った。アタシも静を別な読み方してやろうと頭をひねったけど、シズカちゃんぐらいしか思いつかなかった。

高校を卒業して二年ぐらい経っていたから、国語に関する知識なんて喋れればそれでいい、のレベルだった。そういえば、字を何ヶ月書いてないだろう。

「練習してみる？　カツ丼作り」

静が黙ったアタシの顔を覗いてくる。アタシは迷わず首を、横に振った。

「いい。努力キャラじゃないし」

「努力かぁ……うーん。いや、練習ってそうなんだよな」

「なに、自分で練習とか言っておいて、その微妙な反応」

「形のないものが積もるなんていうのは、ちょっと信じられない気がして」

「じゃあ、あんたは愛情の積み重ねも信じられないわけ？」

つい勢いで、そんなことを口にしてしまう。ぐあ、と羞恥心《しゅうちしん》が酸《す》っぱく迫《せ》り上がってきた。特に、愛情っていう二文字が。生まれて初めて、自分の口でその言葉を使ったんじゃないだろうか。普通に生活していたら、改まってそんなものを公言しないし。

静はアタシの髪を梳く手を止めて、固まっているようだった。マトモにその顔が見られない。なにか言ってくれ、と念じた。そうしたら、静はそれを読み取ったように口を開く。

「愛情かぁ……なるほど、由岐はいいこと言うね」

感心されてしまった。恥ずかしさの体温計がパリンと割れて、アタシは目を瞑《つぶ》った。

「お昼用にサンドイッチ作っておいたから、寝転ばないでちゃんとテーブルに載せて食べるんだよ」

「はいはい」

「あと、牛乳はパックから直接飲まないように。洋服にこぼすとめだつから」

「はーいーはーいー」

「それと、窓を開けっ放しで寝ると蚊が入ってくるから、網戸ぐらいは閉じるように」

「とっとと行けー」

笑顔で玄関から蹴り出した。静はまだ注意したりなさそうな、唇をすぼめた顔だったけど歩きながら器用に靴を履いて、アパートの外に立つ。静は他の男より背が高くて、チビなアタシは更に背丈を縮められたように思えてしまう。

「今日は夕方に帰ってくるから、なにかご飯作るよ」

でも静の言葉は、アタシの頭を押しつける感じがしない。なでられているように思える。まるでそれが子犬をあやす手つきのような気がして、時々だけどムッとなる。

赤銅色《しやくどういろ》に錆《さ》びた階段を下りていく静を扉の陰から見送り、手を振った。

「食堂のジョシコーセーと浮気すんなよー」

「若い子はもう僕の相手なんかしてくれないよ」

「どういう意味だコラ！」

テメー彼女持ちだぞ！　その彼女の前だぞ！　アタシだぞ！　ババア扱いされた！

四段階に怒ったものの、静の背中が階段の下に消えると怒りもどこか行った。アタシは扉から離れて、二階廊下の手すりに上半身を預ける。両腕をクッション代わりに置いて、その上に顎を載せた。ざらりとした、塗装と錆《さび》が肌と擦れる感触に鳥肌が立った。

手すりに顔を近づけると、金物の匂いがする。

二階から、自転車に乗って出かける静を見送る。静はアタシの視線に気づいて、振り向くだろうか。それとも外の暑さに辟易《へきえき》して、そんな注意は払えないかもしれない。

静が中学生ぐらいから使っているっていう自転車と共に、階段の下から飛び出てくる。だらだらとペダルをこいで、手入れされていないアパートの敷地の上を二つの車輪が回る。

黒い鞄《かばん》の紐を肩に引っかけた静は、振り返らずに道路を目指す。アタシは耳の裏側で、わーっと血の流れる音を感じながら、静の背中を見つめた。でっかいのぅ。

静はアパートから道路へ出て、右へ曲がるときに二階のアタシに気づいたみたいだ。

静の掲げた手が塀《へい》の上からにょっきりと生える。あっちは見えていないだろうけど、もう一回手を振りあった。こうしているとカップルっていうか、親の帰りを待つ子供みたい……って、それはさっき考えたから、もういい。

アタシは走って部屋に戻る。サンダルを三和土《たたき》でいい加減に脱いで、冷蔵庫に入っていたサンドイッチを取りだす。具は卵みたいだ。それと牛乳をコップに注《つ》いでから、その場に座って食べ始める。昼など待っていられない。寝転んでないから、静もそれなりに許してくれることでしょう。

「むぐむふむぐむふ」とサンドイッチを頬張り、「ぐっぐっぐっぐ」と牛乳を飲み干す。静を見送ってジッとしていたら、焦りに似たものがアタシの中に溜《た》まっていた。それを発散しようと、大急ぎで食べる。そして食べ終えたらすぐにまた歯を磨いて、顔を洗った。

火照《ほて》った肌を、温《ぬる》い水は冷やしてくれない。人肌ぐらいに温まった生き物に、べっとりと顔を這われる感触だった。タオルでそれを拭いてから、適当に服を着替える。手に取った服を着るだけなので、組み合わせには一片たりとも気を遣っていない。あと、居間に転がっている腕時計をポケットに突っこむ。アタシは携帯電話なんて持っていないから、出かけるときは時計が必需品だった。最後にケースに入れたギターを肩に担《かつ》いで、部屋から大またで飛び出した。

アパートの外の廊下に出ると、丁度、三つ隣の部屋に住んでいるカップルさんも出かけるところだった。アタシや静と同い年ぐらいに見えるその二人は手を繋いでいる。お互いの手のひらに生まれた汗でも共有したいのだろうか。アタシの顔はもう覚えているらしく、二人揃《そろ》って会釈《えしゃく》してきた。ちょっとぎこちなく頭を下げて、そそくさと階段を目指す。

ご近所さんは、日中からいつもギター担いで出かける二十代の女をどう思っているのだろう。夕食時とかに、（人生が）終わっていいともとか笑いのタネにされていたらどうしよう。……あれ？　でも平日の昼に顔をあわせるってことは、相手も同じってこと？

「なーんだ」

ニートカップルか。オセロで言うなら、盤上全部が一色に染まっている。アタシと静の組み合わせは白黒だから、オセロゲームがちゃんと成立する。なんだか久しく忘れていた、優越感というものを覚えた。階段を下りる頃には、そんなものは蒸発してしまったけど。

一階に下りてから、荒れた敷地内の土を踏む。泥水で汚れたスーパーの袋や煙草《たばこ》の箱、それに吸い殻も潰れている。雑草や種類の分からない花が、統一感なく地面から生えていて、その花の周囲を蜂が飛んでいた。蜂に刺されたことのないアタシはそのまだ見ぬ痛みに恐怖して、顔をギターケースで隠しながら小走りで道路へ出た。

これから駅へ向かって、ギターを演奏する。そして歌う。学生や社会人の通学、通勤時間にそんなことやっていると迷惑がかかるから、人の通りも落ち着いた昼間にだけ、アタシは駅前でギターをジャンジャカと鳴らす。静が働きに出る昼は、いつもそうしていた。

内緒、というか話す必要がないというか。静だって、アタシがなにしてるかなんておおよそ知っているはずだ。ギターか昼寝か、散歩か。お金のかからない時間つぶしばかり。

「……うー、あっちい」

道路に湯気が立っているみたいだ。直射日光が髪に降りかかると、その光の重さを強く錯覚する。ゴム紐でまとめた髪の奥が熱い。帽子でも被ってくればよかった。

少し歩けば曲がり角があるはずなのに、いつもよりそこまでの道のりが遠くに思える。輪郭の溶けだした塀、住宅、地面に青空。ドロドロとした塊の中を、手で掻き分けるように進んでいると前進しているのに、どこかへ逃げているような気持ちになる。

「……………………………」

逃げているものには、心当たりがあった。

こんなことしていて意味があるのか？　とだれかに聞かれるのが怖い。

アタシの敵は今のところ、世間でも将来の暗雲でもなく、理由だった。

アタシは静がいないと生きていけないけど、静はアタシがいなくても生きられる気がする。だったらなにもできない人間が、『ここ』にいていい理由なんてあるのだろうか。

いつの間にやら主人公の対極に位置する不要物になってしまった、このアタシが。そもそも、静はアタシのことが好きなのか？　好きだとしたら理由とかあるの？　なんて、この生活自体への疑心にかられて、頭とこめかみの近くがぼーっとなる。熱がこもって、それを上手《うま》くはきだせない。アパートにあるパソコンみたいになってしまっている。

熱中症にかかる前兆のように、じわっと熱が滲《にじ》む。だからアタシはパソコンを見習って、一時停止。道路の真ん中で立ち止まって、膝《ひざ》に手を置きながら深呼吸した。

まだアタシは、なにかに耐えるときに溜息をつかない。つかなくても、耐えられる。瞼《まぶた》が乾いて重いので、指で摘んで外側へ引っ張る。パチン、パチンといい音が鳴った。瞼が少し軽くなる。二回ぐらい強く目を瞑って、開いてを繰り返す。

それから「よしっ」と顔を上げて、歯を食いしばった。正面の道路を睨《にら》む。

ガッツガッツと踵《かかと》を地面に打ちつけて、大きく腕を振って歩きだした。

理由から逃げて、別のなにかに立ち向かいますよーっと。

二年ぐらい前に静と出会ったときも、アタシはこうして駅前でギターを弾いていた。その頃はアタシも実家で暮らしていて、ギターの手入れしたり、お母さんの作ったご飯を食べたり……今と変わってない。アタシの通っていた学校では、成長という言葉の意味を生徒に学ばせなかったのだろうか。

静は大学三年生で、この田舎の駅から六つ先に進んだ都会までJR、それからは地下鉄を二度乗り換え、片道二時間の道のりを通っていた。地元の高校にも走って通って、車と名のつくものにはとんと縁がないアタシからすれば静はマゾ野郎に思えた。一日の六分の一を電車生活なんて、とても耐えられないだろう。初日で挫折《ざせつ》する。

静は朝の七時に電車でここを離れて、夜の八時すぎに帰ってくるような生活を送っていたから、昼間にしか駅前にいないアタシと顔をあわせる機会はまずなかった。

でも接点のないはずのアタシたちにもたった一度、ちゃんとした出会いがあり、それが功を奏して、『アイニーデュー』とか夜な夜なささやく関係になってしまった。

いやごめん、最後のは嘘だと思う。

その日は、確か七月の後半だった。前期の試験期間中だったから、まだお日様の高い時間帯に、静が駅へ帰ってきたのだ。そして通りかかった静から、アタシに話しかけてきた。

それまでほとんど、立ち止まって演奏を聴いていく人もいなかったから、大いに驚いた。緊張もして、ひょっとして迷惑だからやめろって怒られるんじゃないかと首をすぼめて。

目の前に立ったデカい優男《やさおとこ》は、アタシの顔とギターを交互に見比べながら、首を傾げる。

初めて耳にする静の肉声は、疑問の語尾で締めくくられていた。

『なにしてるんですか？』

音楽活動だよ、バカ野郎。

……なんていうことがあった、二年前。そして、二年後。アタシは駅の構内に続く道の真ん中付近に陣取って、ギターの弦を弾いていた。あの日となんら、変わりなく。

違いはアタシに興味を持つやつが、一人も現れないってことだけだ。

駅前は、二年間という時間を凝縮したように大きい変貌《へんぼう》を続けている。昔はなかった交番ができて、駅の入り口には地元の有名な武将の、金ぴかの像が建てられている。

立体構造の通路が青空とアタシの間にかけられて、駅前にも日陰が多くなった。晴れ間が広がっているはずなのに、光の差す場所が人の行き交う道にない。タクシー乗り場や、バス乗り場の待ち惚《ぼう》けたような車体がぎらぎらと、夏の直射日光を反射させていた。

駅の二階のホームに電車が滑りこんでくる。レールと車輪の擦れる、金属の破片が舞い散るような音色と振動。ミーンミーンよりは、シャーワシャーワって鳴いているように聞こえる、蝉の声。タクシーや、駅前に人を迎えに来た車の排気ガスが鼻につく。

アタシはそれら全部にかかってこいよと挑発するように、声を振り絞る。

ホワイルマイギター・ジェントリーウィープス。

この歌は失恋した心情を綴《つづ》ったものだと、ギー子から聞いたことがある。そんな歌を、熱い血潮を滾《たぎ》らせるように熱唱するのはどうなんだろう。歌っていうのは、その歌詞や創作にまつわる思いを全部理解したうえで取り扱わないと、意味のないものなんだろうか。

アタシの歌に一瞥をくれる人はいる。だけど、足を止めてまで聴きいるような物好きはいない。アタシのギターや歌は、他人の時間を頂戴《ちょうだい》できるほどの価値がないってことだ。

いつもここで歌っていれば、見慣れた顔だっていくつも通りかかる。いつも昼に帰ってくる学生風、しょぼくれた容貌のオッサン、自転車で駅を通過する農家のオバチャン。どいつもこいつもつまらなそうな顔して、そんな気分でどこか出かけるなら、ちょっと足を止めてアタシの歌でも聴いていけよって感じだ。

ギターケースを開いて前に置いてないから、一円だって放りこまれることはない。お金を稼ぐためにやっているわけじゃない、っていうのが言い訳だってことは、自覚していた。

例えば静の作るカツ丼は六百六十円。それを他の人からお金としてもらえる働きを、食堂でしている。これはもの凄《すご》いことなのだ。なにかを与える代わりに、なにかをもらえる。

そういう交換が成立するのが、社会に生きる人間っていうものだ。それは子供でも、大人でも変わりない。静は立派だし、目の前を歩いていく人も大抵、立派なんだろう。

他人から与えられたものに、なにも返せないで奪ってばかりいるやつが、この世のどうしようもないやつって呼ばれる。そしてアタシは、その定義から生まれて一度も抜けだせていない。主人公どころか、だれかの脇役としても機能していない。

アタシのギターは、だれの人生の数分、数秒にも関《かか》わらない。一体、この演奏はなんなんだ。なにも起きない、なにも始まらない、なにも触れられないなんて行いが、この世に本当にあるのか。そんな完全無欠にどうしようもないものが、アタシなのか。

歌う声が裏返り、悲鳴をあげているようになる。そっちの方がまだ、このタイトルに相応《ふさわ》しいのかもしれなかった。さすがに、タイトルの意味ぐらいは知っている。

だけどアタシの演奏は泣くように奏《かな》でられるのではなく、ただギターを泣かせているだけに思えた。ずっと、ずっと、ずっと。静が立ち止まったあの日だって、同じように。

『なにしてるんですか？』

静の第一声と蟬と電車の音が重なり、頭が重力の手に押しつけられるようだった。

頭痛が発症して、目の中が電車に乗ったみたいに左右へ高速にうごめく。

「…………………………………………」

たまには違う曲でも弾いてみようか。

アタシのレパートリー……ビーチクビーチに、毎日、寿司《すし》でも構わない。あれ、パッと思いつくのが宮崎吐夢《みやざきとむ》ばっかりだ。しかも公道で歌うにはちょっと勇気以外に人生を捨てる必要がある歌詞ばっかり思い浮かぶ。おかしい、練習した洋楽はどこいった。

頭《かぶり》を振る。まるで試験中に英単語をなにも思い出せないときみたいだ。気が抜けた瞬間、両膝ががくん、と折れる。その場に急にしゃがむ形となって、バサッと前髪が派手に振れた。汗の残滓《ざんし》が舞って、腕に元々浮き上がっていた汗とまじる。ぽつぽつと、真夏の空気の中で鳥肌が立った。

こなくそ、と腕の中の熱が消えないうちに飛び上がり、ギターをかき鳴らす。

「シャーワシャーワシャーワシャーワ！　シャワシャワシャワ、シャーワ！」

作詞、作曲アタシ。初のオリジナル曲は、蝉とのデュエット。歌詞は一行でまとめられて、二行しか書けないアタシの限界がこの歌にこめられていた。

暑さで気でも狂《ふ》れたと思われるのか、余計に人が寄りつかなくなる。アタシはなにをやっているんだろう。注目してください、と全身で懇願《こんがん》するように生きている気がした。

そんなことを願う主人公、この世にいるはずがないっていうのに。

前を通りすぎる中学生三人組は中心のニキビ面《づら》が得意げに語るおっぱいの柔らかさについて夢中で、アタシの歌への関心は蝉や電車の音に紛れているようだった。環境音、あるいは空気。

この中学生たちの間では、架空のおっぱい＞現実のギターなわけである。

うーむ、完敗。

　空を切るときの方が、音は綺麗だ。シャキン、って一直線の音がする。髪を切るときは、ジャキン、って少しだけ濁りが混じる。それはまぁ刃と刃の間に異物があるわけで当たり前なんだけど、なんでか惜しい気持ちになる。でも空気ばっかり切っていてもねぇ。

「ね。静はアタシのおっぱい見たい？」

　夕方。アパートの敷地内で髪を切りながら、静に尋ねてみる。半年前に買い換えて使わなくなった、薄緑のカーテンに包まれた静はてるてる坊主みたいな格好になって、大人《おとな》しくアタシに散髪を託していた。で、質問されて、半分寝かかっていた静の目が見開かれる。

　ちなみに敷地内での散髪が大家に見つかるとこっぴどく怒られるから、早めに済ませないといけない。煙草の吸い殻は地面に放置しているのに、静の髪の方が汚いというのか、って考えると少し憤《いきどお》ってしまう。そんな怒りがあるってことは、アタシもまだまだ静のことが好きみたいだ。静を嫌いになった自分って、想像つかない。

「それは愛情的な意味でのおっぱい？　それとも哲学的なおっぱいについて？」

「ふたつもねーよ」

「そうかぁ」

静はうんうん、と至極《しごく》マジメそうに頷《うなず》く。前髪を切っている最中に頭を動かすのはやめてほしい。いや自分の頭じゃないけど、やっぱり失敗は怖いのだ。静がザンギリ頭になった姿を想像すると、つい笑いそうになってしまう。いやいや、怖い怖い。

「え、ていうか急になに？　正直に答えると金のおっぱいとか銀のおっぱいがもらえるの？　非常にいらないんだけど。硬いおっぱいってどうかなー」

「うるさいもう黙れ」

おっぱいおっぱい連呼しないで。おっぱい星人か、あんたは。恥ずかしくなった。恥も外聞もなく、初々しさがない。カップルってこんなものかな。出がらしの茶みたいだ。

「それで、その質問はなんですか？」

もう一度、今度はおっぱい抜きで質問してくる。シャキシャキと髪の長さを整えながら、アタシはもういいのになーって思う心とは裏腹に口を開く。

「昼間に中学生たちがおっぱいの神秘を論じてたから」

「あー」

なるほどなるほど、と静が頷いた。感じいるところがあるのか、と驚く。

「彼らはアタシのギターも聴かないで、おっぱい一直線だった」

「中学生のそういった興味に勝つのは無理だよ」

「じゃあ静も中学生の頃は、おっぱいでいっぱいだったわけ？」

「そうだった、と思うよ」

あ、ちょっとお茶濁した。さすがに静も恥ずかしくなってきたのか、俯《うつむ》きがちになる。

でもそうかぁ。中学生の優先順位はそんな風だったのか。教室の席の半分を埋める男子が一様に、『おっぱい』と念じる姿を想像してみる。なんか、超能力でも発現しそう。

もしそんなよこしまな念で発動する超能力があるなら、それはきっと透視能力だろう。女子の服だけ透けて見えて、なぜか肌や骨は透けない非常に都合のいい能力だ。

「で、アタシのは見たい？」

「んー……」

目を瞑って、思案顔。なんで即答しないんだろう。モミアゲを右側だけ刈り上げてやろうか。シャキンシャキン、と静の耳もとでハサミが空を切る。

「見たいっていうか、見てるし」

「やーんエッチ」

「風呂上がりにパンツ一丁で部屋をうろついてる人がなにを言いますか」

二人で笑いあう。夕方なのに、空はまだ日の入りしていない。昼間より少しだけぼやけた黄色に包まれた中で、アタシと静の笑い声はか細く、くるくると絡《から》む。

結局、本当に見たいかどうかは答えてくれないみたいだ。見たいと一言、答えてくれればアタシはまだ、静と恋愛してるなーって自信を持てたのに。

アタシは今日の昼に、静と自分をオセロに例えた。そこに補足するなら、色はアタシが白で静が黒だ。静はちゃんとなにかに染まって生きている。アタシは、なにものでもない。

「ね。静はアタシのこと好き？」

今度は遠回りせずに尋ねた。でもこれでもまだ、本当に聞きたいことからは遠い。

「今日は質問ばっかりだね」

静が薄く笑う。その笑い方は静独特で、他の人が真似《まね》ても格好つかない。静の中にある価値観が培《つちか》った、頬の緩み具合に唇の吊《つ》り上がる角度。そして、目の伏せ方。

カーテンの布の下にある手を出して、静が目の下を掻いた。

「そりゃ好きだけど。あらたまって言うと、恥ずかしいな」

「アタシのどこが好き？　ていうか、理由とかある？」

「理由？　……んー、あらたまって聞かれると、ねぇ」

最後のねぇ、が問いかけじゃなくて『ない』の砕けた言葉に聞こえて、ビクッと手が跳ねる。ハサミを持った手が不穏な動きをしたので、静もビクッて椅子の上で飛び跳ねた。

「怒った？」

振り返った静が機嫌を窺《うかが》ってくる。アタシは別にと答えて、ハサミを動かす。

「ま、そうだよねーって思っただけ」

なんでパパッと言えないのだろう、と本当は思った。静が前を向く。

「由岐はたまに、どこが好きって聞くね」

「たまに気になるから」

いつもだよ、本当は。あんたはなんで、あのときアタシに声をかけたの？

「じゃあ由岐は、僕のどこが好き？」

「顔がいい」

静に対して意地を張るように、即答してみた。優しいからとか意地でも言わない。

そんな普通の答えしか思いつかないやつではありたくない、とずっと思っていてそれが原因で、高校のカレシとは別れてしまったけど。あれはそのときのカレシが惜しいとかそういう意味じゃなくて、相手を傷つけるだけだったから今でも後悔している。

静はアタシの答えに怒りもせず、むしろ腑《ふ》に落ちたように目を笑わせる。さっきまで口もとや頬は緩んでいたけど、目は違ったんだなぁ、と今更に気づいた。

「なるほど、それなら後で薬局行ってくるよ」

「はい？」

「額にちっちゃいあせもができてたから、洗顔料買ってこようかなって」

むぐ、と息がつまる。アタシとの関係を大事にしたいとか、そういうことを遠回しに言っているのかこいつは。静の本心はやっぱり摑《つか》めない。顔がいいだけに、うさんくさい。

それにこんなやり取りは、親子っていうかバカップルみたいで、気恥ずかしい。あはは。アタシは静とどんな関係なら、しっくりくるのやら。他人、だったらちょいと嫌だよね。

「あのさ、静」

「うん？」

「アタシ、働いた方がいいかな？」

心の中が一度笑うと、案外楽に本題が口にできた。結局、好きだとかおっぱいだとかがそこに行き着くっていうのは打算的なような気がして、なんか嫌だけどさ。

でも働くっていうのは大事なことだ。『だれかからお金を得られる』っていうのが、どれだけ尊《たつと》いことか。お金は汚いものなんかじゃないし、欲の具現したものでもない。福本伸行《ふくもとのぶゆき》の漫画を一冊でも読みだせばすぐにひっくり返ってしまいそうなもろい価値観だけど、アタシはお金を、基本として大切なものと考えている。

なのにそれを知りながら働かず、主人公目指すとかタワゴト追いかけているやつがいて。

自分がなんなのか、理解できないわけだ。矛盾したものを、分かっちゃいけない。

「もうしばらく、このままでいいんじゃないかな」

曖昧《あいまい》な態度で、アタシの堕落《だらく》を許す静。いや実際、許しているわけじゃない。かな、かな、かな。肝心なことはどっちとも決められずに、アタシたちは一緒にいる。

「いいのかな」

「ま、多分」

「そっかそっか」

シャキン。静の髪とか大家の怒り顔とか近所の主婦のヒソヒソ声とか三つ隣のニートカップルのけたたましいやり取りとか空き地のオッサンの怒り顔とか中学の担任の呆れ顔とか夏の暑さとか蟬の羽ばたく音とか電車がどこかへ行ってしまう音とか、沈み始める夕日とか。

まとめて、シャキン。

「由岐はさー」

「ん、なに？」

「あー、やっぱいいや」

最近、そういうの多いな。なにか言いたい、ってまぁ大体分かっているんだけど。でも多分こっちから聞かなくていいんじゃないかな。そっかそっか。

「今日はカツ丼、どれだけ作ったの？」

なんでカツ丼限定？　と静が笑いながらも指折り数える。そして、飛行機が上空を通る音に惹《ひ》かれるように空を見上げながら、その折った指をパッと開く。

「十二杯」

「スゲーね」

今日だけで十二杯分、アタシと静の人生は差がついたわけだ。

なんの差？　そりゃあもちろん、なにもの度ってやつですよ。

アタシの祖父《じぃ》さんは床屋を営んでいた。だから髪を切る真似事遊びを子供の頃にやっていて、実際に小学校で同級生の髪も切ったことがある。気弱そうな男子を坊《ぼっ》ちゃん刈りにして、メチャクチャ怒られた。それでもアタシはこりてなかった。

静の髪をアタシが切る。働き者の静がジッとして、なにものでもないアタシが動く。指先の延長にあるハサミが重ねられる瞬間だけ、アタシは自分の足で地面に立っていられる気がした。シャキン、シャキンという音にあわせて、『なにか』のアタシが生まれる。

そしてそれはハラハラと落ちていく髪のように、アタシの中からすぐに消えてしまう。


翌日も早朝空き地ライブから続けての、ギター日和《びより》の昼間。もっともアタシは雨が降っても、歌うのをやめないけど。

駅と市街を繋ぐ道にある脇の屋根は、そうやってアタシが雨露をしのぐためにある、つもりだった。最初にここで弾き語りを始めたとき、梅雨時《つゆどき》の大雨を相手にしてそう鼻息も荒かった。今のアタシは、行き交う人みたいに辛《つら》そうな顔をしているんじゃないだろうか。

実際、息苦しい。吸って、はいて。その呼吸の間隔、量が嚙みあわなくて、アタシは酸素が足りていなかった。だれの耳にも届かない叫びを、何度も、何度も繰り返す。熱気に浸《ひた》った空気を吸いこむと、身体の中に得体《えたい》のしれないものを取りこんだ感触がうずまく。それは甘くない綿菓子のように肺を占拠して、息をつまらせる。

首を振ると、正面のフェンスにくっついた看板の文字が、額から垂れた汗と一緒になって目に飛びこむ。そこにはいつ終わるか分からない工事の予定と、『駅前での迷惑行為、パフォーマンスの禁止』を鉄道警察が注意している。古い看板で、端の方は折れていた。

ここで歌い始めてもう五、六年になるけど、一度として警察官が駅の方から飛び出してきたことはない。この駅に鉄道警察の人がいないのか、迷惑行為ではないと認識されているのか。これが朝方や帰宅ラッシュの時間帯だったら、排除されるのかもしれない。

いつもと代わり映えなくビートルズの名曲を演奏しながら、今日は静のことを考えた。アタシの生活の中心にいるのは、精神面でも経済面でも静だ。丹羽静。ニワセイ。あいつは、アタシと一緒にいるべき理由があるのだろうか。理由がないと一緒にいちゃいけないのか？　いや、理由を求めているのはアタシ自身？　空っぽのお腹がギュルギュル鳴る。頭をまじめに使ってるんだから、空気読め。腹の虫に釣られて、頭の回る方向が変わってしまう。虚《うつ》ろになってきている演奏の中で、パソコンの画面を垣間《かいま》見た。

『カツ丼は作れますか？』

あの掲示板で見かけたその言葉は、なんだか印象的だった。静に声をかけられて以来、○○ですか？という問いかけに過敏に反応してしまうのかもしれない。だけどその装飾がない単純な質問は、『なにかできますか？』という言葉を置き換えたものに思えた。画面越しの見知らぬ人に、生活を心配された気がしたのだ。仮に一杯六百六十円のカツ丼を作れるようになったら、アタシの人生は劇的に変わるのか？　もちろん、変わるのだ。アタシは社会のなにものかになって、だれかに必要とされる。お金を得ることができる。社会の中にちゃんと収まって、生活できる。

そこは今からなら、復帰の間にあう世界だった。爪弾《つまはじ》きとなって、ドームの外で野宿しているようなアタシの生活が他の人と同じ場所にいって、尊《とうと》いものの一部になる。

二十歳すぎて学校にもいっていないアタシは、そうあるべきだった。

主人公になるとか、音楽活動の中でなにか見出《みいだ》すとか、大雑把に分類すれば夢を追いかけるって行為だろうけど、本当はとっくにそんなもの、期限切れなんだ。だからギターじゃなくて、鍋《なべ》か包丁を持つのが正しい。

作れる、作れないじゃなくて、カツ丼を作らないといけない。

静が最初に問いかけた言葉は、いつまでもアタシをさいなんでいる。当時は純粋な疑問だったかもしれないその一言が、今ではただの『攻撃』だった。

『なにしてるんですか？』

『カツ丼は作れますか？』

二つの疑問符つきの文章がぐるぐると、お互いの尻尾《しっぽ》を狙うように回って結果、それは縄となりアタシの脳みそを締めつける。グ、と噛みしめた奥歯が滑って、ガシュリと鳥肌の立つ音と感触。歯ぎしりとも違う不快感が全身に広がって、苦いものがこみ上げた。

歌詞も、将来も、ヒーロー像も、カツ丼も。

「作れなきゃ悪いかってんだ！」

歌のサビを中断して、吠《ほ》えた。頬が重くて笑えそうにない通行人たちに噛みつく。

通行人、汚い犬が急に吠えだしたことに怯《おび》えるように、アタシを迂回《うかい》する。

ぶしつけな視線がチクチク刺さって、周辺にいるやつらがデカイ蚊のように見えてきた。

注目するんなら、歌ってるときにしろっての。

今日も歌っている最中、同じ顔ぶれが通っていった。オッサンに、学生に、オバチャン。どいつもこいつも同じように億劫《おっくう》そうな顔して、見分けがつかなくなりそう。他に知らない顔も、もちろんいたけど。その中にはアタシの同級生だったやつがいて、ちゃんとした服装で通りすぎているかもしれない。アタシの顔は悪い意味で覚えられていて、笑いものかもしれないのだ。いやもう、覚えていてくれるなら、それはマシな不幸かもしれない。

幸せに一歩だけ近い、最良の不幸だ。

ギターを下ろしてその場にしゃがむ。

「……んん？」

俯いていると、視線を感じた。顔を上げる。爺《じい》さんがいた。駅前ではあまり見かけない顔で、諸国でも漫遊してそうなカラーリングのへんてこな帽子を被っている。杖をついて、アタシの服の内側でも覗くように興味深そうな顔で見下ろしていた。

「なにか用？」

コンビニ前でヤブ蚊と一緒に群れる、田舎ヤンキーみたいな姿勢と態度で爺さんに尋ねる。爺さんはアタシの顔か態度に失礼にも怯えたのか、「いえ、なにも」と逃げてしまった。せかせかと、あれ意外と速い。杖をスキーのストックみたいに使って、前進がやたら高速だった。なにあの爺さん、不審者？　不審者があんな早歩きで街を移動してるなんて、世の中怖いわー。

「……はぁ」

しゃがみこんだまま空きっ腹を抱えてうめく。

中身のない胃が餌《えさ》をねだって収縮を繰り返して、胃液を暴れさせる。

ちくしょう、静の作った昼ご飯を食べ忘れたんだっけ。


その日の夜、アタシは静と向きあっていた。気だるい夜、いつものことだ。

冬はこたつぶとんを挟むテーブルは今、下が空っぽで、覗きこめば向かい側に座る静の足がよく見える。静の足の裏は澄ました顔立ちからかけ離れたように黒く汚れていて、皮がくたびれていた。歩きづめとか立ちづめだったんだろう。

テーブルの中央にはなぜか、こけしが二つ寄りそって置かれている。静がどこかから貰《もら》ってきた旅行のお土産《みやげ》らしいけど、どういうセンスしてるんだ。贈るやつも飾るやつも。

「今日食堂に行ったら、そこの女の子に笑われたんだ。髪、切りすぎたかな？」

前髪を摘みながら、静が不安そうに聞いてくる。いや、切った人だから出来映えにはコメントしづらいんだけど。客観的になるよう努めて、静の頭を眺めてみる。

うーむ……どう見ても少し髪の短い静だった。一目見ただけで腹筋がよじれるような面白さもなく、見慣れれば感情の起伏を呼ばない美形だった。

「普通だと思うよ、全然」

「ならいいけど」

髪を指で弾いてから、静がテーブルに頬杖をつく。リモコンを画面に近づけて、テレビのチャンネルを適当に変える。静はコロコロとチャンネルを変える性格だ。その癖《くせ》、人がチャンネルを何度も変えると少しムッとした顔つきになる。あまり表に出さないけど、静だってワガママな部分はある。世話になっていることを考慮すれば、それを理不尽だと怒る気はない。

静のチャンネル弄《いじ》りは、地元局の今週の有名人とかいう、視聴率が雀《すずめ》の涙としか思えない番組で止まる。女性リポーターに、どこかの料理屋の店長が生い立ち含めて紹介されていた。どうでもいいっつーの、サーフィン好きとか。

「女の子って食堂で働く女子高生？」

名前は忘れた。何回聞いても、人の名前は覚えづらい。

「そう。由岐は会ったことあった？」

あっただろうか。静が晩ご飯のときに話したりするから、すっかり顔見知りの気分だったけど、一度しか食堂に行ったことがないのだからまず会っていないのではないか。

「多分ないけど」

「かな。まぁ、元気で働き者の子だよ」

静はさして興味がないように、投げやりな印象を語る。働き者、という単語が気に障《さわ》ったが、なんとか無視することに成功した。が、静はだらだらと続きを口にするではないか。

「高校から帰ってきてその後に働いて、なんて僕が高校生だった頃には考えられないな」

「…………………………」ウーウー、とサイレンが鳴る。

「しかもバイトじゃないから小遣いも貰えないんだって。僕なら絶対、馬鹿馬鹿しくて手伝わない」

「…………………」パーポーパーポー、とサイレンが走る。

「やっぱり働くのは、お金を得てこそって感覚があるからなぁ」

「…………………」カチーン。

アタシの中で、その話題が限界を迎えて、瞼の奥をさいなむ。カーッと、熱が注がれた。働く働く、うるせぇよ。

「なに、それってお金稼がないアタシへの嫌み？　当てつけ？」

受験生に滑るが禁句とかあれは一種の様式美というか冗談の範疇《はんちゅう》だけど、今のアタシに労働に関わる言葉はすべてが刺激物だ。特にそれが、静の口から出れば。

言った後、しまったと自分で思う。だけど二階の窓から咄嗟《とっさ》に投げ落としたものを、地面に落ちるまでに拾うような真似はアタシにできるはずがない。

なーんもできねえんだよ。

唐突に突っかかられて、静はテレビから慌ててアタシの方に向き直る。頬杖を外して、「いやいや」と手を横に振った。メトロノームのような動かし方で、それもなぜか腹が立つ。怒るモードに入ると、自分が悪循環に囚《とら》われることを理解しながら止まれない。

「アタシは働いてないし元気もない。若くもないし」

「最後は今と関係ないと思う」

「あんだよ！　若くないってことは将来がないってことじゃん」

言いがかりをつけて静を睨む。ちっとも涼しくならない。夏に怒って熱たくわえて目眩《めまい》引き起こして、なにしてるんだろう。静にケンカ売っても得なことなんか一つもないのに、なんていうのは模範的な建前で、実際にそんな風に怒りを収められるなら、喜怒哀楽なんてものは実質、その人間から失われている。それは神様とかそういうやつの領域だ。

「アタシは静みたいに立派じゃないんだから、ちょっとしたことでキレるの！　ちょっと発言に気を遣ってよ、ろくでなし舐《な》めてんの？」

俗物であるかも怪しいアタシが自制などできるはずなく、台風が直撃でもしたように舌が暴れて、唾が口の中で飛び交う。

「あーまぁ、ごめん。でも僕は立派ってことないよ。普通じゃないかな」

「アタシが静と同じ普通だとでも思ってんのか！　小学校低学年からすれば高学年は普通じゃないっしょ、大人でしょ！　そういうことなのよ！」

自分を貶《おとし》めながら怒るって難しいかと思ったけど、逆ギレしていると凄く簡単だった。どんどん深みに落ちても、落ちるのを穴の上から覗いてくれる人がいるなら平気だった。

「ねぇ静。なんかアタシに言いたいことあるんじゃないの？　言ってよ」

「別に」

「別にじゃなくて。最近、あんたなんかを口ごもってばかりでしょ」

テーブルをぶっ叩いた。こけしの片割れがぶっ倒れる。こっちは叩き方に失敗して指先から血が滲みそうなほど痛くて自分の右目が涙目になっていくのが手に取るように分かる。この状況だと誤解を招きそうだ。

「いや、いいって」

ほら、静は充血する目を誤解した。別にこんな話で泣きそうになってるわけじゃない。

「言えって」

高圧的な口調がスラスラと出る。完全に暴走気味で、もう自分でも止めようがない。静もなんとなくそれを理解してか、ごまかすのを諦めて『本当に言っていいの？』と目が問いかけてきた。アタシは睨み返す。さっさと言え。催促したら、静は律儀《りちぎ》に答える。

「じゃあ、言うよ」

「……おぅ」

やっぱやめて、と言いかけたのどを指で潰す。

「由岐はさ、」

最近言い渋っていたその言葉の続きが、アタシに襲いかかる。身構える暇もなく、ただ睨んでいるだけでなんの覚悟もなかったアタシにも、それは容赦《ようしゃ》ない。

「由岐は、なにがしたいの？」

白い洪水《こうずい》だった。静の口から、白い濁流が流れだした。それがアタシの視界を、聴覚を、口もとを覆い隠して、なにもかもを遠くへ追いやる。恐怖は過去からやってくる。

卵の黄身がぶちゅりと潰されたような、蓋《ふた》のないペットボトルをひっくり返されたような、腐った林檎《りんご》の断面に爪がめりこんだような。アタシを守っていた柔らかいものが簡単に掻き分けられて、芯《しん》までもがナヨナヨと腐っていたことを自覚させられる。

オコッテルワケジャナクテ、ナニカシタイコトトカアルノカナッテ。イヤぎたース

キナコトハシッテルケド、ベツニソレデタベテイクツモリハナイッテマエニハナシテ

タヨネ。

静の言葉が原形を失う。水中の揺らぎで音が拡散していくように、こっちの耳が全部を拾い集めることができない。静がまだなにか言っている。まだまだなにか言っているいる。その話題は女子高生に髪型を笑われたとか、テレビの面白い番組がやっていないとかくだらなく、平和な内容じゃなくて、『なにがしたいんですか?』についてに決まっていて。

それは自分で勝手に招いた事態なのに、聞こえないフリとか。

終わってるな、アタシ。

そう考えて気づいたときには、夜道を全力で疾走していた。

失踪《しっそう》になってもいいと、強く地面を蹴り続けていた。

ほとんど家出少女のノリで、勢いだけを担いでアパートを飛び出してから、アテもなく街をさまよっていた。脇腹が痛くてもう走れない。高校時代の友達の家へ行くとか、実家に顔を出すというのも真っ白になった頭で考えたけど、どれも車のヘッドライトが織りなす光の洪水に呑《の》まれて、どこかへ消えた。ひたひた、と自分の足音が暗い夜道に聞こえてくる。不気味。

「こんな簡単に逃げるとは思わなかったなぁ」

自分のことながら。ちょっと言われると、潰れる。なんて安っぽい自尊心だ。

でもいつもとなんか違ったなぁ。追いつめられてたのか、なんなのか。

「うー……じゃあ、あれ。カツ丼が悪い。そうしよう」

作れますか？　とかそういう疑問系がアタシのハートを掻きむしったのだ。

ひょこ、ひょこっと左右に不安定な重心。アタシの中心にある大事な骨が、静に引っこ抜かれていた。気骨だ。上手いこと言ったつもりだったけど、そうでもなかった。

夜の市街に光は少ない。田舎だから、どこも店じまいが早い。九時前なのに、人気のない海のような静けさだった。蝉が鳴かないと、街から生き物の音が消える。中途半端《はんぱ》な高さのビルが道の両側を覆うこの場所は、積み木の街みたいだ。今にも崩れてきそう。

夜空の雲は印刷された風景のように動きがない。本当に風のない夜だこと。暑さのせいでイライラして、アタシは静のもとを飛び出したのだ。きっとそーだ。

道路を走る軽トラの光がすれ違い、アタシの背後を照らす。つい、そのときに振り向いた。自転車に乗った人影を、アタシは不本意ながら探していた。静の影だ。

もし見つけたら、すぐに逃げるつもりだった。静は性格から考えてまずきっと謝るだろうけど、それが聞きたくなかった。静は悪くない、アタシが悪い。だから逃げる。逃亡犯が正義なはずない。静は正しい。だから、アパートにすぐは帰れない。

行き先も決めないまま歩いていると、たまに静と足を運ぶ本屋が見えてきた。夜の街を一人で出歩くことは少ないから気づかなかったけど、ここは歩き慣れた道だったみたいだ。

あれだけ走り回っても、アタシは知らない場所へ行こうとしない。どこにも行けない。見えない首輪があって、紐で現実に引っ張られているみたいだ。主人公じゃなくて犬か。

「ま、現状は静の犬みたいなもんだし」

白い洪水が過ぎ去って、アタシは大分冷静になっていた。周囲の熱帯夜と裏腹に、胸の奥が冷え冷えとしている。洪水にさらわれて、心にはなにもなかった。なにもしたくない。

白熱灯に惹かれる羽虫のように、本屋へ足が向いた。『各務原書店』という看板を掲げたその店は、有料橋を越えた先にあるカルコスという大型書店の四分の一も面積がない、小さな本屋だった。奥の古臭いクーラーがガタガタ騒々しいながらも活発に動いていて、肌寒いぐらいだ。凍ったような空気の中に紙の匂いが混じっている。

カウンターに座っていた店のおじさんが、入ってきたアタシを見てギョッとする。

なんだろう、まさか泣いているとかじゃないよね、と頬を指で拭ってみる。走りすぎて汗まみれではあったけど、それが乾いた肌に新しい体液は流れていない。じゃあ髪型がメチャクチャに乱れていたり、鬼気迫る顔つきになっていたりするんだろうか。鏡で確認したいけど、そんなものは持ち歩いていない。もう気にせず店内に進む。

アタシの他に客は一人だけで、高校生みたいなやつが本棚の前でうろうろしていた。趣味のコーナーの前なんかをうろついて、園芸やハイキングに興味があるんだろうか。

その男子高校生風も、のそのそと歩くアタシが背中側を通ろうとするとき、慌てたように振り返る。それからアタシを確かめるように眺めて、やっぱり目を開いておののいた。

「なによ」

カウンターを挟んでないからか、今度は高校生相手に突っかかる。妙に挙動不審な高校生は「いえ、別に」としどろもどろになって目を逸らし、「すいません」と形だけ謝ってくる。そして、アタシをほとんど見ないまま店を飛び出してしまった。

「なんでぃなんでぃ」

そんなにアタシが怖いか。持っていた本も棚に戻さずに落としているし。本のタイトルは、オセロの正しい勝ち方？　あるのかな、そんなの。勝つことは大抵正しいけれど。

高校生の落としたその本を拾ってから、はぁ、と溜息。

「なるほどねー」

こんなやりきれない気分のとき、少しでも解消しようと溜息つくわけだ、大人って。ほとんど自動的に、呼吸が後ろ向きになる。酸素を身体に取り入れても、息苦しい。

高校生がいなくなって、客はアタシ一人。しかも冷やかしの客だ。それでも冷房は変わりなく働くし、おじさんは店番をしていなければいけない。おじさんたちは立派で、この世界に必要なものだ。そしてここにあるすべての本が、アタシより価値がある。

何気なく入った本屋で、アタシは価値と理由に包囲されていた。効きすぎた冷房で寒気を覚えだしたことより、そっちの方が不快なことに今更気づく。

本のない方へ逃げた。トイレの脇にある文房具の棚に、色とりどりの箱が置かれていた。目にとまる。それはクリスタルパズルという立体パズルの一種みたいで、林檎形や土星形に、ハート形もある。完成品がパッケージに使われているけど、その細かいパーツの集合体はなにも積み上げてこなかったアタシと対極にいて、どれもこれも眩しい。ハート形が特に直視できなかった。心がどんな形をしているかしらないけど、愛はそんな形の気がした。

店の入り口に振り返る。おじさんはもうアタシを見ていない。店に入ってきて、入り口で頭をぶつけるような背の高いやつもいない。追ってくる気はまったくなさそうだ。

丁度いいから、そのまま捨て犬としてこの一件を処理するつもりかもしれない。おーおー、それでいいさ。静だって元々、愛情の惰性《だせい》でアタシを飼っていたに決まっている。アタシはその首輪をくっつけたまま、紐をちぎって街へ飛び出した。アタシは自由だ！　そして自由を満喫するその三百倍ぐらい、これからひもじさと寂しさに埋もれるのさー♪

「……げほ、げほ」

のどの奥から焦げた味が広がる。たまらず、わざと咳《せき》をしてごまかした。

汗の乾いた肌に冷気が降りかかって、身体はすっかり冷えてしまった。プールに飛びこんでずぶ濡れになった後、すぐにエアコンの効いた部屋へ戻ったように。もう出よう。

お風呂に入ってからきちんと拭いていなかった前髪がバサリと目を覆う。俯きがちに、早足で歩いて店の出入り口へ向かっているみたいだ。髪が空から生えた林のようにアタシの視界を切れ切れにする。その中で、自分の足が裸足《はだし》であることに気づいた。コンクリートの上や、アスファルトの道を駆け回ったせいで指の間は黒ずんでいた。所々、切り傷ができて血も滲んでいる。乾いて、赤い粉がパラパラと歩く度に散った。足が静とお揃いになって、ちょっと嬉しいかもしれないと考えたアタシは末期なんだろうか。

ひたひたと気味悪い足音を奏でながら店を出ようとすると、カウンターでアタシを見て見ぬフリをしていたおじさんに呼び止められた。及び腰ながら、慌てたような調子だった。

「お客さん、あの、お代金」

「えっ？」

催促されて、手に握っていた本に気づく。あの高校生が落とした本を拾ってから、ずっと手に持っていたみたいだ。こんなに堂々としていると、万引きにも思われないらしい。

「あー、えー、別になんですよ」

「はぁ？」

別に買う気はサラサラない、と大またで腕を振って本棚の前へ戻る気力は湧かなかった。なにより、店内は奥に行くにつれて寒くなる。もう外の熱気が恋しいぐらいだった。

「はい、じゃー、どうも」

オセロの勝ち方指南の本をカウンターに置く。そしてガオン。……ガオーン？　本を置いた左手ではなく、右手の方で響く音と振動、手のひらに伝わる衝撃。ガオーン。おじさんの目もそっちに向いていたので、視線を下ろす。アコースティックギターがカウンターに衝突していた。衝突の勢いの余波で、まだごいんごいんと短くバウンドしている。

「………………………………………………あれ？」

財布の代わりにギターを携帯してきたことに、今更気づく。しかもケースに入れて担ぐんじゃなくて、むき出しで手に握って。ほとんど武器の扱いになっていた。

家出少女モドキの咄嗟は命綱となる財布より、ギターを選んだようです。

……これか！　さっきからおじさんとか高校生が怯えていた理由って。

おじさんとの間に生まれる白い目と空気が肌に痛い。カウンターを、故意じゃないけど叩いてしまって脅していると勘違いされていそうだ。アタシは咄嗟に両手を横に振って、それが誤解であると訴えた。

「いえあの、強盗とか殴りこみじゃないです」

アタシを見る目が更に不審感を増す。そういう発想はなかった、って様子でおじさんの目が丸くなってしまった。大げさに、なんか愛嬌《あいきよう》溢《あふ》れるポーズで仰《の》け反っている。

いたたまれなくなる。アタシは本をカウンターに置いたまま、戻すこともなく走った。本屋から飛び出して、夜の道を駆ける。くそぅ、これじゃあ本を盗んでないこと以外、ほとんど最悪の印象じゃないか！　なにが大分冷静になっただよ、このバカチン！

「なにしてるんですかなにしてるんですかなにしてるんですかぁぁぁぁ！」

脇腹が痛くてもう走れないというのが寝言だったように、羞恥心と自分に対する憤りがアタシを突き動かす。速度を出しすぎて歩道を直角に曲がれなかったアタシは左右の確認も一切なく道路に飛びこみ、足もとにガラス片や尖った石が転がっているかなんて気にもせずに、地面を足の裏全体で踏みしめる。靴を履いてないから、地面を蹴る音は軽い。

シュタッ、シュタッて足音まで影のように薄かった。なにもないアタシには足音もなくて、代わりにだれかが同情して隣をいい加減に並走してくれているように思えた。でも振り返らないし、横も向かない。前方だって、降りた前髪のせいで不注意だった。足の指で地面をえぐるように走りながら、緩やかに左側の歩道へ戻ろうとする。だけど右手の握りしめたギターがそれを許さないように、アタシを車道の中央へ引っ張ってくる。

そうか、一緒に走っているのはこいつなんだ。この使い終えたティッシュを後ろへ捨てていくような、軽々しい質量しか感じない足音は、ギターのものなんだ。

「でも死にたくなーい死にたくなーい死にたくなーいー！」

ロックスターは二十七歳で死ぬと言うけど逆に考えれば二十七歳までは生きられるわけで、つまりロックスターじゃないアタシは二十七歳になる前に死んじゃってもおかしくないわけだー！　むしろほっとかれたら三日で餓死《がし》する！　だから歩道へ逃げる！

ギター片手に町内を疾走するアタシは槍《やり》か弓を持った未開の原住民みたいだろうけど、どうかご近所の人、通報しないで。お父さん、お母さん、泣かないで諦めて。

夜の道は終わりがない。その距離がどれだけ短くても、ゴールを見つけられない。

最初から全力疾走でマラソンに挑んでいるようなものだ。絶対に敵《かな》わない。いつかアタシは足を身体から切り離してしまったように動けなくなって、地面に無様に倒れるだろう。

ビルの車庫から走りだそうとする黒い乗用車。ライトがアタシを照らして、運転手の眉《まゆ》がひそめられる。走れば夜の風がそこにあり、生温い空気の塊が遠慮なく殴りつけてくる。耳の中でぶわぁっとファンでも回っているような音が駆け抜けて、なにも聞こえなくなった。歩行者用の信号は青で、次も青で、また青だった。サボった分だけ走り続けろ、っていう彼方《かなた》からのメッセージを受信して、そもそも車の通りがほとんどない道路を横断した。

……しかし、アレだね、くそぅ。

足音ないとか、なにかじゃないとか、どこまでも走れそうなのに。

すっげー、疲れてるじゃねーか。

どう考えてもちゃんと走ってるだろ、アタシ。

息が乱れて目が霞《かす》む中、ストラップを首にかけて、ジャカジャカジャカとギターの弦をかき鳴らす。息切れして声が出せるか不安だったけど、叫ぼうと決めた瞬間に、のどと脳が別のものに切り替わったようだった。ぐるん、と白目をむくのが自分でも分かる。そのまま叫んだ。

「なーにしてるんですか
なぁーにぃーしてるんですか
ぬぁあうぅあにぃぬうぃいしてんですかー！」

はーっしってんですよぉぉぉぉ！

叫びながら、少しだけ古い映画の主人公を思い返す。

フォレスト・ガンプは走り続けることに道があった。

アタシが六年間走り続けた道の中にも、少なくとも走る地面だけは足もとにあった。

動けん。全然動けん。ぜはー、ぜはーって近くに犬が五、六匹いそうな喘《あえ》いだ声が聞こえてくる。それが全部、自分の口から流れだしているなんて信じられなかった。

唇の左端と右端で、はきだす息の量が大幅に違うっていう体験は初めてだ。

倒れている。畑のど真ん中に倒れている。口はなんか土の味がするし、運動不足の両足はつっていた。ビクン、ビクンと盛り上がったものの筋肉が躍動している。解剖されている最中のカエルみたいだ。真夜中のように世界は暗い。あ、これは目を閉じているからか。

でも瞼を押し上げる力もなくて、荒い呼吸だけが顔を支配していた。おぶるるる、ってのどの奥が震える。はきそう。脇腹はずっとだれかに踏みつけられているように圧迫されて重い。あ、え、えと感電でもしているように全身がけいれんして、うつぶせが直せない。

地面にキスしていると、いつかミミズが鼻か目の中に入ってきそうなのが嫌だった。

夜明けまで走ろうと途中で決意して、手足をジタバタともがかせていた。もちろん、全力疾走が何時間も続く人間なんかいるはずなくて、五、六回はこうして道の途中で倒れた。その度にゲロの津波を必死にのど元で抑えて、身体を丸めてカブトムシの幼虫みたいに地面の熱を感じた。地面は夜であっても熱が逃げきらず、生温いマットを敷いているようだった。その熱にずっと浸っていれば頭が孵化《ふか》してしまいそうで、そう考えると慌てて飛び起きて、電柱に寄りかかって俯いていた。

一応、こうして最後に倒れる寸前に空を見たけどそろそろ、東の空が明るくなろうとしていた。あれ、夜明けは西の空だっけ？　未だに東西があやふやになるときがある。

つーか早い。朝来るの早い。加速しすぎて時間が飛んじゃったのかな？

エンジンをふかしたまま停車中の自動車みたいに、どぅ、どぅ、どぅと肩が震える。走ってなにかを得たのかというと、なんにもなかった。グダグダと走り抜いた先には悟りも、人生の明星《みょうじょう》もなくて、あるのは立ち上がれないほどの疲労感と寝不足の頭痛だった。

満足感も到来していない。一夏を鳴き終えた蝉のように満身創痍《まんしんそうい》で地面に転がって、参加賞が土の味だけってどうよ。アメリカの女子大生が作った蝉のチョコ漬《づ》けを食べたリポーターが、『土の味がする』と泣きそうな顔になっていたニュースを、ふと思い出した。

「ち、き、しょー」

一晩中走っていたのに、夜道で静とニアミスすることもなかった。あいつ、絶対アタシを探してないな。ほとぼりが冷めたらお腹空いたってアパートに帰ってくるとでも考えているに違いない。くそぅ、鋭い読みだ。お腹空いた。アパート帰ってシャワー浴びて、二十時間ぐらい寝たい。今寝たら、翌日の夜明けを寝ぼけ眼で迎えそうだった。

「お？」

だれかに手首を掴まれた。ごつごつしたその手のひらしき感触に手首をくるまれると、バチッバチって自分の電源を入れられたような錯覚に陥る。全身のけいれんが止まった。

「お、お、お？」

ずるずるっとその手に引きずられていく。畑にはうつぶせのアタシが引きずられる跡。もしかして拉致《らち》？　営利誘拐《ゆうかい》？　それとも流行《はや》りのエコ精神に則《のっと》って、人類のゴミの掃除？　なんにせよ、人を合意なしに引きずる行為に好意的なものはほとんどないだろう。

覚悟を決めて、瞼を押し上げた。まず目に飛びこんできたのは、黒のジャージ。それとアタシのか細い手を握る、指からも毛がボサボサ生えたオッサンのごつい手。顎をあげて、その手をさかのぼって、先にくっついているものを確かめる。

「あ、あれ？」

地主のオッサンだった。アタシが毎朝、ギターを弾いている土地の持ち主だ。人を原チャリで追いかけ回して、街の笑いものにしたてあげた脂っこいオッサンだ。アタシが目覚めたことに気づいてか、腫《は》れぼったい瞼に隠れがちな、黒豆っぽい瞳《ひとみ》でギロリと見下ろしてくる。口もとが中年特有のたるみ方で、少し喋るだけでぶるぶると揺れた。

「こんなとこで寝てたら、他の土地のやつに迷惑だろ」

オッサンは正論なんだか間の抜けた台詞なんだかを理由にして、アタシを引きずることをやめない。手を振り解《ほど》いて逃げたかったけど、両足がつっていて踏ん張れない。だから、なされるがままに引きずられることにした。せめて顔だけは上げて、土を食べないようにする。

ていうか、オッサンも人の土地を無断で歩いているのではないだろうか。しかもアタシと握りしめたギターがグラウンド整備のトンボみたいに、地面をガリガリ削っている。土に植えられた作物の葉っぱらしき緑色も容赦なく刈り取られて、いいのかなと不安になる。

そのままアタシは畑を三つか四つ、途中の道も含めて引きずられた。畑を四つ越えたところで人任せに不安になってきて、オッサンに質問してみることにした。

「あ、のー」

「なんだ」

「朝、お早いんですね」

この状況に対する様々な疑問は、相手の耳に届けるのにふさわしい文章にならなかった。だから、的外れな感想なんかが口を突いて出てしまう。オッサンは鼻を鳴らして言った。

「年寄りだからな」

そうして、引きずられた先にあるのは見慣れた低い有刺鉄線。アタシだけの武道館だ。どうも、適当に走りながらも習慣か本能かしらないけど、ここを目指していたみたいだ。

野良犬防止のための有刺鉄線は丁度、引きずられるアタシの顔面の高さに配置されていた。これはもしや、本当はこういう拷問《ごうもん》をするためにオッサンが用意していたのではないか。題して、手荷物がなぜかどこかに引っかかって先に進めないぞ作戦。

「あ、のー」

鉄線を前にして恐怖に屈したアタシは、オッサンに命ごいすることにした。

「なんだ」

「痛くしないでくださいね」

「嫌だ」

オッサンに手首だけでなく足首も摑まれて、空港で預けた手荷物みたいにポーンと投げ飛ばされた。有刺鉄線を飛び越えたのはいいけどそのまま、「わー」と覇気《はき》なく驚いて地面に背中から落ちる。ギターを抱えてかばったせいで、受け身もロクに取れなかった。

「いっつつつ……石、背中に刺さった。ったく、もうちょっと手入れしときなさいよね」

「いつも勝手に使っていて、大した言いぐさだな」

猟銃《りょうじゅう》でも背負《しょ》ってクマ退治でもしていそうな容貌の野暮《やぼ》ったいオッサンが、鉄線の外側から呆れたように言う。その視線と立ち位置は動物園の珍獣を眺めているって構図だ。

反抗してやろうと身体を起こしかけたら、それを遮るようにオッサンがアタシを指差す。だけどその指先が本当に指し示しているのは、どうやらアタシじゃないみたいだった。

「お前がギター弾いていいのは、ここだけだろ。よその土地に迷惑をかけるな」

オッサンがうっとうしげに、否定じゃない言葉をはきだす。

地面に寝転がったまま、視神経を引きつらせるように横を、オッサンを凝視する。

「……いいんですか？」

その可否については返事をせずに、鬱屈と、典型的な大人の顔をしたオッサンが渋い声を絞り出す。口まわりの豊かな肉づきとは裏腹にのどは細いのか、声を出しづらそうにして。

「五年も六年も他のことせずにそんなことばっかりやってるやつには、呆れを通り越して感心したよ。好きにしてくれ」

そう言い残し、オッサンは薄暗い道を去っていった。のそのそと、面倒そうに歩く背中は猫背で頼りない。突然に奇行を許されたことで、アタシはのどをつまらせながらオッサンを見送った。こんな朝っぱらから、作物も植えていないこの土地になにしに来ていたんだろう。まさか、アタシの演奏を聴きに来ていたとか？……いやいや、ホントまさかね。

身体をむくっと起こす。髪を指で梳いて、土をボロボロと落とした。服も土埃にまみれて、地中から出てきたての蟬みたいだ。全身が土臭い。化粧臭い自分はどこかいった。

つった両足は筋肉の躍動も収束して、時折ゴロンと中で暴れること以外は正常になっていた。足の裏で地面を摑む。指先を食いこませて、ぎゅ、ぎゅっと立つための土を固める。

「えっへっへ」

意図して不気味に笑う。抱きしめたギターに額をくっつけて、ぐずるような笑い声をあげる。寝不足の夢うつつの感覚と夜明けの光を求める心の不安がいい感じに溶けあって、アタシの浮遊感をいつまでも維持している。

結局さ。結局さぁ。お題目とか哲学とか、悟りとか決断とか。

なんでもいいよ。どんな形でも、だれが与えてくれるものでもいいから。

一つでも人生の過程を認められれば、少しは前向きになれるんだよ。

人間ってそんなものね、ってね。

下手《へた》な鉄砲も数撃てば当たる。静よ、つまりそういうことなのだよ。

アタシの人生、思い描いたものを完全に諦めて捨てたことだけは一度としてない。叶《かな》えられたこともなんにもないっていうのが致命的だけど、どれもこれもと欲張ってどれも投げださずに、重苦しい荷物を担いでここまで歩いたり、走ったりしてきたことだけが、美徳とかろうじてすがれることなのだ。そしてこれからも、捨てずに引きずる。

「……どーよ」

主人公って、それぐらいできれば名乗っていいものなんじゃないの？

地球に山ほど、街にだって掃いて捨てるほどいる主人公たちと、肩を並べるには。

浮遊の感覚が、アタシに巻きついていた重りをなかったことにしていく。宇宙。宇宙を泳げば、どれだけ背負っても進んでいけそうな気がする。空気がないことは、根性で耐えればいい。世間のみんなは空気のある世界でもあれだけ息苦しそうなんだから、空気のない世界であがいたって、きっと苦しさはそう変わらないんじゃないかと思うのだ。

「あー、あーあーあー」

上空に声をあげる。そうしていると、今日もがんばろうって気になってきた。
空はうなりをあげた口のように、暗闇の中に薄明るい空を覗かせている。
どっかでカラスとか蟬が鳴いていた。電線も木もないのに、どっかで生きている。
夜明けはまだ少しだけ遠い。だけど必ず、明け方はアタシたちの元へやってくる。
それまでこの閑散と沈んだ世界で不肖・三葉由岐。
カラスと蟬との即席トリオで前座を、務めましょう。

「それでもっ！　アッタァウシィは！　こーりってなかっとぅあ！」
ジャカジャン！

「はーるばる来たぜ、えっきまえー！」

早朝の駅前は昼よりもずっと、主人公共で溢れかえっていた。いやごった返している。宇宙人が攻めてきたら、地球人のつくだ煮を作っても不思議じゃない人の数だった。

昼はともかく、朝にここで演奏するのは今日が初めてだ。

相手にとって不足はない。土まみれで裸足の、森から街へ出てきた猿《さる》よりひどい格好のアタシをみんなが避《よ》けて歩く。人だらけで通路も狭いのに、わざわざ道の端へ寄るのだ。

この格好でも静は隣を一緒に歩いてくれるだろうか。笑顔で歩いてさりげなく行き先を誘導して、服着たアタシごとコインランドリーにぶちこまれそうだ。

人が逃げるお陰で悠々《ゆうゆう》、定位置につくことができた。土を払ったアコースティックギターをぶんと頭の上で一回転させてから、構える。駅や電車の許容量なんかとっくに超えていそうなほどの数の人が吸いこまれていく入り口を、横目で睨んだ。ハンバーガーの匂いがする。

空腹は世界を鋭敏にしたてあげる。雑踏に迷いこみ、翻弄される小汚い犬のようなアタシは、嗅覚《きゅうかく》も犬もどきになりつつあった。今なら見慣れたものさえ斬新《ざんしん》に捉えて、別の感動を見つけることができそうだった。うーうー、と歌う準備をする口がうなる。

駅を飾る金ぴか武将は朝日を顔面で浴びて、ハゲ頭を太陽のように輝かせている。

道中で拾ってきた、昆布《こんぶ》の出来損ないみたいな糸状の汚れがこびりついた缶詰めの空き缶を足もとに置く。ギターケースがないから、その代わりのつもりだった。

評価されるのから逃げてた。だからいつも置かなかった。でも今日は違う。

キッカケがカツ丼の書きこみあたりから始まっていそうなのが、妙な気分にさせるけど。

それでも、踏ん切りぐらいついた。

この心境が三日で消えるかもしれない可能性と戦いながら、アタシは今こうして自分の足で地面を踏みしめ、ここで歌う。ギターを、挨拶《あいさつ》代わりにと思いっきり鳴らした。駅の二階に電車が滑りこむ音をかき消して、人の耳をつんざくように。

そのギターの音はアタシのもくろみ通り、人混《ひとご》みに一石を投じた。悪い方向に。

アタシを避けるように、人の流れが一部分へこむ。横っ腹を殴られた魚のように人類の魚群が身体を折り曲げる。露骨に怖がられている。気にせず前奏が終わり、

「ひゅっ」

と一回、空気を強くはく。そしてゆっくりと吸いこんだ後、

ばーっと、歌いだした。

体力自体は尽きているみたいで、歌っていると身体が左右に揺れる。右足、左足がよろけそうになる身体を支えきれず、重心がたらい回しになる。倒れる寸前のコマみたいだ。

その動きのせいか、酒も飲めないのに酔った気分に陥る。人がたくさんいても、認めてくれる人が出てくるんじゃなくてたくさんの人が怖がるようになるだけだなーと、なんだかかえって楽しくなってくる。楽しすぎて、こんなのでいいのかと不安も顔を出してきた。

そんな中、すいません、すいませんと謝って、縦進行が基本の通路を横に動くオッサンがいた。いつも昼にこの通路を通っているやる気がなさそうなオッサンだ。冴《さ》えない、と頭につけてもいい。

そのオッサンが背広をよれよれにしながら、人混みをぬってアタシの前までたどり着く。まさかアタシの音楽はオッサンホイホイの効力でもあるのか、と歌いながら疑わしく思っていると、オッサンが足もとにある空っぽの缶を睨んだ。それから、ポケットを漁《あさ》りだす。そして無愛想な顔はそのままに五百円玉を一枚取りだして、缶の中に放りこんだ。金属同士のぶつかる、耳障《みみざわ》りな音が人混みの端に生まれた。

硬貨が外れることなく飛びこむのを見届けると、オッサンはなんの余韻《よいん》もなく、駅の入り口の方へ向く。そして五百円玉にまつわるエトセトラやアタシに対するねぎらい、声援も一切なく、目の前を譲った。疲れたような顔は変わらず、今にも瞼を閉じて眠りだしそうな細い目は、なにも見えていないかのようだった。

呆然《ぼうぜん》とその姿を眺めて、「あっ！」っつーか今のオッサン、って！

「先生！」

人混みに向けて、歌詞をぶった切って叫ぶ。中学校にいたとき四十代だった担任は確かな時を刻んで老《ふ》けて、そして、五十代になってもやっぱりアタシの先生ぽかった。

先生の後ろ姿はすぐに人混みにまぎれて消える。だけど先生の細長い手がひょろっと頭の群れから芽を出して、投げやりに振られた。ヒーローになるんですアタシー、と進路調査表を叩きつけたときもああやって、諦めたように手を振って『がんばれ』と言った。

あのときの憤りはここになく、もっと別のものが足の裏からじんわり、波紋を描く。

「……気づくのおっせー」

恩師の顔を毎日見ていても、空腹にならないと気づかないなんて。教え子失格、なんていうのはきっと中学生の頃からだ。先生が五百円玉を入れたのは同情か、それともあの日と同じように『がんばれ』ってことなんだろうか。どっちでも、アタシの中身を動かすものには変わりなかった。

さっきより激しく、先生にもらった勢いで歌っているとまた見知った顔が歩いてくる。

おっぱい中学生三人組だった。その中のニキビ面が妙なにやけ顔でアタシを指差して、右隣の太ったやつに話しかける。あの頭が三つともおっぱいでいっぱいと想像したら、どんな噂話《うわさばなし》でも許してしまいそうになった。

「ビートルズネーチャン、今日は朝にいるぞ」

彼らの中で、謎のあだ名をつけられていたらしい。自称、おっぱいの柔らかさを知るニキビ面がアタシの前を通りかかる際、十円を空き缶に投げこむ。缶の縁に当たりながら、五百円玉の上に銅色が重なった。

「かっこつけんなよ」

左の痩《や》せたやつがニキビ面の脇を肘《ひじ》で突く。ニキビ面は気取ったように不敵に笑って、痩せたやつと太ったやつの肩を抱いて歩きだした。他の大人が迷惑そうに、その中学生たちを睨んでいるが知ったことじゃない。ああいう視界の狭さには、覚えがあった。

にっひっひ、と歌う合間に唇が吊り上がってしまう。

自分の価値を高めるために、十円を投げ入れる。

いーんじゃねーのー、全然。

アタシもつまるところ、自己顕示欲《けんじ》でここにいるのだから。ギターをそんなものにつきあわせて、ごめんねと思う一方で手離せず、別口の解放を与えようと必死にもがく。

あんたに誓おう。

もうアタシはあんたを無為に、ただ泣かさない。

ホワイルマイギター・ジェントリーウィープス。


途中でもう一度つった左足を引きずりながら、アタシは静の働く食堂へ向かった。

朝に電車で出かけていく人、全員を見送って。その成果を、手の中に握りしめて。

近所の小学校の前を通ると、体育でプールに入っている子らの声が賑やかだった。

昔、テレビで見た飛びこみ競技の影響を受けてプールサイドに高い台を作って、そこから深い場所に飛び降りたものだ。それでも水深が浅すぎて、危うく顔面潰すところだったなぁ。

うふふ、と思い出し笑いで人生の恥部をごまかしながら、右折する。プールに乱入して汗を流したいぐらいだったけど、昨今は不審者に厳しいご時世なので自重した。

生物が道路に溶けて乾いてしまったような、不動の道を真っ直《す》ぐ進むと食堂の入り口が見えてきた。駐車場は隙間をなくせば三台、車が止まれるぐらいに小さく、表に飾ってある蠟《ろう》細工の料理見本は黒く変色していた。味噌《みそ》カツどころか、味噌の塊にしか見えん。

道路を挟んだ店の向かい側には、出前用の古いカブが直射日光に晒《さら》されている。何年、何十年とそうして日差しと戦う毎日のせいか、全体的に黄色く日焼けしていた。北本《きたもと》食堂。古い表札みたいに文字の消えかかっている看板には、そう書かれていた。

ここは確か夏でも熱いお茶しか出さないから、駐車場にある自販機で冷たいお茶でも買おうかと首が泳ぐ。だけどアタシの手持ちは非常に心もとないので、すぐに引っこめる。

まさか中で弾き語りをして、食事代を稼ぐわけにもいかない。

気負いなく、店の自動扉をくぐった。扉が開くと、上につけていた風鈴が涼しく鳴る。コンビニのピロリンピロリンみたいに客の往来を知らせるその音で、店の人間が入り口に注目してくる。人間っていうか、奥の厨房《ちゅうぼう》で白衣着て働く静なんだけど。包丁でなにかを切り分けていた静がアタシの来店に固まる。静と一緒に、入り口からも覗ける厨房で動いているおばさんが、固まる男に対して首を傾げた。

アタシは店の入り口で突っ立っているわけにもいかなくて、真っ直ぐ、空いた席へ向かう。駐車場の規模と相応に、店内も狭い。入り口の右手には六人がかけられるテーブルがあるけど、他の席はほとんど二人がけだった。それが五つぐらいある。

席の大半は、近所で働く男性会社員で埋まっていた。駐車場に車はなかったから、昼飯時の人は歩いてここまで来るんだろう。アタシみたいなラフな格好に土だらけでましてやギター担いでいる裸足の女は、朝の駅の立ち食いソバ屋的な雰囲気が漂うこの場所で浮いていた。しかもつった左足を引きずっている。お客様のもれなく全員に、箸《はし》を休めて注目していただいた。ひょっとしたら客と思われていないかもしれない。

厨房に一番近い、カウンター席の真ん中に座る。この席を利用しているのはアタシだけだった。横の椅子にギターを立てかけて、頬杖をつく。静と目があった。静は包丁をまな板の横に置いてから、ちょっとすみませんっておばさんに断ってお茶の用意をする。

そのまま静が、客席と厨房の間にあるのれんをくぐってお茶を運んできた。あ、湯気立ってない。気を利《き》かせてくれたのか、湯飲みの中はお茶じゃなくて水だった。ありがたくガーッと一気飲みして、「おかわり」と突き返した。

静はアタシのワガママに、懐かしいなぁって様子の人懐っこい笑顔を浮かべる。

「よっ、久しぶり」

片手をあげて、気さくに挨拶。久しぶり、なんて言葉には随分《ずいぶん》とごぶさたしていた。

「確かに。一緒に暮らすようになってから、一番長く顔をあわせなかったかも」

厨房のおばさんを一瞥してから、静が相好を崩す。同僚かオーナーか定かじゃないけど、客と暢気《のんき》に語らっているのを咎《とが》められないか気にしているみたいだ。

まぁ、もうちょっとだけいいじゃないですか。恋人の再会と再開なんですから。

「アタシのこと、夜通し捜した？」

尋ねると、静は睡眠不足とは無縁そうな顔色のいいイケメン面を横に振った。

「お腹が空いたら戻ってくると信じてたよ」

「子供の家出と思ってたなテメー」

もしくは勝手に飛び出して、ご飯の時間になったらくぅんくぅん鳴いて帰巣《きそう》する犬。

実家の近所にいたその犬の行動は家出じゃなくて散歩と呼ばれていた。

「帰ってきてくれるって信じていたんだ」

その歯や唇が動けば、風鈴の音を奏でそうなほど爽《さわ》やかに言い放つ。恥ずかしい台詞だと本人は自覚しているのか、それとも平気なのか。恋愛ウイルスに対する抵抗力が、不健康なアタシは低くて偏食じゃない静は強い、って感じかな。

ま、確かにどんな決意とかがあっても静のところに帰ってくるしかないんだけど。そんなもんでしょ。急には全部、変わっていかない。

「由岐こそ、なにしてたの？」

仕事中のフリのためにお冷やのおかわりを酌《く》んでから、静が尋ね返してくる。なにしてるんですか、よりも気安かった。そして今のアタシは、それに迷わず答えられる。

「ずっと走ってた。夜が明けるまで」

「フォレスト・ガンプ？」

「そうそう」

一緒にレンタルして映画観《み》たからね。二人で寄りそってテレビを見つめる映画鑑賞を思い返して、へらへらと笑った。いつも途中で寝るんだよね、アタシ。静があったかくて。

「由岐はいつでも青春だね」

「それが取り柄だから」

「で、まさか水だけ飲んで帰らないよね。ご注文は？」

ビッと人差し指を一本立てて、あらかじめ決めていた注文を静に告げる。

「カツ丼一丁！」

「……由岐、お金なんて持ってたっけ？」

小学生でも小遣いをもらう現代日本で、こんな質問をされる成人も珍しいだろう。こいつ、本当にアタシを人間以外の、資本主義に囚われない動物さんと勘違いしていないか。

くそぅ、見返してやる。

「あるよ。ほらっ」

突きだしていた右手を、パッと開く。手のひらから、五百円玉硬貨を中心にお金がこぼれ落ちた。静が慌てて屈《かが》んで、それを手のひらで受け止める。

「このお金は？　財布を交番に届けたお礼とか？」

「あんたね……ギター弾いて、道の人がくれたお金」

といっても先生とあの中学生、他には数人どまりだけど。他はあれだけ人がいて、見向きもしない。先生のお情けの五百円玉がほぼ主役なわけで、ま、こんなもんでしょう。

だけどアタシはそのお金を、高校のときに稼いだバイトの時給より誇りたかった。

小銭を数え終えた静が、ピンとソロバンの珠《たま》でも弾くように人差し指を動かす。

「四十円足りないよ」

「お得意さんだからツケで」

嘘つきなアタシに静が苦笑した。

「また来るの？」

「来るよ。ここに来て、自分のお金でカツ丼食べて、毎日がんばる」

その発言を冗談か本気、どっちに受け取ったか分からないけど静は頷く。そして仕事から離れるのも限界らしく、早歩きで厨房に戻ろうとする。

アタシはその足を意地悪にも、もう一回止めてやろうと思った。

「アタシさ、ちょっと働くから。で、ギターも弾く」

ビクッと背中を怯えさせたように立ち止まり、振り向いた静は、唇が縦になって、目を丸くしていた。ガラスのピッチャーがひょっとこになった。

「全部やるよ、がんばるよ」

「うん」

静からはがんばれも、期待してるの声援もない。それがよかった。

厨房に戻った静に、愛を叫んでやる。

唇の横に手を添えて、二行だけその歌詞を自作した。

「アタシ、カツ丼作れない！　だから、アナタ必要！」

客がまた全員、アタシを見つめているのが背中に集《つど》う視線で分かる。静も厨房のおばさんも、ギョッと振り向いた。上にあるテレビと揚げ物の音が、蝉の声のように店を包む。

静が最初に驚きを、頬の緩みに変える。あの独特の笑い方で、アタシを見つめた。

「なんでカタコトなんだよ」

いい突っこみだ、静くん。テーブルに突っ伏してから、右を向く。

夢心地だった。にっへっへ、と意味なく笑いが漏れる。テーブルの冷たさに乾いていた汗が溶けて、なにかが頬を流れる。舐めると、しょっぱかった。涙かもしれない。

「へっへっへ」

目の前にあるギターをガッと掴む。ギターの弦が手のひらで揺れて、わずかな音を立てた。帰ったら寝る前に綺麗に磨いてやろう、と予定を立てる。

アタシは今、冬のほどよく暖まったふとんの中に生まれる、あの幸せなまどろみの中にいるみたいだ。だから今のいい気分は一時だけで、もう一度明け方を迎えてしまったら暑苦しいほどの現実に全方位から襲われるのかもしれない。なにもかもが変わっていけるような空気に触れながら、それが錯覚なのだろうと弱気になったり、信じようと思ったり。

アタシの基本はまだなんにも変わってない。静の犬で、あいつがいなければどうしようもない自分。変われるのは、錯覚めいたこの空気を、現実に取りこめたときだ。

「うぇっへっへー。ま、細かいことはさー、」

いーじゃねーかよー。

まだ若いんだから、もうちょっと荷物が重くなっても歩いていけるさぁ。

お腹を満たして、地面を強く蹴って。

夢は捨てない。

夢を担ぎながら、前へ歩く。

二章

生きてるだけで、恋。

竹仲(河崎)　　北本

電車に揺られている間、久しぶりに本を盗むのに失敗した夜を思い返していた。

数日前、オセロゲームの初心者モードに全敗した影響で、その日は手に取る本を決めていた。オセロ必勝法とか、オセロのセオリーとかそういう指南本を盗《と》るつもりだった。

普段は図鑑とか読めもしない英語の原書とか、適当に手応《てごた》えありそうなものを選んでいた。それは目についたものをサッと手に取るだけだから時間がかからないけど、そのときはお目当ての本を探すのに少し手間取った。そのせいで、失敗したような気もする。

その人が入ってきたのは、俺がようやく、オセロの正しい勝ち方っていう偉そうな題名の本を見つけたのとほとんど同時だった。その女の人は、ギターを握りしめていた。

しかも汗だく。しかも裸足。しかも息切れ。頭のヤバイ人が入ってきたのか、って身構えてしまった。頭の横側が皮を引っ張られたように引きつって、白いものが広がる。

カウンターに座るおっさんも驚かせたギターさんはそのまま、ひょこっひょこっと左右に揺れながら店内を歩く。ギターも当然、握ったまま。よくよく見れば、その人はいつも昼すぎの駅前で歌っているビートルズネーチャンだった。いや、偶々前を歩いてた中学生たちがそう呼んでたから、言ってみたんだけど。カタカナが続くとなんか気味悪いな。

ギターさんが俺の後ろを通るとき、もしかしたらそのギターを横に振ってぶん殴られるんじゃないかと警戒してしまった。そしてそれが気にくわなかったのか突っかかられて、万引き中という後ろめたさもあっておっさんの注目に耐えられなかったから、俺はなにも盗まないで逃げだしてしまった。あまつさえ、走って家へ帰ってしまった。

オセロで手心のない対戦相手（機械）に七連敗したときより、奥歯に苦い味を覚えた。お前はこんなもんだよ、って笑われているような気がして。日常に、ほんのちょっとした横槍が入れば途端に狼狽《ろうばい》して、なにもできなくなるんだ、って。

考えすぎなんだろうけど、その日の夜はふとんの中でそんなことを、悶々《もんもん》と思った。

そのギターさん遭遇事件は、もう一週間前の話だ。失敗してからあの本屋には寄っていないけど、そろそろ自分の中でも整理がついてきた頃だ。今日あたり、寄ってもいいかもしれない。

橋を越えたところにある大型書店が繁盛《はんじょう》して、客足の遠い本屋。外の壁はうっすらとレモンの色が混じった白で、隅にはクモの巣が張られている。側《そば》に立っている電柱に貼《は》られた、ナントカクリニックがとっくの昔に潰れているのと同様に本屋も時代に取り残されている。十年ぐらい前、俺が漫画じゃなくて絵本を買いに来ていた頃はまだもう少し、活気があった。寂《さび》れているうえに万引き被害で、潰れないのが不思議なくらいだ。

うだうだと考えている間に、電車が終点に到着した。他にほとんどいない乗客も、寝ぼけたような顔でのろのろと席を立って、進行方向右側の扉に近づく。扉の開きもなんだか遅かった。

冷房と熱気の境目を越えてホームに降り立った途端、むわっと全身が蒸しあがる。コンビニに冬場だけある饅頭《まんじゅう》の蒸し器を連想してしまう。冷たい子供の手がいくつも張りついていたような、冷気に慣れた肌が急激な暑さに耐えかねて、汗を噴き出した。夏服の裾《すそ》を外に出してから、エスカレーターで改札へ向かう。ポケットに突っこんである定期を探しながら、四つ先の段に立っている背の高いお爺さんの頭をぼーっと見つめた。

俺もいつか、お爺さんになるんだよなぁ。あのお爺さんの若い頃が想像つかないように、俺の年寄りの姿も思い浮かばない。父親か、祖父みたいになるんだろうけど。

改札を通ってから、薄い学生鞄を持ち直す。駅の二階には土産物屋と、みどりの窓口の隣に観光案内所がある。県の大事な観光資源である川での鵜飼《うか》いや夏の花火大会のポスターが貼ってあって、今が一番忙しくなりそうな季節なのにだれも利用する人はいない。

土産物屋と観光案内所の間を抜けて、階段を下りる。一階へ下りる途中に本屋があるけど、そこでは本を盗んだことはない。というか俺では盗めない。特別、技術があるわけでもないから。本屋の自動扉の奥は涼しそうだな、って羨望《せんぼう》の眼差《まなざ》しで眺めて通りすぎる。

階段を一段下りる度に、暑さが酷くなってくる気がした。夏は正直、もっと期間が短くなっていい季節だと思う。冬は厚着すればなんとかなるけど、夏は全裸になっても暑い。

パン屋とマツキヨとモスバーガーの前を通ってそれぞれの匂いの違いをかぎ分けながら、駅の外へ出る。外では俺を出待ちしていたように、蟬がワッと騒ぎだした。鬱蒼《うっそう》とした木々に囲われて、本当に蟬が頭の上を飛び交っているんじゃないかと頭上を確かめてしまう。空は遮るものがなく、どこか低い場所に入道雲が浮かんでいた。青いけれど、秋や冬ほど天高くとは思えない。重々しい。

それにしても生き物の気配が蟬しかないっていうのも、奇妙な感覚だ。そこらへんに生えた木にへばりつく蟬の数の方が、周囲の人間よりずっと多そうで気味が悪い。

閑散とした駅前には一人でギターを鳴らして歌う、あの人がいた。本屋で会ったギターオネーチャンである。最近は見かける頻度が減少している気がする。俺は一瞥したけど、背の低いオネーチャンは熱唱中だった。

顔を覚えられていても厄介なので、殊更《ことさら》に立ち止まったりはしない。駅を離れて、金ぴか像に見送られながら本屋の方へ向かった。家からは遠ざかることになる。

試験期間も終わったし、気楽なものだった。家へ急いで帰る理由はない。

車まで溶けたように、交通量の少ない横断歩道を渡る。駅前の繁華街を歩いていても、寂れた街だよなって感じてしまう。店先よりシャッターの方が多く目につくってどうよ。

それから十分前後歩いて、暑さにうだって、鼻の乾きが気になった頃、ふと目に留まるものがあった。年季の入った建物の、道路を挟んだ正面に原チャリが止めてある。カブだ。全体が黄ばんで、何十年も乗り回したって印象がある。家にあるスーファミのカセットと同じ日焼けの仕方だ。やっぱり白い部分があると、こういうのめだつんだよな。荷台には変なものがくっついていた。科学の実験器具みたいに見える。原付免許を取ろうかなと考えている俺からすれば、こんな古臭いのでも羨《うらや》ましい。今日はこいつを盗もうか。

本と違ってこんな大それたもの盗んだら、絶対に捕まるだろう。しかも無免許運転だ。日差しの下に無造作に置いてあって、シートや車体は乗るやつが気の毒になるほど熱くなっている。

そうやってぺたぺた触っていたら、正面の建物から自動扉をくぐって、人影が現れた。髪をハンカチか三角巾でまとめて、学校の制服の上にエプロンを結んだ女が……出前用の、なんだったかな。おかもち、出前箱？　取り敢《あ》えず、出前箱ってことにしとこう。

女の制服と顔は、どこか見覚えのあるものだった。顔はともかく、制服は俺の学校のやつだから見覚えなんてあやふやなものじゃないけど。外の光にしかめ面となっていたそいつが、カブの側に突っ立っている俺に気づいて、表情をそのままに見つめてくる。

校外で同じ学校の女子と顔をあわせるなんてあまりないから、ちょっとどぎまぎした。

だれだったかな、こいつ。隣のクラスにいたような気がする。たしか、名前は、

「え、と……秋本《あきもと》？」

「北本」

人差し指が店の看板を指差す。あ、北本食堂って書いてあった。分かりやすい。その指差した看板は色あせて、腐る寸前の板きれみたいだった。店の外装も古い蔵みたいで、全体的に和風というか、時代に取り残されている印象が漂っている。

「あんたはなんだっけ。中学で一緒のクラスにいた気もする」

北本が空中を人差し指で掻くような仕草を見せながら、俺の顔を窺ってくる。目の大きい、猫みたいな顔立ちの北本に見つめられて、落ち着かなくなる。目も自動的に逸らした。

「竹仲《たけなか》。……高校でも隣の教室にいるんだけど」

「そうだった？　あ、制服がウチの学校のだね」

北本はさして興味がないようにそう言ってから、こっちへ近寄ってくる。それから「どいて」と俺を押し退《の》けて、カブの荷台の変なやつに手際よく出前箱を置いた。後ろに備えつけてあるのは、出前箱を安定させるためのものだったらしい。

　知り合いどころか、ほとんど話もしたことがないやつが側にいて、北本も戸惑っているみたいだ。俺の方を向く首の動きがぎこちない。俺も身体が窮屈《きゅうくつ》になって、さっさとここを離れようとしても、うまくいきそうにない。微妙な空気が、夏の暑気より厄介だった。

「えーっと……なにか、用？」

　北本が微妙な困惑によって歪《ゆが》んだ頬と共に質問してくる。後頭部を掻いて、その視線からの逃げ道を周囲に探した。俺だってできるなら、こんな空気と暑さから逃げたい。

「いやないけど。あー……北本は、えと、なんか用事とか？」

「あ、うん。出前。近所の商工会議所ってとこに持ってくの」

　北本が右折の方角を指差す。俺はその場所や建物にピンとこなくて、適当に首を振る。

「バイト？　それともここ、北本の家とか？」

「そうそう、私ん家《ち》。で、これは家の手伝い。テスト期間終わったからね」

　苦笑した北本が、カブの鍵《かぎ》をエプロンのポケットから取りだす。ラメで装飾された銀色のパンダがキーホルダーとしてぶら下がっている。母親の携帯電話にも似たやつ、そっちはクマがくっついていたけど、女の間で人気なんだろうか。

「制服のまま手伝うって、着替える暇ないほど繁盛してるの？」

「こっちの方がお客さんのウケいいんだってさ。一緒に働いてる人が言ってた」

「なるほど」

のれんで見えづらい店内を一瞥する。やはり様子は窺えないけど、女子高生の制服姿が好きな男で溢れかえっているのだろうか。想像したらその空間は、冷房の効いた店内でありながら、店の外より熱気に満ちているという状況しか思い浮かばない。異空間だ。

表のアルバイト募集の貼り紙が、そんな異空間と現実を繋げている。

「で、竹仲はここでなにしてたわけ？　まさかバイトの面接に来たわけじゃないよね」

「まさか」

鍵を差しこんでから、北本の手のひらが車体を軽く叩く。

「これに興味あったの？」

「まぁ、少し。ちょっとね」

親指と人差し指でCを作って、本当に少量であることを主張する。なにかに熱中するとか、強く興味を持つことが格好悪いっていう価値観は、同級生の間に広く蔓延《まんえん》している。

だから北本もそんな冷めた性格なんじゃないかって思って、そういう返事になった。

「ふぅん。免許持ってるの？」

北本がほんの少しだけ笑う。気難しそうだった口もとを緩めて、困惑がかすかに解消されたみたいだ。その笑顔に目を覗かれて、俺は自分の肌が、外の空気以外のもので熱されていくのを感じる。多少は日焼けしていて、顔色の変化が分かりづらいのが幸運かもな。

「ない。取ろうって話は友達としてるんだけど」

「そうなんだ。……おっといけねぃ、出前行かないと」

軽くおどけて、北本が挨拶代わりにする。俺は小さく頷いて、北本を引き留めることはしない。北本はカブにまたがり、鍵を回して手早く発進の準備を終えた。クラッチを握る。

ヘルメットも被らずに北本と原チャリは走りだす。人が少なければその分、街中の警官も少なくなる。犯罪者とか危ない人も減る。おおらかな雰囲気と過疎は、紙一重だ。

「……あ、」

カブに乗って走り去る同級生の背中に、なんとなく声をかけてみる。正直、声が届いても届かなくても、どっちでもよかった。いやむしろ、聞いてない方が面倒じゃなくていいな、と思いながらも声をかけることは全身が中止しなかった。

「おーい、北本ー」

あ、振り向いた。届いたみたいだ。じゃあ聞いてみるか。食堂の娘らしいし。

「お前、カツ丼作れるのかー？」

あの掲示板で見た、顔も知らない他人にするには少々浮いた質問を真似てみる。北本も質問内容が意外だったのか、首が後ろにがくんと仰け反った。おいおい、運転中だぞ。

北本は悪魔に憑《つ》かれた少女が原チャリを運転するような姿勢のまま、快活に言い放つ。

「練習中！」

ぐりん、と北本の頭が半円を描いて前に向き直る。そしてすぐに右折して、建物の陰へと消えていった。北本の乗る原チャリの音だけが陰から蝉に混じって流れてきた。

「練習中なのに、すっげー自信溢れてるのな」

一人残った俺は、北本食堂の前の道路でぐるぐると歩く。ジッと立ち止まって考えることは、気分の高揚具合が酷くてできそうにない。今の北本とのやり取りを反芻《はんすう》して、ここはもっとうまい言い方があった、気の利いた態度があった、って色々と後悔が募る。

女子と少し長く話すと、いつだってこんな反省会が開かれる。そして、俺は反省点の山を過去に突きつけられて、自己嫌悪《けんお》に陥るのだ。中学の頃からまるで成長していない。

……それでも最後は、しょうがねえなぁ、と額を押さえて溜息をついた。

女子とちょっと話したぐらいで頬がにやけるなんて、我ながら安上がりなお年頃だよ。

あの後、本屋には寄らないで家に帰って、夜までベッドで寝転んでいた。北本のことを考えたりもしたけど、それは数秒で紙くずのように丸めて捨てられる、具体性のない空想めいた事柄ばかりだった。だけど制服の上にエプロンを着けた北本の姿は、光の焼きつけのようにいつまでも瞼の裏から消えない。おいおい、惚《ほ》れたのかよと自分に突っこむ。

「いやそれはないから」

寝返りを打ちながらそこは否定する。好意を抱いたというか、北本への認識が変わったただけだ。今まで背景の同級生の一部だったやつが、飛び出す絵本みたいにめだつようになった。それは学校の廊下ですれ違っても気づかなかった北本の存在につい注目するかもしれないとか、そういう興味の持ち方だった。だから、恋とかそういう類じゃない。

大体、高校生が好きになる女子は一人って決まっていない。大抵複数だ、と思う。お近づきになりたいなとかつきあってとか言われたら即答するっていう、そういう女子が高校には五、六人いる。みんな大概《たいがい》はそうだ、と思う。一人だけに全部の好意を、ってわけにもいかないだろ。俺だけが特殊なのかもしれないけど。

それはともかく、そろそろ北本の姿を振り払えないものかと、顔の前で手を振る。蚊を払うように手を動かして、諦めたその手が力なくベッドに沈むと、目の前には天井と電灯が映った。蛇のように波打つ模様が刻まれた天井と、ドーナツ状の二つの電灯。埃が光の中を、生き物のように漂っていた。見えない生物の落とすフケにも見える。

左側に目をやる。見慣れた自室の風景が広がっている。番組放送を受信できなくて、ほとんどゲーム専門のテレビ。テレビの置かれた台は収納スペースがあって、その中には中学の頃の教科書やノート、文集が放りこんである。捨てに行くのも面倒だったからだ。

壁には一年分の日付がまとめて一枚に記された新聞屋のカレンダーがかかっている。もう一月から半年以上経ったなんて信じられない。半年前の自分がなにをしていたとかなにを考えていたとか、まるで思い出せない。今年が始まった途端、七月にいきなり放りだされたって説明された方がまだ納得できるぐらいだ。なんか変なのかな、俺。

カレンダーの無機質な日付から目を逸らそうと、また寝返りを打つ。その途中、勉強机に積まれた本の山が目の端に映った。全部、各務原書店から盗んできた本だった。俺に与えられている小遣いじゃあ、絶対に数ヶ月程度では揃えることができない数の本。これを見て、両親は疑問に感じないのだろうか。いや、そもそも親が部屋に入ってくることもないから知りようがないのか。部屋の掃除は中学ぐらいから自然と、自分で行うことになっていた。弟も中学にあがったら、母親が部屋の掃除をしなくなるのかもしれない。

その小学四年生の弟がご飯だよと部屋の前まで呼びに来たので、ベッドから起き上がる。ずっと寝転んでいたからか、後頭部《こうべ》がべったりと水を吸ったように重い。頭を垂らしてそれに耐えていると、重さが額の方へ降りてきた。かくん、と首が垂れてベッドに頭から突っ伏す。壁へ向けた土下座みたいな姿勢になって、ううぅとくぐもった呻《うめ》き声が漏れた。

北本は夜の七時をすぎても働いているんだろうか。成績とか世間の評判とか下の名前とかほとんどなにも知らないに等しいけど、家の食堂の手伝いをして原チャリを乗り回しているエプロン女子高生、という情報が俺の中で彼女を特別なものにしていた。明日から学校で、北本を必要以上に意識しないといいんだけど。そういう注目は嫌だ。相手は俺のことをまったく意識していなかったみたいだし、空回りになりそうだから。

弟が苛立《いらだ》ったような調子でもう一度、俺の部屋の扉を叩く。二回も使いに出されたことを怒っているみたいだ。俺は「今行く」ってさっきと同じ生返事をしてから、今度こそ身体を起こした。タオルケットに押しつけていた額がムズムズする。ガリガリ掻いて、部屋を出た。駅の電車からホームへ降りたときと同様の温度の推移が肌に起こる。最悪だ。

廊下をぐだぐだ歩いて、台所へ向かう。両親や弟が既《すで》に箸を持って待ち構えている食卓に着いて、四人で「いただきます」と挨拶してから、無言で箸と口を動かした。

母親の方が、最近帰りが遅いとか弟の生活態度について口出ししている。父親は黙ってはんぺんの煮物を箸で摘んでいた。俺も一緒に煮てあるこんにゃくを噛んで、聞き流す。

弟も淡泊に、米をそしゃくするついでに返事しているって態度だ。母親だけが一人で色々と、大根《だいこん》役者みたいに座っている家族を心配し、噂話を語り、喋り続けている。

その中に、俺に対しての一言はなにもない。

信用しているのか諦めているのか関心がないのか、さぁ、どれでしょう。

平日なので、学生の俺は学校に行かなければならない。夜に寝たら朝に起きるぐらいの常識が、どうしてここまで気分を重くするんだろう。どうせ仮に休みだとしても、部屋で一日中寝ているぐらいで生産的じゃないのに、と理屈では分かっていても辛い。

採点した期末試験の答案が返される頃だ、と考えると二重の苦痛だった。息子の生活態度には無関心でも、それが数字となれば両親も過敏に反応する。でも具体的に生活態度について口出しすることはなく、『もっとがんばらないと』で説教は締められる。

なにをがんばるか指定されなかったから、机の上に本が積まれてしまった。少なくとも俺の教育に親が熱心だった中学生の頃までは、本を盗むなんて癖はなかった。

外に出ると、久しぶりに雲のめだつ空だった。真っ白な雲がビッシリと空に敷き詰められている、少し変わった風景だ。雲の色も、匂いからも雨の気配を感じられなくて、逆に今にもその雲がカーテンのように片づけられて、青空を見せつけてきそうだった。

今日は少し早めに家を出て、遠回りした道で駅へ向かってみることにした。俺の足が選んだのは北本食堂の前を通る道だ。……なにを期待している、って、まぁ、言うなよ。

わりかし近所に、同じ駅を利用する同じ学校の女子が住んでいるって知って、関心を持たない方が高校生として不健全じゃないか。それにただ、歩いてみるだけだ。北本を誘うわけじゃない。

そうやって自分の本音にいくつも予防線を張って歩いた結果、得たのは徒労感と汗、そして代わりに鉢合わせた高校の担任だった。シャッターの降りた北本食堂の前を通って、北本どころか犬の散歩をする人とも遭遇せずに、それなりに混雑した駅へと出た。

駅と街を繋ぐ通路では、朝からビートルズネーチャンが熱唱していた。朝に見かけるのは珍しい、というか俺は初めてかな？　あの元気はどこから出てくるんだろう、と横目で眺めていたら、だれかがネーチャンの足もとの空き缶に小銭を入れていた。じっくり聴けば百円の価値のある歌なのかな、と足を止めるか迷った。

だけど目の前にいる人を押して進むような流れの中で足を止めることは難しい。

そして一番線に来た快速に乗りこむと、車両の端に控えめに立った担任がいて、しかも目があってしまったというわけだ。露骨に目を逸らして別の車両へ逃げるとか、そういうわけにもいかなくて俺は渋々、担任の側にまで移動した。縦社会ってこういうことか？

「おはようございます」

汗の味がする唇を動かして、担任に挨拶する。白髪のめだつ担任は鷹揚《おうよう》に頷いて、眠そうな目を擦った。担任の隣に立って、座席の背もたれの裏側に身体を預けた。田舎電車でボックスシートの車両だから、つり革はない。電車が駅から離れて走りだす。

車内は洗ってずぶ濡れなのに綺麗になっていない洗濯物が、そこら中に干してあるようだった。冷房の風で乾かそうと置いてあって、独特の臭気と蒸気が立ちこめる。そんな印象を抱かせる人間の臭《にお》いばかりで、なにも面白くない。だから車内へ目を向けるのはやめて、外の景色でも見ようと、扉側に目を向けた。

「……おぅ？」

そこで思いもかけないものを発見する。扉のガラスに淡く反射して映る担任の口もとが、にぃっと無防備に緩んでいたのだ。普段はやる気なさそうに唇を閉じて、むぐむぐと動いているだけなのに。実物も横目で眺めて確かめて、つい声をかけてしまう。

「なんか、機嫌よさそうですね」

半分はお世辞みたいな気分で言うと、ハッと口を手で隠した担任が「ああ」と愛想《あいそ》悪く頷いた。覆い隠した手が離れると、口もとはもう警戒するように引きしめていた。

「昔、手のかかる生徒が中学にいてな」

「……はぁ」

ということは、昔は中学校の教師だったのか。そういう人が高校の教師になるのって、あまり聞いたことない気がする。俺がしらないだけか？

「奇行にばかり尽力するやつだった。今も、大して変わっていないようだったよ」

担任は目を細めて、景色の果てにある昔を垣間見るようだった。ああつまり、昔の教え子が元気そうで安心したってことか。うーん……親でも教師でもない俺には、分からない嬉しさがあるんだろうな。弟と五年ぐらい別の家で生活してから再会したら、元気そうで安心したりするんだろうか。でも小四から中三だったら心身どちらも劇的に変化していて、弟と気づくこともできそうにないな。俺は、五年後にどうなっているんだろう。

「先生」

「ん？」

「先生は自分が昔からずっと、大人だったって思うことはありませんか？」

自分でも、なにが原因で最近悩んでいるか摑みきれない疑問を先生に投げかける。

担任は当然だけど不可解そうに目を細めて、すぐには答えてくれない。

名答を期待しているわけじゃなかったけど、無言で担任の気難しい横顔を見守る。

そして担任は俺の質問を簡単に解釈したらしくて、溜息混じりに答えた。

「お前たちみたいに学生のときもあったさ。くだらないことに一喜一憂していたよ」

「はぁ……」

「なにか悩んでるのか？　そういうのは保健室のカウンセラーに話すように」

「いえ、いいんです……」

そういうことじゃない、と分かってはいるけど質問の意図を明確に説明できない。

もどかしい。このことを悩んでいるといつもそうだ。ベッドの上でも、授業中でも、悶々となる。

あーくそ、どう尋ねればいいんだろう。

二つめの駅に到着して、電車が止まっても答えは外の風に乗って舞いこんでこない。

そもそも、ほとんど風の往来がない。車内からの冷気が一方通行するばかりだ。

消化不良の気分をいつまでも抱えているとストレスが溜まるので、そこには一旦フタをして話題を変えることにした。もう一つ、気になっていたことがあるのだ。そっちは数字の話題だから、分かりやすい返事があることだろう。

「一喜一憂と言えば俺の答案、どうでした？」

担任は英語担当だ。聞かれて、外人に道を尋ねられたように渋い顔になっている。

「……大学なら可だな、一応」

か？　大学の採点基準は、高校生の俺にはまだ分からない。

だけどそこでさっきみたいににやけてくれないなら、期待しない方がいいなと理解した。

「英語はどうだった？」

「か」

「蚊？」

友人と一緒にやる気なく足を動かしながら、テストの点数を担任の受け売りで公表した。

二時間目の合同体育は曇り空だから、とか水温が基準以下、という理由で水泳は中止となって、準備運動として校庭のトラックを走らされていた。靴の裏に土が詰まった足音はただ重苦しい。

雲模様は相変わらず、食パンの断面がたくさんくっついているみたいだ。腹減った。みんなバラバラに足を動かしているはずなのに、足音はばたっぱたっぱたっと統一して聞こえてくるのが不思議だ。ただ速度はみんな亀《かめ》だから、音が鈍重なのは揃ってもおかしくない。

どいつもこいつも、普通に歩くより低速で走っている。前のやつを追い抜いても、なんの嬉しさも湧いてこない。でも、男子はともかく女子の背中を追い抜くときは、少しだけドキドキしていた。この体育っていうのは隣のクラスのやつらと合同で行われて、しかも今日は男女全員が校庭にいるわけで、まぁ、そういうわけなのだ。

「なぁ。夏休み、なんか予定ある？」

並走する友人が、気だるい口調で尋ねてきた。ないことを期待する口ぶりだった。

「なに、俺を夏祭りにナンパする気？　浴衣《ゆかた》着てこうか？」

友人の手がスパーンと小気味よく俺の後頭部をはたいた。「いでぇ」と舌を出す。

「お前、首痛いの？　さっきからなんか固まって変だけど」

「寝違い」

適当にごまかした。俺の首の事情なんかどうでもいいらしくて、すぐに友人の興味が別のものに移る。それは目の前の女子だった。目線が明らかに、背中のブラ紐に向いている。

二人で走るその女子を追い抜く瞬間まで、友人の目は右側の子の背中に釘《くぎ》づけだった。俺はというと、振り返って顔を確認なんかできないから、追い抜いた女子が北本かどうかということだけ気がかりで、心臓がギュッと抓《つね》られるような痛みに苛《さいな》まれていた。

「いいよな、合同体育。ブラの紐見えるから」

「だな」

北本がどこにいるのか探すのは照れ屋な自意識が邪魔して、首を横に振れない俺はほとんど女子の背中なんか確認できないいんだけど、そういう意識がばれないように頷いた。

一部の体育会系だけは既にトラックを五周し終えて、俺たちを焦《じ》れったそうに待ち侘《わ》びている。その姿を冷めた目で見るのが、大半の同級生の模範的態度、ってやつみたいだ。

水泳の代わりはサッカーらしい。コートを分けて、男子同士、女子同士で勝手にボールを蹴っていればいいそうだ。女子からは足をケガしたらとかお肌に気を遣った不満があがっているけど、体育教師は座りこんでほとんど無視していた。俺もそうして休んでいたい。

まだ近所の主婦みたいに文句を垂れ流している女子たちが、グラウンドの別のコートへぞろぞろと移動する。その中に北本がいるのは分かっていても、振り向けない。

「ああ……バッカバカシー」

意識しすぎだろ、俺。中学生かよ。正直、この時間は英語の試験の点数にめげるべきだと思う。クラス平均より三点だけ上でも、先行きが明るいわけじゃないんだから。

男子のコートにボールが三つ用意される。クラス対抗戦で人数が多いから、ボールの数も増やすようだ。確かにコートの外から眺めると、芋洗《いもあら》い状態の市民プールみたいに人が溢れている。目の前にはだれかの後頭部がいっぱいに広がっているのに、サッカーなんかできるんだろうか。パスやシュートが頭部を目標にした、的当てゲームになる気がする。

一部の体育会系がコートの真ん中に置いたボールを蹴った。俺と友人はゴールの脇に立って、早くも混戦となっている中央から一歩離れた位置を維持していた。他にも数人、守りには絶対に役立ちそうにない同級生がゴール前に突っ立っている。本当に的っぽいな。

「おいポチ、ボール取ってこい」

「ごめん、今ゴールポストの塗装を剝《は》がすのに忙しいから」

などと友人とじゃれあって時間を潰す。俺たちが遊んでいる間にも三つのボールは行ったり来たりを繰り返して、時々こっちのゴールネットが揺れている気もしたけどそれでもゴール前のトマソン共は動かなかった。俺たちの毎日もこれぐらい、無意味に思えた。

女子の方を眺める。女子たちもなんだかんだでキャーキャー叫びながらボールを蹴り飛ばしている。ついでに妬《ねた》ましい足とか、自分より長い足を蹴り飛ばしているかもしれないけど、そういうドロドロした競《せ》り合いは見なかったことにした。で、肝心(?)の北本。

向こう側のコートにいる北本は俺たちと大差なかった。ゴール前で一人ボーッと立って、ボールの行方を目で追っている。北本と俺の距離は三十メートルぐらいだろうか。体操着の北本を意識して見つめるなんてこれが初めてで、目線はつい、その胸もとの膨らみに集中してしまう。

制服を着ているとめだたないけど、体操着だとさすがにその自己主張を確かめられる。このまま北本がこっちに振り向いて目があったら、俺はテストの点数以上に自己嫌悪を迸《ほとばし》らせるって確信する。それなのに、目が離せない。北本の足や後ろで組んだ手にも目がいくけど、結局は北本だった。制服とかエプロンとか原チャリがなくても、変わりない。

北本がこっちを横目で見た気がして、不審にならない速さで顔を俯かせる。これじゃあ北本の覗き魔みたいだ。なにやってるんだろう、俺。

「ま、女子サッカー見てる方が楽しいよな」

友人が横から顔を覗かせて、うんうんと頷いた。「うわぁ」「なんだよ、その棒読みな驚き方」「別に」本当に驚いたから、それをごまかすためにわざとらしく仰け反った。

「でもこの距離で女子観賞しても、アレだな」

「アレってなんだよ」

「ブラ紐の色が判別できない」

お前のそんなアレなんか、靴下の毛玉よりどうでもいい。

大事なのは俺の中にあるアレ。

そう、アレだ。ちょっとしたキッカケがあったから、もしかしたら相手も俺を意識して、なんやかんやでうまくいくんじゃないかと妄想兼期待が膨らむ、自意識過剰病。

恐らくだけど、男が一度かかると不治になるほどの困難な症状だ。

また発症してしまったというのか。ショック療法以外、この病《やまい》を抑える方法はないんだぞ。いい加減学習して、人間関係に対する執着とか希望というものを、うがい手洗いで流す習慣を身につけた方が君のためだ。なんて架空の医者に諭されて、俺はもう、殴りたい。

「殴らせて」

だから側にいる友人にお願いしてみた。

「サッカーは手を使うの禁止だろ」

いい加減にあしらわれた。それから俺は頭を抱えて、「あーもう」と呆れる。

こんな単純な頭してるから、オセロで勝てないんだろうな。

「……なんだったっけ。この間読んだ本の、高校生を象徴する表現って」

数歩、前へ走る。足音はトラックを回っていた亀たちより、わずかに軽い。

「おい、どーした？」

それは朝、今日もがんばろうと思う度に。

どこかへ行こうと、足を動かす度に。

「そして、呼吸をする度に恋をする、だったかな」

小競り合いからこぼれて足もとに転がってきたボールを、思いっきり蹴り飛ばす。

そのボールに、水面《みなも》の餌を求める鯉《こい》のように群がる連中を眺めながら鼻を掻いた。

ま、そこまで本気じゃないから。


夏休みの始まりを来週に控えた土曜日は、本腰を入れてなにもすることがなかった。エアコンの送風の音が、苦痛な退屈の時間が宙を飛び交っている音のように思えてくる。

昨日の夜もやることがなくて、弟でもまだ起きているであろう十時前後には眠ってしまい、午前六時に寝汗だらけの身体は目覚めた。寝苦しさに耐えられなかったみたいだ。

休日の朝六時に起床しても、家族は全員寝入っている。そもそも起きていたからって、家族という体裁を保つための挨拶を交わすぐらいでそれ以上の会話はない。もうテストの結果を知っての『もっとがんばらないと』は頂戴した。これで四つ目かな。次からは五回目でキリもいいし、『もっともっとがんばらないと』にでもなるかもしれない。

そういうわけで、早朝から暇だった。疲れていないのか二度寝もできない。仕方なくパソコンを起動させて、オセロゲームで暇を潰したりしていた。先週、あのオセロの本を盗み損ねたせいか結果は今日も散々だ。機械は接待という言葉を学ばない。待ったも通じない勝負の鬼だ。負けると時々ソリティアやフリーセルに浮気して、でもすぐオセロに戻る。

そんな風に無益に時間を潰して、十一時ぐらいになったから部屋を出て台所の方へ向かうと、昼飯にソーメンを準備しているのを薬味のショウガの匂いで察したので、「昼は外で食べてくる」と母親に告げて回避することにした。ソーメンは苦手だ。母親は「分かった」とだけ返事をして、ソーメンのつゆ作りから手を離さない。こっちの方がしつこく呼び止められて絡まれるよりよっぽど楽だった。しかし、外へ行くっていうのは失敗だったかもしれない、と湿気でべたつく廊下を歩きながら後悔した。わざわざ、って言葉がついて涼しいところへ行くのなら分かるけど、直射日光から身を隠すものがない外へ出かけるなんて。暑さで頭がやられているんじゃないか、と心配になる。やられているのにそのせいで外の熱を浴びるなんて、悪循環もいいところだ。

ぶつぶつと自分の選択をなじりながら、ビーチサンダルを履いて外へ出て、途端に降り注ぐ光にまず目をやられた。瞼の根もとを指で押さえられたように痛む。どこでもいいから、建物の中へ行こう。そこで涼もう。……そう思って、片目を瞑ったまま道路を歩いて、それでなんで北本食堂の前へ来てしまうんだろう。本屋とか、選択肢は色々あるだろうに。ビーチサンダルが指の間に食いこんで痛み、それもなぜだかやるせない。はいた息は、焦げた匂いがした。

「どうかしている」

これもきっと暑いせいだ。それと俺の髪が黒色で、光を吸いこんでしまうからだ。後は、あれだ。あのカツ丼どうこうっていう書きこみのせいで、食堂を意識したのかもな。

のれんと自動扉の前で一旦立ち止まる。すーはー、と大仰《おおぎょう》に深呼吸して、意を決してからくぐった。チリンチリン、と扉の上側にくっついていた風鈴が鳴って、なんだか焦ってしまう。

だけどその音が、がらりと風の温度の変わる前兆みたいだった。冷房の風がじっとりとした肌に触れると、そこに雪が積もったみたいに感じられる。盤上にある猛暑の黒が冷気の白に次々と裏返されていくようで、快適というより爽快感《そうかいかん》があった。

「いらっしゃいませー……せー」

振り向いた北本の挨拶が、客の姿に気づいてか微妙にしぼむ。それでも接客用の笑顔は崩れない。店内はそれなりに混んでいて、空いている席は二つだけだった。その片方、厨房に近い方の二人用のテーブルに、北本に案内される。今日は当たり前だけど、制服を着ていない。半袖《はんそで》のシャツの上にエプロンを着けていた。二の腕が白磁のようにきめ細かい。

「今日はどうしたの？」

席に着くと、お茶を運んできた北本が訝《いぶか》しむように話しかけてきた。そりゃ、大して親しくもなく、完全に顔を知らないわけでもない同級生が現れたら、そういう微妙な態度になるよな。俺だって北本にどう接していいのか、手探りの状態だった。

「いや昼飯、作れないからさ。だから外で、まぁ、一回ここで食べてみようかなって」

さもなんてことないように、何度も頭の中で練習した文章を口にした……つもり。嘘はついていないけど、言い訳みたいに聞こえる話し方になってしまった。気味悪がられていないか不安で、北本の顔をそっと窺う。北本は「ふぅん」とだけ曖昧に相づちを打った。

それから北本が同級生に話しかける気安さを引っこめて、接客用の態度になる。

「ご注文を伺《うかが》ってよろしいでしょうか？」

「いや、まだ」慌てて、調味料や箸の下に敷かれているメニュー表を取る。

「決まったら呼んでください」

ことん、と湯飲みが置かれる。湯気が立っていた。夏なんだから冷えた茶を出すか、水道水でもいいのに。せっかく水が美味《お い》しいと評判の土地に住んでいるのだから、そのまま飲まないでどうする、と思いつつ湯飲みに口をつけた。渇《かわ》いた舌やのどに、夏の空気が液体化したような温度が染《し》みる。潤うって印象じゃないな。埋められている、って感じだ。

「あ、でもその前に」

厨房へ引き返そうとした北本が、靴の踵を鳴らすようにして立ち止まる。振り返った。

「……こほん、竹仲」

「ん？」

あらたまるように名字を呼ばれて目が白黒して、ずずっと湯飲みを傾けてごまかして、

「こないだの体育のときに私の胸見てたでしょ」

吹き出したお茶が北海道みたいな形をテーブルに描いた。のどや鼻の奥が焼けるように熱い。いや実際お茶で焼けた。しかもお茶を鉄砲水みたいに吹き出して、筋肉が引きつっている。痛い。別の意味で心が張り裂けるようなことを言われた。ほとんど無意識にギブアップを宣言するように、テーブルをバンバン叩いている。

「露骨に分かるから、ああいうの。気をつけた方がいいよ」

ひとしきり苦しむ俺の肩を叩いて、北本が軽やかな足取りで離れていく。他の客も北本との距離が開くことで、俺への注目を失ってそれぞれのテーブルの上にある世界へと戻ってくれた。だけど十代の敏感な羞恥心はとっくになます切りとなって、燃えたぎっている。

涼しい顔の北本が布巾を持って戻ってきてテーブルを拭くのを、鼻から垂れ流れそうになる緑茶の残滓を必死に手でせき止めながら見ている俺はその日、外でカエルか

ミミズのように干からびて死んでもいいと本気で嘆いて、眼球を潰すように強く目をつむった。

背丈はクラスの女子の平均より少し高い。髪は墨を被ったような黒色で、それを三角巾でまとめている。顔立ちは目が大きく、鼻は少し低い。勝手な印象としては猫顔だ。

服装も顔も飾り気がなくて、猫背で店内をくるくると忙しそうに動き回っている。同級生が働く姿をぼぅっとテーブルに頬杖ついて眺めていると、妙な気分だった。俺たちは学生で、だけど北本はもう社会に馴染《なじ》んでいる。原チャリにも乗っている。同じ歳のはずの北本は高校生以外の世界を知っているみたいで、だから惹きつけられるのだろうか。

視線を感じたのか、北本はわざとらしく胸の前に腕を置いてから、こっちへ近づいてきた。なにその不自然な、映画の中世の騎士とかが取るポーズ。泣きたい。こっちもメニュー表で顔を隠した。近づけたメニュー表から、揚げ物の香りがした。

もう帰ろうかな。いやでも逆に失うものはもうなにもないのか。羞恥心は死んだ。

どうしてこいつはそう、あんなことを指摘した後も平然と話しかけてこられるんだ。こっちも意地になって平静を装《よそお》い、メニュー表から顔を離して、指差しながら北本に尋ねた。舌が震えないようにと、根もとに力をこめる。

「聞いてみるけど、北本はこの料理、どれか作れる？」

「これとこれなら、なんとか」

北本が迷いなく指差したのはハムエッグとサラダだった。俺でも作れそうだ。北本に感じた大人への憧憬《しょうけい》が薄れる。そうだよな、別になんでもできるってわけじゃない。

「……お勧めはある？」

「カツ丼とうどんが評判いいよ」

「じゃ、カツ丼」

注文を聞いて、北本が厨房に向かう。背中を見送ると、シャツが体操着より厚手なのか、ブラ紐は確かめられなかった。そんなことに落ちこむ自分に、落ちこみそうだった。

「それにしても、」

「注文決まったの？」

カツ丼ね。掲示板といい最近、なにか縁でもあるのかな。ないだろうけど。

「セイさん、カツ丼一つ」

「はいよー」

北本が厨房の男に注文を伝える。北本の他に働いているのは、その人ともう一人、北本の母親らしきおばさんだけだった。

それから北本はポットを持って、他の席にいる客の湯飲みにお茶を注いでまわりだした。俺の湯飲みの中身は吹き出してから入れ直してもらったので、まだ満タンに近い。その湯気に息を吹きかけて、早く冷まして減らそうと試みる。

厨房の中で、セイさんと呼ばれた背の高い優男が汗を拭いながら調理に勤《いそ》しんでいる。俺より歳が五つぐらい上の、大学生って印象だ。線が細くて、高校の女子に人気のある男子と雰囲気が似通っている。つまり顔がいいってことだ。セイさんという呼び方からして、北本の兄ってことはないと思う。どういう関係なんだろう。単なる従業員なのか？

「そんなにのど渇いてたの？」

ポットを片手に持った北本が、半分近く減った湯飲みを確かめてテーブルの横に立った。そのままいる、いらないを問わずに湯飲みを取り、お茶を注ぎ足す。

急いで飲んだ緑茶が胃の中でたぷたぷと揺れて、正直お茶なんかもういらなかった。

「身体の中の水分か、身体そのものが蒸発するかって競うぐらい外は暑いよ」

でも断らない。こぽぽぽ、って音とともに黄緑色の水面が上昇するのを見届ける。

「そうだよね。夏は出前とかマジ勘弁だもん」

げんなりした表情で、べーっと舌を出しながら北本が湯飲みを置く。そういう、客じゃなくて同級生に接する態度なのがこそばゆい。ていうかこいつ、あっけらかんとした性格というか……気にしないのかな、色々と。逆に俺がお茶を吹き出したお陰で、お互いの言動が少し砕けたものになっている気がした。塞翁《さいおう》が馬、とはこういうことだろうか。胸を眺めることは不幸なわけないのだが。

ポットをカウンターに置いた北本が、そのまま空いた席に座る。カウンターに両腕を重ねて置いて、上半身を預けるような姿勢を取った。厨房の中にいる男へ話しかける。

「セイさん。この間の質問、考えてくれました？」

身を乗りだすようにした北本の声色は、体育のサッカーでコートの隅に突っ立っていた姿とまるで嚙みあわない。調理中の男、セイさんが汗のめだつ顔を上げる。

その二人の会話に、俺は自然と耳を澄ませていた。

「質問？」

「あ、待った。その前に汗」

北本が席から離れて、厨房へ回る。そしてハンカチでかいがいしくセイさんの汗を拭く。その北本の喜色に満ちた横顔を見つめていると、悟るものがあった。

縮んだように感じていた北本との距離が、また遠くなる。遠近法に従って北本は小さくなり、俺が目をこらしてもその輪郭の全貌を目に映すことは難しくなった。

「……なるほどね」

そういうことですか。そりゃ、顔がいいからな。当然の流れともいえる。

セイさん、と呼ばれた男が「ああ、思い出したよ」と言ってから肩を揺する。その笑い顔は口もとが緩んで、頬も形を変えてと普通の変化のはずなのに、独特だ、と思わせるものがあった。ハンカチと北本が一歩距離を取ってから、首を傾げる。

「え、いや、なんかおかしいッスか」

「僕の彼女もよくそんなことを聞いてくるんだ。女の子ってみんなそうなのかな」

あ、彼女持ちなんだ。そりゃそうか、顔がいいし。そーかそーか。北本も特に落ちこんでいる様子がないし、恐らく周知の事実ってやつだな。

それにしても、どんな内容の質問なんだろう。二人の話を拾ってもまだ摑めない。

「僕は毎回ロクな返事ができていないから今度こそ、って一晩中考えたんだけどね」

「はい、なんですか?」

北本がグッと顔を突きだす。セイさんはその勢いに苦笑しながら答えた。

「好きっていうのは、それだけで理由だと思うんだ」

まるで告白でもするような言葉に、俺と北本が同時に赤面する。俺の方は、よくそんな恥ずかしい台詞を口にできるなっていう意味で。北本の方は、知らん。俺は北本じゃない。

「好きだから、大事にしたい。好きだから、一緒にいたい。これは成立しない?」

続けた台詞もその端麗な笑顔と組み合わさって、本人より周囲の方が気恥ずかしくなる代物だった。北本も固まっていたけど、セイさんの言葉尻《じり》が疑問符だったことに気づいてか、慌てて意気ごむように握りこぶしを作って、返答する。

「する、と思います!」

「かな。だといいなぁ」

自分で言いだしたことなのに、セイさんは自信がなさそうに笑っている。北本の方は、「ありがとうございました」と、解答の提供に感謝していた。耳まで赤くなっている。

北本が投げかけた質問の内容は、好きという単語である程度察せた。なんだかなぁ、と半ば盗み聞きになっていた俺は言い知れぬ感情が溜まって、グッと頬を手のひらで潰した。

厨房のおばさんに、喋ってないのと北本が注意される。すると北本はさっき回ったばかりなのにまたポットを持って店の中を動く。さすがにもうお茶を減らすことはせず、その北本の挙動を見守るに留《とど》めた。気分は複雑で、どうしてか顔を上げづらい。

それから、他の客が雑誌を斜め読みしながらうどんをすすっているのを眺めて、そういえばあの本屋に一週間以上行ってないな、と考えたりしてカツ丼を待った。本を盗むような不届き者の足が遠退いたら、あの本屋も少しは繁盛しているんだろうか。

家へ帰る前に寄ってみるかどうか、目をつむって葛藤する。今日は鞄もないから、盗るのは難しそうだ。そもそも、どうして俺は本を盗むんだろう。最初の気持ち、動機は、一体どんなものだったんだろう。中学三年生のときだっていうことは覚えている。

だけどその頃の思いはなにも記憶されていない。本当にそんな時間を体験したのかも、怪しく思えてくる。俺はいつから高校生で、いつのときに中学生だったんだろう？

「お待ちどおさま」

みそ汁とカツ丼と伝票を運んできた北本が、テキパキと並べる。「割り箸はそこ」とテーブルの筒にまとめられている箸を指差してから、北本が去ろうとする。

「あ、ちょっと」

箸を割りながら北本を呼び止める。たくあんを置き忘れた北本が振り返ってテーブルに置くついでに、俺の言葉を予測してか伝票を摘んだ。

「追加注文？」

「いや、仕事終わってからでいいんだけどさ……」

「うん？」

「ちょっと原チャリに、乗せてくれない？」

「あー乗るっていうのは一人でって意味で、」

「免許ないんでしょ？」

「……そうだけど」

じゃあどうやって乗るの？　という顔をされた。北本にそういう顔で見つめられると、相手が一層、大人に思えてくる。そして自分が子供だとも実感する。俯いて、頬を掻いた。

食堂の昼休みに、北本が俺を原チャリに乗せてくれることになった。ダメもとでお願いしてみたものが通って、その感想は夢心地ってやつだった。希望通りになると現実味がない。

免許を持つ北本が運転して、俺は荷台にオマケとして乗る。北本の投げてきたヘルメットを受け取りながら、風鈴に見送られて店の外へ出た。厨房にいたおばさんは無言だけど、娘と出かける俺に対してなにか思うところはあったりするんだろうか。

今日も道路の向かい側にカブが止まっている。食堂の駐車場には自転車が止まっているだけだから、道路じゃなくてそっちへ入れておけばいいのに。日焼けして変色するぐらいだから、昔からのこだわりでもあるのかもしれないけどさ。

「行きたいところとかある？」

シートに跨《また》がって、ヘルメットの紐を調節する北本が尋ねてくる。あの本屋の名前を口に出しかけたけど、北本と行くのはマズイよなと思い直す。万が一、ってこともある。

同級生の女子の前で、万引き野郎と告発されたら目も当てられない。

「特にない」

「分かった。じゃあ適当ね、はい乗って」

指示と舌の回転が早い。慌ただしくヘルメットを被って、出前箱を固定する道具の取り除かれた荷台に座る。初めて座る原チャリの荷台は、狭かった。

「意外と尻が窮屈なんだな」

「これ、自転車よりちっちゃいのよ。そもそも原チャリの二人乗りは違反だし」

ああ、そうなのか。いかんのか。いいのかよ。

「あ、大丈夫だから。このへんのお巡《まわ》りさんっていい加減だし、それにウチの出前取ってるんだもん。取り締まったら、だれが出前の品を運んでくるのよ」

北本の口の端が吊り上がる。そして、原チャリは支え棒から解き放たれたように、がくんと一度大きく振動してから前へと走りだした。俺はその未知の加速に、目が白黒となる。

乗り心地は自転車と似ていて、だけど車輪の回る感覚が伴わない前進。小さな車輪が地面を滑るのではなく、削っているような音がする。乗車している、という感覚は思いの外強くて、だけど車に乗っていながら全身が外の風に当たっているというのは、奇妙な恐怖、奇抜な開放感が入り交じって尻や腹を落ち着かなくさせる。荷台の端を摑んで、振り落とされないように必死だった。出前箱のように身体を固定してくれれば楽なのだが。

北本の運転する原チャリは直進して、スーパーのある通りへ出た。眼鏡《めがね》以外に望遠鏡でも置いていそうな、巨大店舗の眼鏡屋が見えてくる。スーパーはその隣だ。

「子供の頃は、よく行った気がするなぁ」

母親に手を引かれて。買い物中は退屈だったけど、菓子を一つ買ってもらうためについていったんだ。あのとき、俺は母親とどんな会話をしていたんだろう。記憶の中にある母親は今と違って笑いかけてきて、それならきっと、俺も笑っていたんじゃないだろうか。

スーパーの前を通りすぎて、右折する。古い住宅街の入り口付近にある、これまた目新しさのない小さな公園の方へ原チャリが向かった。そこで、思いがけない人影を見つける。「あ、」弟だ。

公園の隅で、女の子となにか話しこんでいる。こっちには気づいていないようで、弟の顔は真剣そのものだった。公園で遊んでいるって風でもないし、逢《あ》い引き？　小四で彼女持ちかよ。不覚にも、母親の心配する気持ちに少々共感してしまう。まぁ妬みだが。

俺が部屋でオセロしている時間に、弟は彼女に好き好き大好きなんとやらってささやいていたりするのか？　弟に人生に何馬身差をつけられているか、考えたくもない。

ああ、そうだ。好きといえば、気になることが一つあった。

「なぁ」

「なに？」

「あのセイさんって人に、どんな質問したんだ？」

北本が首をわずかに振り向かせ、横目で俺の顔を窺ってくる。友好的な目つきではない。

「聞いてたの？　盗み聞きなんて悪趣味ね」

「あ、しまった。ばれた」

あんな大きな声でやり取りしていて近くの席に座っていたら、耳でも塞《ふさ》がない限りはある程度聞こえてくるだろう。というわけで不可抗力だと解釈して、悪びれない。

「竹仲は盗み聞きばかりするやつだって学校で言いふらそうかな」

「悪かったよ。それで、質問の内容は？」

「そんなこと気になるの？」

「なるの」

「……『好き』ってなんですかって」

直球の質問だった。そんなこと人に尋ねるのも、答えるのも羞恥の極みだ。俺ならどっちの役割だって絶対に受け持ちたくない。仮に答えるとしたら、『答えはいつでも己《おのれ》の心の中にある』とかおどけてごまかすしかない。普通の高校生にはそれが限界だ。

「……北本さ」

「なに？　質問多いやつね、原チャリ乗った感想とかないの？」

「あのイケメンさんに恋してるわけだよな。それと楽しい」

「バーロー」

北本が前を向いたまま、器用に俺の脇腹を殴る。小突くとかじゃなくて、握りこぶしをめりこませてきた。原チャリがS字を描くような軌道になる。転ぶかなと胃の底が引きしまったけど、体勢は案外、楽に立て直していた。それでもこっちの胃は痛いままで、どうにも据わりが悪い。

「バッカじゃないの」

「いーんじゃねーの、高校生。呼吸をするように恋しても」

どこか投げやりにからかいの言葉が出る。もちろん、本音じゃなかった。だけど俺たちみたいな年代は、素直に生きるなんて価値観を持てない。親、教師、兄弟。色んな人との関係までひねくれてしまう。だから人生がちょっとだけ、ややこしくなる。

「あんたも高校生でしょうが」

「うん……でも北本って実際は、高校生っぽくないよな」

信号もないのに、原チャリが一時停止する。それから、眉をしかめた面構えをくるりと振り向かせて、俺に静かなる怒りをぶつけた。

「老け顔とおっしゃる？」

「いやそういうことじゃなくて、なんか大人っぽい。働いてるし」

早口で、ごまかすような調子の言い方になってしまった。本音なのに、伝わるか不安だ。

「働いてないよ。やらされてる家の手伝いだもん」

また北本が前を向いて、原チャリは再加速する。不機嫌は見せかけだったのか、北本の声色はもう元通りだった。

「それに本当は調理の方を担当したいの。なっかなか、練習時間取れないけどね」

「ふぅん……」

「そしてテスト勉強の時間も取れなかったから、あんな点数でも仕方ない。うんうん」

「テスト期間中は手伝ってないって言ってなかった？」

原チャリの軌道が歪んだ。意図して北本が車体を斜めにして、蛇行《だこう》運転をする。乗り慣れていない俺への意地悪のつもりだろう。そう頭の中で整理つけて判断しても、現実に起きている事実には変わりない。北本の細い身体に情けなくしがみつきながら、

「すいませんすいません」と謝った。咄嗟に北本の胴体に腕を回してしまったけど、俺の謝罪がおかしかったのか、北本はとがめずに笑うばかりだった。俺も笑う、けど恐らく頬が引きつっていた。それは恐怖の一方で、北本の胴に腕を回して、強く触れているという事実に目眩がしそうになっているからであることを、俺は否定しない。

そして謝る意識の片隅で、脳が別のことを考える。

『カツ丼は作れますか？』というあの問いかけは、俺じゃなくて北本のためにあるんじゃないだろうかと、ふとそんなことを思った。

「あの店は私のお祖父さんが始めたの。出前用の原チャリも、その頃から使ってるやつ」

河川敷を一望できる土手で、駐車した原チャリを見上げながら北本がそんな話をし

た。ヘルメットを脱いだ北本の艶《つや》やかな髪が生温い風に吹かれて、目を惹く。

側に座って地面や草の硬い感触を尻で感じながら、俺は黙って聞き手に回っていた。河川敷にはラグビー用のポールが突き刺さっている。手入れもされているのか、石や草がめだっていない。川ではアヒルが数匹、群れを作ってスイスイと泳いでいた。

「お祖母《ばあ》さんが死んでからは、店にも全然出てこなくなったけど。無気力状態っていうの？　俯いてばかりで、家からあんまり出てこなくなっちゃって。だからお母さんがあの店を畳んじゃう前に私が、なんとか継がないとって思うわけ」

紐を摑んでヘルメットをぶんぶん振りながら、北本が語る。

「北本、お祖父ちゃん子だったとか？」

足もとにあった小石を川の方へ投げる。水面に届かなかったようで、音も波紋も生まれない。あ、ラグビーやっている人に悪いことしたなと反省して、石投げはそこで中止した。

「んー、別に。両親が働いてて、休みの日とかはよくご飯食べさせてもらったけど」

「あー、じゃあ食堂にこだわる理由とかあんの？」

「あるよ」

曲げていた足を北本が伸ばす。べったりと膝の裏を土手にくっつけるように座りながら、俺を見た。その顔は両親が、何度聞かされたか分からない昔の笑い話を、また語るときの笑顔に似ていた。過去を含ませた笑い方で、そういう匂いみたいなものを察する。

「小学校の文集に書いちゃったの。お祖父さんの店を継いでご飯作る人になりますって」

「……それだけ？」

「それだけよ。他に立派な理由とか必要なの？」

堂々とした物言いで、たとえ反論したくたってさせないぞ、という気概に満ちているようだった。そういうところが、俺には眩しく思えてしまう。北本を直視しづらい。

「で、セイさんに代わってご飯を作る人になりたいんだけど……うまくいかないね」

「アルバイト募集してるのはそのため？」

北本が頷く。それから膝を指で掻いて、歯を見せる笑いをこぼす。

「あの貼り紙、年が明けてから貼ってるんだけど。ウチの店って、バイト盛りの学生さんがあんまり来ないから人材が集わないの。なにしろ近所にあるの、小学校だもんねぇ」

「確かになぁ」

放課後に小学生が小銭を握りしめて、こぞって食堂ののれんをくぐる風景は想像しがたい。

「ま、気長にやりますよー。三年生になって就職活動しなくていいもんね。そこだけは他の同級生より気楽だね」

「大学は？」

「行かない。アッタマ悪いし、勉強はもういいや」

そこまで言い切れるやつに初めて会った。新鮮で、出所の不明な感動まで覚えてしまう。なんとなく大学、と考えているような俺とは、北本はやっぱり別世界にいる。

「それにしてもさー」

伸ばしていた足を抱えて、北本が橋の上を渡る車を目で追いかけながら呟《つぶや》く。

「竹仲とこんなとこで話してるの、なんか不思議」

「……まぁなー。北本とこうしてるのは、先週の俺には予想つかなかった」

どういう意味合いで不思議か確かめたいけど、直接的に『俺ってどう？』なんて聞けなくて、適当に相づちを打つ形になってしまう。

「竹仲なんかとここで話してるの、なんか不思議」

「貶める方向に言い直すなよ」

やっぱり嫌なのかよ、と北本の顔を窺う。北本は遠くを見る目で河川敷を見渡して、見向きもされていない右手が独りでに指折り数えていた。

「中学が一緒だったから三年、高校入って一年ちょっと。四年ぐらい近い場所にいたやつと、四年間ほとんど会話がなかったのに。この一週間ぐらいで、一緒に話すようになっちゃった。なんかこれ、凄いことに思えない？」

だれに尋ねているのか、方角の掴めない質問を北本が川へばらまく。それを拾うやつは、近くに俺しか見当たらなかった。だから俺が答えても、空気の読めないやつってことはないだろう。そこまで確かめてからようやく頭を働かせ始めても、遅いんだけど。

北本はもう次の問いかけを口にしている。

「これは一度きりかな？　竹仲と一緒の場所にいるのって、これで打ち切り？　それとも縁みたいなものがあって、またこうやってぐだぐだ話すときが何度もあるのかな」

「…………………………」

どうなんだろう。末永い縁が俺たちの間にあるのなら、四年前に知りあっているのが普通な気もする。俺たちはどうして、こんな急に話をする仲になったんだろう。

それは摑んで漂流していた船の板が偶々、もう一人の漂流者である北本の板にぶつかっただけかもしれない。それならいずれ波にさらわれて、俺たちは水平線の彼方にいる、またお互いが見えない存在になるのだ。一期《いちご》一会《いちえ》の精神で、北本を見送るべきかもしれない。

だけど俺は今日、自分の意思で北本食堂へ行くことを選んだ。ソーメン、もしくはあのネットのカツ丼に関する質問が原因ではあるけど、結果は自分の選択に基づいている。胸を眺めていたことも暴《あば》かれたけど耐えて店にいた。だから出会いこそ偶然であってもその後、俺たちの距離がどうなるかなんていうのは運命とかどうしようもないことではなく、俺たちの在り方次第で変えられることの一つなのだと信じたい。

そうありたい、と雲の向こうに祈った。

「先のことは分からないだろ。北本と俺がここにいるの、不思議がるぐらいなんだから」

祈りを口にして直接、北本へ伝えることはできない。だから俺たちはいつだって自分の望むものに遠回りで、それでも相手に伝わってほしいと身勝手に願って、自分の責任で起きたくだらないことに一喜一憂する。しかしそのくだらなさを楽しめるのだから、高校生っていうのは面白い。

北本は、「え、どした?」ジーッとなんかこっちを睨んでいた。値踏みするようなジト目だ。なにか発言に不都合があっただろうか、と思い返して、後悔ばかりで自己嫌悪に陥る。

他にうまい言い方があった、あーだこーだ、と俺の過去は反省点ばかりだ。

「ふーん」

思わせぶりに、わざとらしい息のはき方だった。

「なんだよ」

俺の牽制《けんせい》するような反応に、北本がニヤッとなる。笑う猫、という題名に綺麗にあてはまる顔立ちで、愛嬌と同時に皮肉っぽさが強く見て取れた。

立ち上がって伸びをした北本が、河川敷に向かって口を開く。

「竹仲」

「だから、なんだって」

「あんた童貞でしょ」

今回、口から吹き出すものはなにもなかった。代わりに鳥肌が立った。目の端がぐち、と握りつぶされたように収縮して、北本の顔を見上げる顔が震える。北本はニヤニヤと、図星であることを勝ち誇るように笑っていた。

「な、なんだ急に、ていうか、決めつける根拠は、」

「態度。挙動不審で分かりやすいじゃない」

ますます北本が勝ち誇って、人差し指なんか突きつけてくる。なんだこの状況。同級生の女子に童貞ですねと見破られて、俺はどういった反応を示すのが正解なんだ。まさかもらってくれなんて叫ぶわけにもいかない。訴えられる。

「じゃあお前は、あー……処女、なのかよ！」

そんなこと聞き返してもおあいこにならないのは分かる。でも熱に浮かれたように聞いてしまう。これもまた、相手によってはセクハラであると訴えられそうだった。

「ふふーん」

思わせぶりな態度で、鼻高々とばかりに顔を突きだす。目もつむってお澄まし顔だ。その顔を眺めていると動揺は収まり、なんだか無性に腹が立ってきた。

「おい処女」

「ふふふーん」

「ああ、じゃあビッチかお前」

「ふふふふーん」

鼻歌を続けたまま、北本が原チャリのシートに跨る。鍵を回した。

「なんだもう帰るのかビッチ」

立ち上がってから聞くと、北本はまたあの首だけ後ろ向きな、エクソシスト原チャリポーズを取った。髪の毛が逆さに下りきって、北本の怒り顔を隠すものはなにもなかった。

「怖いぞビッチ」

「うるせぇ、処女だよ！」

処女らしくない（のか？）ヒステリックな台詞をはき捨てて、ヘルメットを被り忘れの北本を乗せた原チャリが発進する。

「おい待て処女！　童貞一名忘れてるぞ！」

俺を、荷台に、乗せ忘れ！　どこ出前に、行く、つもりだ！

河川敷に置いていかれた俺は必死に駆けて、原チャリと北本の背中を追いかけた。

「うぇ、カツ丼を丸ごとはきそう」

「叫んでくれれば止まって乗せてあげたのに」

嘘つけ。街中で処女って十回は呼んだのに、ことごとく無視しやがって。原チャリに足が追いつけるはずもなくて、一人叫んでいる俺だけが恥を掻いた。バカじゃないのか、俺。

脇腹を押さえて歩く俺に、原チャリを低速で走らせて北本が隣に並ぶ。

「北本はこれから仕事？」

「お金もらってないから手伝いだって。うんまぁ、めんどいけど」

「などと口では言いつつ、あのイケメンが厨房にいるなら喜んで働く処女であった」

「童貞さんはこれから帰ってエロ本読み耽《ふけ》ってからご飯食べるの？　手洗いはちゃんとしなさいよ」

なんて朗らかにそれぞれの予定の確認を済ませた。どういう言い合いだよ。

そして店の前まで来て、その別れ際に俺はこんな話をしてみた。最近考える、よく分からない悩みについてだ。担任にも尋ねて、だけど解決しなかったあの疑問。

聞いてくれるなら、答えてくれるなら、北本でも友人でもだれでもよかった。

「時々さ、考えるんだ」

「どんなこと？　童貞特有のエロイこと？」

処女の穿《うが》った発言はさし当たって無視した。

「俺、ずっと高校生なんじゃないかって」

北本が目を丸くする。俺の質問の意味を、やはり担任みたいに直線で捉えたらしい。

「卒業できないってこと？」

「いやそうじゃなくて……なんかこう、まず地球がポンってできあがって……で、俺は最初から高校生の役目を持って、そこに配置されたんじゃないか、みたいな」

キョトンと、理解不能のものを提示された北本の表情はそのまま変わらない。地球を描くように身振り手振りで大きな◯を作って、さて、それから俺はどう話せばいいんだ。

「昔のこと、なんにも思い出せなくてさ。俺、今までちゃんと生きていたのかって、過去があったのかって不安になったんだ。だから、将来もないんじゃないかって」

前半は不安、後半は期待でもあった。将来があるなら、いつか俺は爺さんになってしまう。そして、死ぬ。冷静に考えだすと、それはなにより怖いことじゃないか。

「そんなわけないじゃん」

頭に直接、蟬が落ちてきたようだった。北本の軽々しい一蹴《いっしゅう》は振り子運動を描いて、惚《ぼ》けた俺を側面から蹴り飛ばす。

「私らいつか、自分のお父さんやお母さんみたいになるんだよ」

林檎がどうして甘いのとか赤いのとか、そういう疑問に囚われた子供を諭すような口調だった。目の端にスッと冷たい線を入れられたように、俺の意識の揺れは止まる。

「ま、一章、二章とトントン拍子に人生が進むのかは分かんないけどね。三章が二回あることだってあり得るし」

「それ、三章と四章って分ければいいだろ」

「そうもいかないときだってあるの」.

北本は妙に大人びた物言いで、俺の意見を突っぱねる。なんだよ、と置いてきぼりにされるような気分で横を向くと、北本は店の方へ歩いていってしまう。本当に道に置いていかれた。だけど追いかけることはできなくて、北本の背中を見送る。のれんをくぐる途中、腰を屈めた北本が俺の方に振り返った。曖昧に、笑って。

「じゃあね、竹仲。また学校……で会うことはあんまりないけどね」

「ん、ああ。……またな」

じゃあな、ではなくまたなと口にしておいた。北本もそれに気づいてか、顔を少しほころばせて、のれんをくぐった。まだ営業時間外で薄暗い店内に、北本が消える。

これから働く北本。これから食う、寝る、遊ぶな俺。この差は、なんだ。

腕の内側に北本の身体の感触が残っている内に、急いでその場から歩きだした。

「北本、北本、北本」

呪文《じゅもん》のように三回呟いてから、鼻をすすって顔を上げる。ちくしょう、こういうところが童貞っぽいんだ。不毛な言い争いで処女にバカにされるんだ。

それから、その足で向かったのは、自宅じゃなくてあの本屋だった。各務原書店。今時、万引き対策がなにもされていない新規設備のない店。日が暮れるように、店を畳むのを待つだけのような佇《たたず》まいと、中の人。一週間ぶりに、その本屋の前を訪れた。

ここに来ないと、いけないような気がしたんだ。

どんよりとした厚みのある雲に似た外装を見上げながら、自動扉をくぐって中へ入る。入った途端、万引き犯とののしられるんじゃないかと怖がった半面、まだ潰れてないんだなと嬉しくもあった。それは過去と将来に対する俺の考えに、通ずるものもあった。

エアコンの騒々しい送風口が、まず出迎えてくれる。正面から吹く冷風。客の姿はない。明らかに古いと分かる演歌の流れる、薄暗い店内で、もぞもぞと動きを見せるのはカウンターの奥にいるおっさんだけだった。

おっさんが本から顔を上げて、ニッと笑う。口もとにしわがめだって、歯も煙草のヤニで変色して、目もともしょぼしょぼしている。でも笑顔だとすぐに分かるその表情には、確かな歓喜が見て取れた。それを、どうして俺に向ける？

「いらっしゃい、久しぶりだね」

「あ、はい……」

当然だけど顔を覚えられていることに、萎縮《いしゅく》してしまう。顔は俯きがちだ。

「学生さんだから、テスト中とかだったのかな？」

「はい、えぇと、まぁ」

歯切れ悪く答えると、おっさんはだれもいない店の中をぐるりと見回して、冗談めいた朗らかな口調で俺を、自覚なく切りつけてきた。

「君みたいなお得意さんが来なくなって、潰れちゃうかと思ったよ」

「……っ、あ、ぐ」

心臓が、きりきりと痛んだ。前のめりに倒れそうになる。足の指でそれをなんとかこらえて、まだ半分ぐらいしか閉じていない自動扉に肩をぶつけるようにして、外へ出た。

おっさんがどんな風に驚いたとか、そういうことを確認する勇気もなかった。

肩に鈍い痛みと熱を覚えながら、足を引きずるようにして走る。走り方のバランスが悪くて、すぐに転んだ。向かい側の歩道で俺を笑う子供の声が聞こえる。幻聴か確かめる術《すべ》はない。

歩道で寝転がったまま、服の上から胸を握りつぶして、歯をガチガチと鳴らした。

身体を固めて座りこんで、空からくるものに潰れそうになる。

あのおっさんの、自覚がない善意に。

大人である北本と、自分の差に。

なにやってるんだよ、俺。高校生だってマトモにできちゃいないじゃないか。

触れるコンクリートの熱に毒されて、咳《せ》きこむ。何度咳きこんでも、胸につっかえているものが出ていかない。息苦しい。でも外の空気を取りこむと、もっと苦しくなった。

起き上がることもせず、いつまでも呻き続けていた。こんなところを北本に見られていたら、俺は泣き喚《わめ》いたと確信する。幸いなのかなんなのか、北本は現れなかった。

無様な俺は、決定的に終わることなく次の一秒、次の一秒と将来を少しずつ迎えていく。

……何十分、経ったかな。いや、だれも歩道を通らなかったみたいだし何分、もしくは何十秒の出来事だったのかもしれない。それでも俺の中で、今日という日は忘れられない思いとか過去になって刻まれたんだと思う。

衝動はようやく本体を過ぎ去って、その余波を心の暗い水面に残すだけとなっていた。水面にできる波紋は焦燥《しょうそう》ながら一定で、他の心が生む波紋に邪魔されることもない。

やるべきという意思は一つで、静かに何度も、生まれては消えていく。

「あー、あーあーあー、あー」

口から、自分のものじゃないような裏返った声がぼろぼろとこぼれる。その声を引き金としたように手足は勝手に、糸で引っ張られるように持ち上がり、窮屈そうに起き上がる。

眼球をチクチクと刺しそうな前髪を両手で掻き上げて、正面の道路を見据えた。

目を剝《む》いて、手首の脈の速さに追いつくように呼吸する。街を泳ぐように、腕を振って一歩、前へ出る。

「あーあーああー、あーあああー」

駅前で歌うビートルズネーチャンを真似るように、大きな口で声を張り上げた。

人が変わるキッカケなんて、立派なことじゃなくていい。

大層な志とか尊い決意とか、そういうものでなくてもいい。

是非《ぜひ》もなく、どうあってでも動きたいと思ったのなら、それに従えばいい。

「友人よ」

今年の夏休みにすること、見つけたぞ。

その日の夜、久々に携帯電話の電卓機能を使った。

埃の積もっていた本の山が一度崩れて、そしてまた積み直される。その中にあった一冊の、意図なく選んでいた免許試験用の本を一番上に置いて。

薄い埃にまみれた両手で顔を思いっきり平手打ちしてから、友人に電話をかける。

手のひらから託された埃の匂いが口もとや鼻を覆っていた。

「……あ、もしもし？　明日、童貞らしく男同士で出かけようぜ」


一学期の終業式を迎えたその日、友人の誘いを断って北本食堂へ向かった。

同じ学校に通って同じ路線の電車を利用しているはずなのに、北本は既にエプロンを着けて働いていた。俺が店に入ってきて、北本は曖昧な笑顔を浮かべる。

「いらっしゃい。早いじゃん」

「そっちこそ」

「帰りに誘ってくれるような友達もいないし」

冗談のように笑い飛ばしてから、北本がお茶の用意を始める。俺は空いている左側の席に腰かけてから、北本を待った。注文するものは決めていた。

「ご注文は？」

「カツ丼」

お茶を置きに来た北本とのやり取りは短い。北本も殊更に話題を振ってくることはなかった。黙々と食事を口に運ぶ、会社員風。新聞を読みながら料理を待つ工事現場の人たち。二人で一冊のオレンジページを開いて、これ美味しそうあれ美味しそうと指差しあっているカップル。テレビは騒々しくならない程度の音量で、連続テレビ小説を放映している。

蟬と近所の小学生が夏休みに浮かれて走り回る声が、駐車場の方から聞こえてくる。いい雰囲気だ、と素直に感想を抱く。頰のむずがゆさに耐えながら、カツ丼を待った。

右足の貧乏揺すりが止まらない。

やがて、盆に載ったカツ丼を北本が運んできた。盆を置いてから、北本が尋ねてくる。

「カツ丼好きなの？」

「嫌いなやつに会ったことないよ」

「まぁね」と北本は笑顔で頷いた。「ごゆっくりどうぞ」と離れていく。

しかし、その北本の言葉を無視する結果となった。緊張のせいか、味がよく分からない。熱さもあやふやで、舌が火傷《やけど》している気もしたけど気遣いなく口に運んでいた。お陰でかなり早く食べ終えてしまったのだ。みそ汁とお茶を最後にまとめて飲み干す。

伝票を持ってレジへ会計に向かうと、他の客を追い抜いたことに北本が驚いていた。わざわざ俺の席にあるどんぶりを確認しに向かって、米粒も残さず食べてあることを知って驚きに輪をかけていた。驚きが収まるまでの間に、俺はたくあんを呑みこむ。

「帰宅部の竹仲はそんなにお腹空いてたの？」

「あーまぁ、ちょっと色々あって」

自分でもよく分からないことを言って、日本人っぽく曖昧に笑ってごまかす。

そしてカツ丼の代金、六百六十円を支払ってから、北本に声をかけた。ここからが、今日の本番だ。

「あのさ、ちょっとそのレジで計算してほしいんだけど」

鞄からメモを取りだす。北本は頼みごとの意図が摑めないらしく、首を傾げる。

「どゆこと？」

「えーっと、九百四十円なーりー」

北本の疑問を無視してメモの数字を上から読み上げる。納得いかなそうに唇を尖らせた北本だけど、指先はレジを叩き始めた。続けてどんどん、三桁《けた》や四桁の数字を言っていく。

「……千二百円なーりー、百三十円は？」

全部言い終えた。北本がその数字の合計をレジに表示させる。

「計、六万七千二百円。ジャラジャラチーン……で、なにこれ」

メモを手の中で握りつぶす。そしてせいいっぱい格好つけて、でも最後はやっぱり顔を北本からそらして、早口になってしまうのだった。後できっと、自己嫌悪でいっぱいだな。

「夏休みに毎日ここで働いたら、それぐらいもらえるかな？」

格好つけているはずなのに、言ってやったという達成感はない。羞恥心の芽生えだけが頬を生温く加熱していく。それでも北本の反応を見たい。だから、くぁ、と顔を戻した。

北本の顔を見据える。首がよそを向かないようにと力をこめて、筋が痛い。北本はカツ丼をだれよりも早く食べ終えることより驚いたようで、口がぽっかりと開いていた。

　奥の厨房にいるおばさんも、こっちの様子を窺っている。

「アルバイトの求人を見て来ました」

「でも、えーと、原付免許、」

「取ってきた」

　財布から抜き取って見せびらかす。今週の日曜日にブラ紐マニアの友人を誘って、教習所に行った。試験については猛勉強、というほどでもなく一夜漬けだったけど、想像していたよりずっと簡単に免許が取れて拍子抜けだった。

　大人に感じる壁とか階段っていうのは案外、簡単な仕組みになっているのかもしれない。

「俺が接客と出前をする。お前は一夏、料理の練習をする。完璧《かんぺき》な配置だ」

　イエーイ、と親指を立てる。こみ上げる恥ずかしさが親指の先端にまで灯《とも》る。北本、なにか言ってくれ。俺はこんなポーズのまま固まっていたくない。じゃあするなって話だが。

　両方の人差し指をもじもじとさせながら、北本が口を控えめに開く。

「うーんと、さ」

そこで目をそらす。続きが言いにくい、と態度で語っていた。

「……ダメ？」

「いやダメとかじゃなくて、言いづらいんだけど」

それをダメなことと言うんじゃないか。面接もなく不採用か、と不安になる。

言い渋る北本の口を注視して、心臓が焦燥の鐘を打つ。高校の受験。あの結果を親と一緒に見に行った日と心情が重なる。ああ、あった。俺の中に、中学校の記憶と思いがあった。永遠に高校生なんて幻想で、俺には過去も、進まないといけない未来もあるんだ。

その実感が俺に覚悟を決めさせる。深呼吸を繰り返して、北本の言葉に備えた。

やがて北本は伏せがちながら、上目遣いで俺を見上げて、言いづらいと前もって宣言したことを指摘してくる。その内容は残酷《ざんこく》な現実を物語るものだった。

「竹仲が制服の上にエプロン着けても、だれも喜ばないんじゃないかって心配なの」

まったくもってその通りだった。

さて、アルバイト応募の結果はというと。

一応、実質的なオーナーである北本の母親の首は縦に振られた。といっても一週間ほど仮採用してみて、使い物になるようなら夏休みの期間中、雇ってくれるとのことだ。

「よかった、のかなぁ。うーん」

「悩まないでくれよ」

首を傾げる北本と一緒に店の外へ出た。なんだか先週もこんな風に、風鈴に見送られて出た気がする。人生が一日で劇的に変わったら疲れるだろうし、繰り返しっぽくてもそれはそれで、安心するんだけどさ。ちょっとずつ、変わればいいんだ。

昼休みに原チャリで街を回らないかと北本を誘ったら、二つ返事でオーケーがもらえた。正直、断られるとは今回に限り、あまり思っていなかった。熱に浮かれているみたいで、悲観的なことが考えづらい頭になっていた。

「処女を自己申告するわりに尻軽だ」

「うるせぇ童貞、調子乗るな」

このネタ、どちらかが脱するまではずっと言いあってそうだ。

先週とは座る位置を反対にして、カブに跨る。北本から鍵を預かって、エンジンを目覚めさせる。一度家に帰ってから、自転車に乗って遊びに出かける子供たちの集団がすれ違っていった。いつか、あんな小学生だった頃の思いを心の中に見つけられたらいいなと願う。それはこのカンカン照りな日差しの下にいれば、そう遠くないことのように思えた。

後ろに乗る北本の腕が俺の胴体に回される。その細い腕は控えめで、俺の背中と密着することは避けているようだった。そりゃそうだ。特別親しいわけでもない童貞同級生に無防備にくっつくほど、処女は身持ちが緩くない。北本らしくていい。

カブを発進させる。自転車より意欲的な加速が始まる。ぶわっと全身の毛穴が開くように、寒気と一瞬の爽快感が俺を襲った。それは駆け抜けて、すぐに熱に覆われてしまう。

「急にバイトなんて、どういう心境？」

ヘルメットを被り忘れたことに気づいた俺に、北本が面接官でもするつもりなのか動機を質問してきた。こっちは公道での初運転なんだから、あまり話しかけないでほしい。

「別に。夏休み、やることもないし」

「私のため？」

五段階右折しそうになった。ギャッギャッギャッギャと道路を削るようにぎこちなく駐車場の中を曲がる。そのまま直進して、道路に復帰した。動揺したのが丸分かりだった。

そんな俺の反応を楽しむように、そして慎重に探るように北本がもう一度尋ねてきた。

「とか考えたりするのはうぬぼれ強い？」

「……………………」

それもある。なんて言えるはずなかった。素直に頷けない。だからまた、十七歳にもなっていない俺は高校生らしくひねくれた。しかしほんと、明け透けって感じの性格だよな、こいつは。こういうやつなんだって、これからそれを忘れないで接していこう。

「残念だけど、自分のため」

北本のためになにかするのだって、結局は自分のためだし。

胸を張って、ハンドルを強く握る。もう指の内側は緊張の汗でべとべとだった。

「さっきの計算が関係あるの？」

「まぁね。馴染みの店のツケをそろそろ返そうと思って」

「ツケ？　あんなになるまで取り立てないなんて、良心的すぎない？」

ああ、まったくね。俺が動きたくなるほど、善意的な店なんだ。

真っ直ぐ進んで公園の前を通る。この間見た弟や女の子の姿はない。無人の公園は光の庭みたいに地面や遊具が照らされて煌《きら》めき、だれも踏み入れない厳粛《げんしゅく》な土地のようだった。

「北本のためじゃなくて残念だった？」

「バーロー」

脇腹を殴られる。前回とは反対の左脇にパンチがめりこんだ。

「ほんと、調子乗らないの。童貞」

「すいません、処女子《しょじょこ》さん」

そこでお互いに無言となった。でも水面下では争いが続いている。俺のふくらはぎが北本の爪先に侵略されていた。ガスガス蹴られる。俺は適当に足を振るけど、まるで当たる感触がない。しばらくすると一方的に蹴られる力関係になった。

こういうのも悪くない、どころかとてもいいと感じてしまうのが童貞の悲しさだ。

そのまま河川敷の方へ向かう途中、有料橋を通る。街の景色を橋の頂上から眺めて、なんだかよく分からない悩みに決着をつける。

この夏休みが始まれば、残る高校生活も半分ぐらいだ。時は待たない。俺はどんどん、担任みたいなオッサンになっていく。この世界に永遠なんかなくて、俺は意思なんかだれにも問われないまま変わっていく。人生が手遅れになる瞬間とか、大人に切り替わるときなんて、世界を見守るなにかが教えてくれるはずもない。時は沈黙を保ちながら流れる。

たとえ世界中のみんなが口を閉ざして静閑と寂寞《せきばく》に包まれても、俺たちは何十年もしたら朽ち果てる。いつか、なにもかも終わる。

だったらこれからは毎日、意識して変わっていこう。

俺が受け取った善良さへのツケを返して。

北本はカツ丼を一人前に作れるようになって。

そして、呼吸をするように恋をして。

そんな風によりよい方向へ変化していけば、だれもが老人になるしかないという将来にも希望の光と展望が差しこんでくると信じている。

それが俺の何ヶ月も悩んだ、停滞への疑問に対する答えだった。

つまり一言でまとめれば、もっとがんばらないと。

「あーあ、生きるのって難しいよな」

俺がそう呟くと、腹に回した腕の締めつけをギュッと強めた北本が言う。

「そーでもないよ」

北本にしては珍しく、脳天気の極まったような喋り方だった。思わずこっちも頬が緩んで、額から垂れてきた汗やクラッチを握る手のべたつきも、どうでもよくなってしまう。

「……そーかもな」

北本の、胸の控えめな膨らみを背中に押しつけられているだけで有頂天《うちょうてん》になっている俺は、きっと根拠なんかないその楽観的な意見に、あっさりとやられてしまうのだった。

三章
パタパタパタ

わたし(ドミノ)　竹仲くん

学校、お家《うち》、夢の中。

チャーハン、ヤキソバ、カツ丼。

三つだけ並べられたドミノを倒す。倒れたら、またその三つを並べてから、倒す。

わたしの毎日はそんな風に過ぎているって、最近考えていた。だから家出しよう。

辛い、怒る、家出。わたしの行動も三つのドミノみたいだ。それはお母さんの血を引いたわたしにも遺伝した、この家のくせかもしれない。お母さんはいつだって、三拍子だ。

夏休み。七月が終わって、明日は八月十日になる。その日は小学校の登校日だった。もう夏休みは半分ぐらい終わっちゃった、ということを確認するためにあるような日だ。

でも今年のわたしに夏休みはなかった。休まず、家出のことばっかり考えて、計画して、相談して……みたいに日にちがどんどん過ぎていく。家出っていう世間からしたら好ましくない行為でも、ちゃんと探せば相談する相手はいるのだ。

その相談相手は同じクラスの竹仲くん。

竹仲くんも家に不満がある、家出したい、でも一人じゃ怖い。そういう理由が一致して、わたしたちは一緒に家出する計画を立てることになった。計画、実行、その後にあるもの。

それは正直分からない。家を出ても、ずっと外で生きていけるなんてわたしは思ってなかった。わたしは子供だから、お金を稼ぎ続けて、自分で生活する力はない。竹仲くんもそれは分かってる。だけど家出っていうのは、子供がするから家出って言うんだ。

お尻の下に指を入れながら台所の椅子に座って、キッチンタイマーと時計の兼用したものを見上げる。午後八時をすぎて、だけどお父さんたちはどっちも帰ってこない。

共働きで忙しいお父さん、お母さんとは夏休みに入ってからほとんど顔を合わせてない。朝は日が昇りだした頃から働きに出ていて、わたしが起きたときに出迎えるのはチャーハンかヤキソバかカツ丼だった。お母さんの作っていくご飯は、それを三種類日替わりにするだけ。

お父さんは電気会社に働きに行って、お母さんはスーパーで働いている。どっちもいっぱい働いてえらい人になった、ってだれかから聞いた。別に、えらくない。

どん、どんと踵を床に打ちつける。テーブルの下から埃が舞い上がってきた。仕事が忙しいからって、お母さんは家事が年々いい加減になってきている。それが一番現れているのは、わたし用に作り置きされているご飯だと思う。一年中、作るものが変わらない。

平日は一食ずつだし給食も食べるから耐えられていたけど、夏休みみたいにお休みが続くとカツ丼を朝、昼、夜。チャーハンを朝、昼、夜。ヤキソバを朝、昼、夜。

お母さん自身が食べることに興味なくて、同じご飯が何食続いても平気だからなんだろうけど、これは酷い。こんな人がどうしてスーパーで働いているのか、わたしにはよく分からなかった。分からないけど、自分がもう限界だということは知っていた。

今も食べかけのヤキソバがまだ半分ぐらいテーブルに残っていた。お箸はころころと転がって、バラバラに置かれている。吐き気をこらえて半分食べたけど、もう入らなかった。

苦痛、がんばる、がんばること自体まちがってる。

昔は美味しかったのに、今はどれも見るだけで嫌になる。この家もおんなじだ。

昔もそんなに楽しくなかったけど、今よりはマシだったもの。

わたしは椅子の上でジッと身を固めて、目をつむる。救急車のサイレンも聞こえない静かな夜、家の中に物音はほとんどない。あるのは冷蔵庫の稼働《かどう》する音、そして、耳鳴り。

雪の上に、風船が落ちてくるような静けさの中では夏も暑く感じられなかった。

わたし以外のだれかがいないような家なら、わたしもいなくてもいいんじゃないの？

だれもいない、わたしもいない、だれも気づかない。

それが漠然とした、わたしの家出する理由だった。

四年生にもなると、朝早くラジオ体操に出かけるのは面倒に感じるようになった。そもそもそんな体操、なんで朝にするのかな？　って首を捻《ひね》るようになる。色々と疑う。

それでも三年生まで習慣にしているせいと、部屋が暑いせいで朝は早くに目が覚めてしまう。カーテンに窓からの光が遮られて薄暗い部屋の中、寝汗をかいたわたしが身体を起こす。それから、ああ今日はカツ丼の日だ、と考えて寝起きで重い頭の周りが一層、憂鬱のせいで締めつけられる。痛い、苦しい、めんどくさい。

頭の横を押さえながら部屋を出た。廊下、階段、洗面所。顔洗う、寝癖直す、欠伸する。それから服を着替えて、靴はいて、外へ出る。台所の冷蔵庫の中にはきっと今日も、ラップのかかったカツ丼のどんぶりが三つある。それを見る気になれなくて、敢えて無視した。

お腹の中にはまだ、昨日のヤキソバの具が溶けずにそのまま残っているみたいで身体が重い。ラジオ体操から帰ってきても、ご飯を食べられるか怪しかった。お昼に回そうかな。

大体、朝からカツ丼ってどうなんだろう。胃に優しくないとかそういう問題以前だ。ああ、このまま家に帰りたくない。雲の広がる空を見上げながら、舌を出して嘆く。

蟬の声が切れ切れで、それよりも猫の鳴き声がうるさい住宅街には、わたしと同じように眠そうな子たちがぽつぽつと歩いている。ラジオ体操の出席カードを首に下げて、近所の養護学校のグラウンドを目指していた。わたしもそのだらけた流れに続く。

足もとのアスファルトを踏んで、蹴る音がカッカカって三拍子を維持している気がする。わたしはそればっかりだ。三つのドミノを倒すだけで、毎日が構成されている。

猫、うるさい、気にしない。暑い、蒸し蒸し、辟易。三つのドミノで、わたしの周りにあるものや自身の変化、全部が言い表せてしまう。慣れると意外に、このこじつけみたいな考え方も便利だったりする。考える、めんどい、だからここで終わり。

　でも最近のウチの家族は、お父さん、お母さん、わたしって三人で並んでもいない。ドミノは一枚ずつ離れて置かれて、夜になったら勝手にばったり、ベッドに倒れるだけ。

　他のドミノの背中を感じることはない。知っているのは硬いベッドの感触だけだった。

　到着、追い抜かれて、最後の方。養護学校の外側を歩いていると、ラジオ体操はもう始まるみたいであの最初の歌が聞こえてきている。朝礼台みたいなところに立っている大人のおじさんが、早く早くとわたしを手招きしてきた。仕方なく、外周を走って入り口まで急ぐ。急ぐ、校門、列の最後尾。本当は高学年の子から先頭に並んで、低学年の子の手本にならないとダメらしいけど、わたしは手本になるような体操をするつもりはなかった。

　歌が終わって、いつも通りの声の人が体操の指示を出してくる。跳ぶ、揺れる、お腹の中がグルグル。お腹の虫が鳴っているのか、気持ち悪いのかよく分からない。ぼーっと、目の焦点を朝礼台の人じゃなくてその後ろの校舎に向けたまま、適当に身体を動かす。

屈伸、戻す、ベキバキ。腰曲げ、後ろの遊具、だれもいない。脇腹伸ばし、隣の人も、同じ動き。みんなで横に向けて手を伸ばして脇腹を伸ばしていると、ちょっと笑えた。

朝礼台の側には、なにも入っていない小さな檻《おり》がある。昔はニワトリの飼われていたその檻の中は、今では空っぽ。保育園に通っていた頃のわたしはここのニワトリの鳴き声を朝に聴くのが好きだった。いつの間にかいなくなったニワトリは死んじゃったのか、よそへ行ったのか。ニワトリがいなくなったのを知ったとき、あの頃のわたしはどんな気持ちになったんだっけ。思い出そうとするけど、ラジオ体操の動きに邪魔されてしまう。

その後も、ラジオ体操の始まりから終わりまで、余すところなくふまじめにこなした。湯引きしていないイカのお刺身みたいにへなへなした動き方で、大人に何回か注意されたけど、適当に聞き流した。どーせ、明日もまた同じ注意されるし。

注意、聞き流す、また注意。珍しく、これは二拍子だ。

終わるとすぐ、出席カードに判子《はんこ》を押してもらおうと、周りの子が朝礼台に詰め寄る。早く押してもらっても得なんかないのに、みんな一生懸命。わらわら子供、おろおろ大人、ぼけぼけわたし。体操していた場所から動かずに、騒ぎが収まって人がいなくなるのを待つ。待つ、待つ、待つ。同じもののはずなのに、一つ一つがバラバラで、つながらない。

わたしの家族みたいだ、なんていうのはいつも思っているからもう考えない。

家を出たいって言っていた竹仲くんも、当たり前なんだけど家に不満がある。だけどその不満はわたしと形が異なっているみたいだ。色々とうるさい母親が嫌で、家にいたくないって話だった。お母さんやお父さんの声を忘れそうになるわたしとは大違いだ。

うるさくてもダメ。静かでもダメ。理想的で、逃げだしたいと思わない家族ってどういうものなんだろう。中間で、均整が取れて、適度にお互いに接する両親と子供？中間の人間ばっかり家の中にいないと、そんなの作れっこない。だからそんなの、あるわけない。それなら家族とか家に不満があっても、みんな我慢していないといけないのかな？

わたしの昔は、どうだったんだろう。昔から忙しかったお父さんやお母さんの背中を見つめて、わたしはなにを考えていたんだろう。そのときの顔も、家の空気も、なんにも思い出せない。ニワトリが消えたときのように、それは遠い日の記憶からも消失していた。

わたしは今でも子供だけど、もっと子供だったときの自分はどんどん、失われていっている。今の記憶だって、家出を考えるほどの思いだって、何年もすればそのときのわたしは忘れてしまう。生まれる、育つ、消える。そんな思いなら、意味なんかあるんだろうか。

家出までして、いつか大人になったときに残るのは小さな思い出の欠片《かけら》だけ。そのときのわたしが持っていたものは、なにも残らない。脱皮して、皮を捨てちゃうように。

子供のわたしは、どんどんと別の子供のわたしになっていく。

「……だけど」

きっと今のわたしは、そんな先のことなんか考えきれないで、家出するんだろう。たとえ数日でも。あの台所にあるものを食べなくていいなら、それでよかった。

子供と大人が芋洗いになっている、朝礼台の方を見る。雲の切れ間から朝日が差しこみだして、桜の木に毛虫と一緒にへばりついていた蝉がやにわに騒がしくなってくる。夏の一日が呼吸を始めたように、自分を形作る内臓として周囲を動かしていく。

そんな夏より一足早く起きて、ラジオ体操するなんてやっぱりめんどくさい。でもそれも六年生までで、中学校にあがったらラジオ体操なんかだれもこない。

握りしめていたラジオ体操の出席カードを手に取って、眺める。

毎日続く判子の一つ一つが、わたしを子供だって証明している印みたいに思えた。

結局帰ってからもカツ丼は食べずに、テレビをぼぅっと見ていた。つまんない番組しかやっていない。地元のテレビチャンネルなんか、朝から再放送だった。今週の有名人は和紙作りのお爺ちゃんで、今週どころか今は生きているか怪しいぐらい映像が古かった。

時間になってから手ぶらで学校へ向かった。登校日だから授業ないわけで、鞄もいらない。貰うプリントがあったらそのまま引き出しに入れて帰る。集団登校でもないから、朝日ですっかり暑くなった道路をまた一人で歩く。帽子ぐらいは被った方がよかったかなって強い日差しに後悔した。

学校へ向かう途中の、駅へ続く交差点で、ギターを担いだおねえさんとすれ違う。その背の低いギターおねえさんはよく駅前で歌っている人だ。ギター、ジャカジャン、アーアー。ああいうお金の稼ぎ方もあるんだなぁって家出の計画に取りこめるか考えたこともあったけど、効率が凄く悪そうだからあきらめた。それに楽器なんか笛しか触ったことない。

早朝よりも青みを増して、高く感じられる空の下を無言で歩いて、学校を目指した。

小学校の正門に到着すると、一ヶ月前と同じ風景が展開されていた。用務員さんが目に痛いほどの濃い青色に塗った門。黄緑よりも土の色がめだつ正面の畑、変な耕作の赤い機械に乗っているおじさんがいて、周辺に土臭さをばらまいている。それをかぐと鼻が乾いて、なんだか焦げ臭い味がのどの奥に広がってしまう。ガーガーガーって音もうるさい。

正門の真ん中には若い男の先生が立っている。真っ黒に日焼けして腕の皮がボロボロ剝けてきているその先生は、門を通る子供に暑苦しい笑顔で挨拶している。頰がぐにっと曲がる度、剝けそうな皮までぐにっとゆがんで、ちょっとしたホラー映画みたいになっている。そのせいか、みんなはあんまり顔を上げて挨拶しない。わたしもそうだった。

だって、空を見上げるとその先生より暑苦しい太陽がある。暑い、嫌い、無視したい。

一年生から三年生まで使っている校舎と、四年生から六年生までの校舎は別々だった。二階の渡り廊下でつながっているけど、他の校舎へ行くことはほとんどない。特に低学年のときは、隣の校舎に行くのは大柄な上級生が怖くて、ほとんど冒険に近かった。

通い慣れたら単に、校舎が正門から離れていて教室に向かうのが面倒、ぐらいしか感想がなくなってしまったけど。心は勝手に大事じゃない、どうでもいいと決めつけたものを掃除してしまう。一体どこへそれを捨ててしまうのか、自分の中のどこを探しても、それは見つからない。

下駄箱で同じクラスの友達と顔を合わせる。女の子だけどその二人組は日に焼けて真っ黒で、わたしとは対照的だった。笑う、挨拶、靴を脱ぐ。上履きは夏休み前に家へ持って帰ってしまっているから、裸足で歩く。廊下、階段、教室。

途中、一緒に歩いていたはずの友達とは距離が開いてしまっていた。振り向くと二人とも後ろにいる。でも二人とも仲良くしゃべっていてわたしのことをほとんど気に留めていないみたいだから、そのまま教室に入った。今のわたしはそれより、家出のことで頭がいっぱいだった。それとお昼のカツ丼をどう食べようかってことも、考えないと。

扉が開けっ放しの教室の中では、同級生たちが顔を突きあわせて談笑の輪をいくつも作り上げていた。みんな、プールで顔を合わせているはずなのに懐かしそうにしゃべっている。でもだれとも話さない、話せない子は教室の隅で暑さにだれて、机に突っ伏している。

わたしはその、教室の端っこにいる子たちに目をやる。家出仲間の竹仲くんはそっち側にいる子だったからだ。あ、いた。竹仲くんは教室の隅に座って、分厚い本を開いていた。

こっちの視線に気づいてか、竹仲くんが顔を上げる。他の子に悟られない程度に、控えめに笑いかけてきた。控えめというか、むしろなにかを遠慮するような、ぎこちない笑い方にも見えた。わたしもそれにうっすらと唇を曲げることで答える。噂とか冷やかしは好きじゃないから、家出の相談をするにしても登校日の日程が終わってからになる。

竹仲くんとの家出の話題はもう、実行に移す段階まで達していた。

一学期が終わる一週間前に話して以来だけど、竹仲くんはあまり日に焼けていなかった。髪を切ったのか一回り短くなって、遠目だと他の男の子と区別がつかない。お兄さんの部屋から持ってきたっていう本を広げて、大人しく読んでいることだけは変わらないけど。

わたしも教室の左側にある、自分の席に向かう。夏休み前と変化がなくて、愛着もない机と椅子。座ってから、頬杖をついて黒板の上の時計を見上げた。

まだ朝の八時だけど、お母さんやお父さんは働いてるのかな。朝ご飯、なにを食べたんだろう。お母さんが忘れ物とか、なにか大事な用事とか思い出して今、家に帰っていたら台所のカツ丼をどう思うだろう。夏場は腐るといけないからって三つとも冷蔵庫に入れてあるカツ丼。朝ご飯の時間をすぎても減っていないその数の意味を、お母さんは考えるんだろうか。……わたしのお腹が痛いとか、そんなふうに捉えちゃうんだろうな。

家族でも、血がつながった子供でも、お母さんが相手でも。

言葉にしなければ分からないことはいくらでもある。

だけどお互いの気持ちが分かったらきっと、今よりもこじれてしまう。

ジレンマ、っていうのかな、これ。

ぐるぐると鳴ってきゅうっと締まるお腹を押さえながら、息をはく。

九月一日。二学期の始まりにもこうして大人しく席に着いているかは、分からない。

登校してきた同級生が教室に揃った後、それを見計らったように担任の先生が教室に入ってきた。簡単な挨拶とつまらない冗談を交ぜた近況報告の後に、わたしたちを体育館へ移動させる。校長先生がお話とか注意をするらしいけど、全校生徒を集めた夏の体育館っていうのはサウナに等しかった。一列に並んだ、一年生から六年生の首はもれなくぐったりと曲がっている。真っ直ぐ伸ばして、壇上の校長先生に注目している子はいない。

暑い、話どうでもいい、お腹空いた。わたしにとっては三重苦だ。

脇に立っている先生もハンカチで顔を拭いて、開け放った扉の側で少しでも風に当たろうとしている。校長先生だけが汗まみれなのに、声を張り上げて元気だった。先生の子供時代の夏休み話なんて、どーでもいー。

暑すぎて汗も出尽くしてしまいそうな熱気の中、体育座りのわたしはやっぱり、家出のことを考えていた。朝焼けみたいに不安と、希望で胸がざわめく。

家出をして、なにをしよう。家出しても、一日が二十四時間なのは変わらない。家にいればベッドでゴロゴロするとか、漫画読むとかして時間をつぶせるけど、外で生活するようになったらなんにもすることがない。……家出って、外出てからなにすればいいの？

竹仲くんとずっと遊んでいるわけにもいかないだろうし。それに彼はきっと、たくさんの本を持ってきて読むのだと思う。わたしはそれを邪魔しないようにしたい。

色々考えるとかなら、家の中でもできる。家出じゃなくても外出はできる。じゃあ、殊更に家出する理由ってなんだろう。お母さんのチャーハン、ヤキソバ、カツ丼からは少しの間、逃げられる。だけど家に帰ってきたら、また同じことの繰り返しになると思う。

家出、帰還、日常。この三つがドミノになっても、わたしはなにも救われないし、解決しない。家出から帰ってきて、家を飛び出した理由をお父さんたちがわたしに尋ねたとき、正直に話せばいいのかな、でも多分、あのお母さんにはピンと来ないと思う。同じ食事の繰り返しでも、食べられて健康ならそれで十分って考える人は絶対に心の底から納得しない。お父さんに言われて一週間ぐらいは直しても、すぐに元通りになる予感しかない。

じゃあ、本当はどうすればいいの？　将来の、まだまだ続く子供のわたしのためになることってなんだろう。わたしの家出なんて、校長先生の長いムダ話とおんなじなのかも、って考えるとますます気がめいって、お腹が空いていること以外の痛みを増やしてしまう。

あの家にいたくない、という気持ちは確かにある。いたくない、いなくていい、家出する。わたしにあるのはそれだけなのかもしれない。お母さんたちになにかを期待するわけじゃなくて、ただ家から逃げたいっていう思い。その行動ではなにも変わらなくても、日々古いものを捨てて新しくなっている自分がなにかを見つけるまでの、時間稼ぎ。

それがこの、家出の意図かもしれない。そんなことを思いついて、暑さの中で夢うつつになった目を校長先生の方へ向ける。白髪ばっかりの校長先生や、つまらない冗談ばかり口にする担任の先生も、家出の計画を夏休みの計画の代わりに立てたことがあるんだろうか。子供、大人、老人。みんな、そのドミノを置くことからは逃げられない。

わたしはその流れから、ちょっとの間だけ逃げだそうっていうだけなのだ。

浮かれすぎてハメを外さないように、と校長先生が壇上の話をまとめる。

なるほど、浮かれないように気を引き締めて家出しないとな、なんて思ってみた。

「それはどういう意味で言ってるの？」

自分で意識したより、ずっと低い声が出た。空っぽのお腹だったから、引き締めると普段とは違う調子になったのかもしれない。どっちにしても、ドスの利いた声に竹仲くんが一層、萎縮してしまう。場所と相まって、わたしがいじめっ子みたいになっていた。

登校日の日程は午前十一時より前に終わって、今は放課後だった。一旦家に帰ってからご飯を食べて、前半に割り当てられた子たちはプールに入りに学校へ戻ってくる。でもわたしと竹仲くんはそういう流れを無視して、校舎の裏に集まっていた。

そこで、家出の計画というより『どこへ行こうか』とか『なにしようか』とか、それに書き置きの内容について一緒に知恵を絞ろうという話だったのに、妙におどおどとした態度の竹仲くんは、内股《うちまた》気味の足をもじもじと擦《さす》りながら、こう言ってきたのだ。

「ほんとに、家出するの？」

竹仲くんの瞳は、そんな口より更に露骨に『やめようよ』という及び腰を訴えていた。だからわたしは、校舎の壁を背にした竹仲くんに突っかかるように、どういう意味だと尋ねたのだ。竹仲くんの態度や言動から意味はおおよそ察しているのに、意地悪にも。

「別に、嫌って、とかそういう意味じゃないんだ。でも、前話したときから大分日が経ってるし、どう思ってるんだろうなって、気になって」

右、左、下。竹仲くんの目が逃げ惑いながら、その視線を追いかけるわたしを冷静にさせようとなんとか意見を口にする。わたしより背があるはずの竹仲くんが小さく見えて、段々とこめかみの部分が熱くなっていくのを感じる。これは多分、憤りだ。

「竹仲くんはお家でいいことでもあったの？」

嫌みにも遠回りに、そんな聞き方になってしまう。竹仲くんは「ないよ！」とすぐに返事しながらも、わたしと目があうとすぐにそらす。これじゃあ、本当にいじめっ子といじめられっ子の関係みたいだ。家出仲間だったのに、どうしてこうなっちゃうんだろう。

「じゃあなに？　わたしは全然、家出オーケーなんだけど。竹仲くんは？」

ニワトリの首を絞め上げるように、竹仲くんに一歩詰め寄る。迫り上がる胃液でも見つめるようにわたしを見下ろす竹仲くんは、壁に手のひらをつけながら限界まで後ずさろうとする。ずりずりと、壁に沿って右へ移動していくのを、わたしはカニ歩きで逃さない。

竹仲くんが動く木で、わたしはそこから離れない蟬みたいだった。

「家出、してもいいけど。アテとかなにかあるの？　すぐに終わるんじゃないの？」

わたしたちの足もとでは、落ち葉や木の枝を踏む音がガサガサ鳴っている。相手の心をお互いにくしゃくしゃと握りあう音みたいだ。時々、強くなにかが軋《きし》む。こうじゃない、他に竹仲くんとは話し合いのやり方がある、と思ってもガサガサは止まらない。

それに別のやり方っていっても今の竹仲くんとは、このうるさい蝉の鳴き声みたいに、わんわわんわって言葉をぶつけあうぐらいしかないんだろうなって、漠然と理解していた。

ガサガサもミーンミンミンも、耳障りで心に黒い点を作るものでしかない。

「結局、嫌になったんでしょ。そうはっきり言えばいいじゃん」

言っても怒るけど、と顔に書いてあることを自覚しながら竹仲くんを問いつめる。今まではおどおどと受け身に回っていた竹仲くんだけど、このままでは頬を殴られそうな気配を感じたのか、壁に沿って横へ逃げるのを停止する。竹仲くんが震える瞳を細めながら、まるでわたしの告白でも断るような意気ごみを感じさせる顔つきで口を開く。

鼻息は荒くて、ぎこちない頬の動き方がブサイクだった。

「ごめん」

目を伏せて、だけど頭は下げないようにして竹仲くんが謝罪してくる。その顔つきは自分が悪いことを言っていると理解しながら、それでも引けないものがあることを示していた。小学生には似つかわしくないしわがめだつ苦渋の顔を眺めて、ああ、と目もとを手で覆いながら失望と一緒に納得する。竹仲くんも変わってしまったんだ。

新しい竹仲くんになっちゃったんだ。この竹仲くんとは、家出仲間になれない。一つか二つ前の、家に不満を持っていた子供の竹仲くんとしか、わたしは友達になれそうもない。竹仲くんの輪郭が急にぼやける。どんな顔をしているのか、急速に分からなくなる。

記憶の紐がぷちんと切れてしまったように、どうでもよくなった。竹仲くんへの興味とか憤りが一気に引いていく。脱皮した蟬が羽化していくのなんか、見ていて面白くない。

「なんか、家の中がちょっとだけ変わってさ。お母さんもあんまりガミガミ言わなくなったし。兄ちゃんが、えと、お母さんになにか言ってくれたみたいで」

ああ、そう。別に竹仲くんの家のこととか、興味ないから。大事なのは竹仲くんが家を出たいと言いだしたことだけ。わたしにとって、竹仲くんってそれだけだった。

　でもそれをいらないものとして身体のどこかに捨てちゃったんなら、もう竹仲くんと一緒にいる意味はないの。まだなにかしゃべっているけど、無視して校舎と竹仲くんから離れた。ガサガサと落ち葉を踏みつけて、とにかくどこでもいいやってその場から早歩き。

　竹仲くんがわたしの後ろを追いかけてくる雰囲気があったから、振り返って言った。

「気にしないで、はじめからこうなると思ってたし」

　別の子とも、こういうことは今までに何度もあった。一緒に遊ぼうって約束して待ち合わせ場所に行って、結局来なくて行けないって連絡もなかったことだってある。相手の温度を見極められなかった、わたしが悪いんだ。

　カツ丼も一人で作れないような子供が、独りぼっちに逆戻り。だけどそもそも、家で独りぼっちなのが嫌で家出するようなものなのに、仲間なんか必要とする方が間違っていた。

　校舎の壁づたいに歩いて「ついてくんな！」と叫んで、表側に出る。砂漠みたいな色合いのグラウンドには立つ人影もなくて、風が砂埃を自由に巻き上げている。陽炎《かげろう》と砂埃が組み合わさって、保護色をまとった細長い生き物が動いているみたいだった。

　壁で背後が死角になる前に振り向く。竹仲くんはまだガサガサと木の枝を蹴り飛ばしていた。だけど叫ばれたせいか、わたしのいる方向と正反対に逃げていっている。

予定では竹仲くんをうまく家に連れこんで、カツ丼を食べてもらうつもりだったのに。

そしてお店みたいに、六百六十円とかカツ丼のお代を請求するつもりだったのに。

それは半分冗談だけど。

まぁでもこの嫌な気持ちが芽生えるのはやっぱりわたしが悪い。本当は竹仲くんが家出しようって話したときに、その場で出発するべきだったんだ。そうしないと人の心なんてすぐに脱皮、成長、忘却で古いものを消していく。家族の中でさえもなにかが失われてその結果、家出なんて考えを持つようになったのに、そこからもっと遠いはずの同級生に対して期待を持つなんて、わたしはバカなんじゃないだろうか。

『本当に、家出するの？』『僕も家が嫌なんだ』

『長続きするの？』『お母さんも、兄ちゃんもお父さんも、みんな嫌いだ』

『すぐ終わっちゃわない？』『バラバラで、あんなの家族じゃないよ』

『アテあるの？』『一緒に家出しようよ。少しの間だけでも、家族から逃げられればそれでいいんだ』

イライラ、イライラ、イライラ。

夏の猛暑、ニュー竹仲くん、冷蔵庫で待ち受ける冷えたカツ丼。

「あーもう！」

ぶんぶんぶん、とまとわりつく不快なものを飛ばしたくて、髪と首を横に振った。しばらく続けていると、頭が立ちくらみでも起こしたようにぼーっとなって、足がよろめく。

額をグッと手のひらで押さえながら、ふと、壁に沿って頭上を見た。

そこにはわたしがずっと利用していないプールと、それを囲う黄緑のフェンスがあった。まだ黄色い声や水飛沫《みずしぶき》はなく、湖畔みたいに静かな、水の気配が漂うだけだった。

「…………………………」

暑い、プール、まだだれも使っていない放課後。

不安定で、土を踏む感覚のない足がサクサクと、砂を蹴る。

入る、万歳、じゃぶーーん！

「じゃぶんじゃぶーん！」

ガッシャガッシャとフェンスを掴んで、よじのぼる。保健の先生が言うみたいに朝ご飯をしっかり食べていないけど力は出るみたいで、スルスルとクモのようにのぼっていける。ヤキソバで重たかったお腹も今は苦にならなくて、竹仲くんや、両親のことも頭になかった。

よじのぼった黄緑色のフェンスから、プールサイドへ飛び降りる。着地に失敗して、足の裏からジィンと痺《しび》れが走った。またよろけそうになる足に力をこめて、手でもプールサイドに触れて身体を支える。手も足もやたら熱い。焼けそう、フラフラ、目前に水面。

水面には波紋もない。水を注ぎ続ける音が小さな滝のようで、学校の給水タンクに耳をそっとつけた日のことを思い出す。大きな生き物の血管を、血が巡るような音だった。

足の痺れが過ぎ去ってから、フェンスに背中をくっつけて助走距離を取る。

準備運動は朝にいっぱいしたから、もういいでしょ。

助走、
たたたたた、と一拍子の駆け足。

跳躍、
とん、と自分が重力に逆らう瞬間、頭が真っ白になる。

落下！

真上から見下ろすプールは、驚くほど綺麗に透き通って、底が鮮明だった。

この夏初めて、その水面に飛びこむ。どっぽぉん、って水柱のできあがる重い音が、上へ、上へと駆け上がっていく。そしてそれと好対照に、わたしは一気に沈んでいく。

水の中にいると、耳もとでは飛行機が空を飛んでいるような音が続く。風と水のうごめく音は似ているんだ。そんなことに気づく。飛行機雲のように、ぼこぼこと空気の泡が水面へのぼっていく。わたしはプールの底に足をつけて、グッと膝を屈伸運動させる。

貯める、溜める、ためる。伸ばす、延ばす、のばす。水へ、空へ、そこへ。

思いっきり底を蹴って、光に満ちた水面へ跳んだ。あっという間にわたしの顔が水面を突き破って、夏季の現実に浸される。張りつくような水の冷気はドロドロと溶けるように熱気へと塗り替えられて、わたしの顔を焼く。カーッと、熱がカイロのように広がった。

水面に足をついて立つと、びしょびしょになった服や髪から水滴が勢いよく垂れる。

わたしの行動を一部始終眺めていた他の子たちがフェンスの向こう側で騒ぎだしているけど、それはまだまだ遠く、この水面に届くには時間があった。水を吸った服や髪の重さにおっくうさを覚える一方で、ポチャポチャと髪から垂れる水滴の音が、自分の重荷になっているものを外へ流しているようで爽快でもあった。あらゆる音が水分で膨れたように、鈍重だ。

「あっは、」

空を向いて笑おうとする。でも渇いていたのどのせいで、滑るような笑い声が出てこない。

目もとが濡れた前髪に隠れて、真っ暗だった。べちゃっと、髪の水が肌に染みていく。

「お腹、空いたなぁ」

あれだけ嫌がっていたチャーハン、ヤキソバ、カツ丼の三拍子も、今なら少しは進んで食べられるかもしれない。嫌悪感いっぱいだった朝のわたしは、どこかへ消えてしまう。

どんどんと、やっぱりわたしは別のわたしになっているんだ。

もしかしたら水面に飛びこんで、外へ出たとき。

わたしはとてもよく似た、別の世界へ飛び出したのかもしれない。

それもいいなぁ、と思う。

蝉の抜け殻の中にいつまでもしがみついているぐらいなら、飛び出してやる。
だからわたしは、たとえ仲間がいなくっても家出をするんだ。
子供の声に混じって、先生の声が近づいてきた。そろそろプールも潮時みたいだ。
水を掻き分け、先生が入ってくるであろうフェンスの入り口とは正反対を目指す。
今はまだ家に帰らないといけない。
出発はあと、十日ぐらい先を迎えてからの話だ。
毎月二十日はわたしの給料日。お小遣いをもらえる日だから。
来月分のお小遣いをもらってからわたしは旅に出る。
家出、不安、そして希望。
それを止める人は、家の中にだれもいない。

四章

愛とか祈りとか

各務原雅明（各務原雅明）　　中家ソウ

最近大変なことに気づいたんだけど、僕たちはあと七十年も経ったら非常に高い確率で死んでしまう。つまり僕にとって、地球の寿命はあと七十年ということだ。僕が死ねば、自分にとっての地球は消える。そして寿命っていうのは、尽きるまでの間も辛いものを与えてくる。僕が死ぬ七十年の間に、周りでどれだけの人が死ぬだろう。

彼女と一緒によく行く食堂のおばさんや、そこで働いている人もあと何年働いている姿を見ることができるんだろう。三ヶ月前に行って以来ごぶさたしている中華料理屋のおじさんは、僕が子供の頃に家族と出向いていたときは四十代だった。今は六十代で、その歳になってくると急死が現実的な可能性にあがってくる。僕の暮らす地球、言い換えれば生活環境はどんどん老朽化して不安定になって、いつ倒壊を始めても不思議じゃない。

住み心地のいい、幼少期からの生活が詰まった街での毎日が日々、崩壊に近づいている。僕以外の寿命もどんどん終わって、失われて、だけど買い換えることもできないものばかりだ。

これから老いた三十代、四十代の僕は次第に世界が狭まるのを感じながら、それでも余命がある限りどんどんと自分の『地球』を失うことを黙認して生きていかないといけない。

僕はそういうことが、たまらなく寂しい。アパートの窓から差しこむ昼の光と向きあいながら、ナメクジの這うような執拗《しつよう》な暑さと共にそんなことを憂える。今日も一台の扇風機ではまかないきれないほど暑く、目の前は熱中症にかかったように真っ暗だった。

「ねむー」

首を振る扇風機の風に煽《あお》られて、睫毛《まつげ》と鼻の穴付近がバタバタとなる。「む？」鼻を指で調査。あ、やっぱり鼻毛出てる。風で揺れていたのはこいつか。摘んで引っこ抜いた。

右の穴からチョロンと出て外の風を享受《きょうじゅ》していたそいつは根っこのしっかりしたやつで、抜いたら骨太の痛みを鼻の奥に残していった。

右の穴の鼻毛を抜くと、右目だけが涙目になる。

目には映らない人体の繋がりを、その痛みで実感する。

人と人の間にあるものもきっと、そういった些細《ささい》なことから見えてくるんだろう。

涙を鼻毛を摘んだままの指で拭いながら、僕の隣で暑苦しそうに寝ている彼女を見下ろした。タオルケットを隙間なく身体に巻きつけて、前髪が扇風機の風に遊ばれている。

中家《なかや》ソウ。僕と出会った当時は女子高生だった。僕も高校生で「あの頃は若かったなー」違う違う。そういう思い出に浸りたいわけじゃなくて。まぁ、なんだっけ。いいやもう。

昨日、ソウと一晩中遊んでいた将棋《しょうぎ》の戦績が書かれたメモ用紙を見つけて、苦笑する。随分負けたなぁ。ソウは勝つ度に圧勝とわざわざ書きこむので、僕は圧勝に囲まれて文字通り潰れそうになっている。ソウは将棋が強い。というか僕がそもそも将棋のルールに詳しくない。だからよく分からないうちにゲームは動いて、そして負けている。僕の人生とそこら辺は被っている。性分なんだよなぁと納得して、ソウを見る。

女子高生のときと変わらない、幼い顔立ち。寝るとき髪がウザイからって今はバカ殿のチョンマゲみたいに髪を垂直に結っている。目もとは長い睫毛が印象的。本人としても自慢なのか、出かけるときには睫毛の化粧に一番時間をかけている。端《はた》から見ると、なにが変わっているとかその効果がよく分からないんだけど、それは僕が男だからだろう。

マリモみたいな丸いカビの生えている窓に近づいて、真上に近い角度の太陽を見上げる。白熱電球が八個合体したキング白熱電球みたいな太陽はサンサンで、時折地上と隔《へだ》たりを生もうとする雲をその光ではね除《の》けていた。というかこの場合、雲が意地悪なのか。さっきから太陽をうまく避けて、陰を作ろうという気がまるで見受けられない。

「しかし、太陽が地球の外にあるなんて信じられないなー」

地球の外っていうのがなんなのかも、正直なところ感覚的に掴めていない。僕は理系の道を志した大学生だったのに、未だにこの星の真実など毛頭見えていないのだった。

太陽を数十秒、熱と痛みにムダに耐えて見つめていたけど限界が来たので窓に背を向ける。振り返っても光の焼きつけがマリモみたいに丸く緑色となって、僕の視界を覆っている。マリモだらけだ。ソウの顔もマリモに隠されて、視力検査のCみたいになっていた。

ぼくは目がある程度使えるようになるまでの間、目の前にいるソウのことを想《おも》う。

さっきの地球の話に絡めれば、ソウが僕より先に亡くならないでほしいと願う。それは寂しさとソウの存在を天秤《てんびん》にかければ偽《いつわ》りのない想いだ。だけど僕が先に死んだら、その後はソウが一人で生きていくわけでそれも辛い。僕の地球は終わっても、ソウの地球はまだ宇宙のどこかにあるのだ。目をつむっても、触れられるものがそこら中にあるように。

それはともかく、そろそろ指先で風にそよそよと揺れる鼻毛を捨てよう。どこまでも広がる地球への絶望と、この六畳間の問題が交互に僕に降りかかる。悩むってこんなのでいいのかなぁ、とちょっと疑問だけど深く悩んでもなぁと思う。楽観的だ、と昔から人によく言われてきた。あと、『退屈そう』とか『いつも眠そう』とか。うんまぁあってる。

目はまだほとんどマトモに見えていない。どれもこれも緑色の影がかかったみたいだ。それでも慣れ親しんだ部屋だから、大して溢れていない物の位置は手に取るように分かった。そんなことで得意げになっている僕は、楽観的というよりパーなのかもしれない。

鼻毛をゴミ箱に捨てた際、日めくりカレンダーが先月の海の日あたりから更新されていなかったことに気づく。「あらあら」とカレンダーを景気よくまとめて破り、八月二十日、今日の日付とした。バリバリ派手な音がしたけど、ソウは起きる気配もなかった。

顔を洗いに行く。洗面所でジャーッと水を強く流して、右目だけ涙目の顔を洗う。部屋に戻ると、ソウはまだ寝ている。パソコンを起動してみる。てーてれんてんてん。チラ見。ソウは起きない。

「……退屈だなー」

朝の五時前に起きたけど、家族が全員寝ていて物音もほとんど立てられず、ジッと部屋で時が過ぎるのを待っていた小学校の夏休みみたいだ。パソコン終了。

まだしばらく目覚めないだろうから、散歩に出かけることにする。お腹が空いていたけど僕は一人だと作れるご飯が限られているし、第一、ソウに怒られる。『一緒に食べようよー。愛が足りねーぞー』とがくがく肩や首を揺さぶられたことがある。一緒にご飯を食べることは愛なのか、とそのとき僕は一つ賢くなった。本当か？

三和土に転がっているゴム草履《ぞうり》に足の指を通して、アパートの外へ出た。鍵や財布の類は持たない。衝動買いするほどのお金はないし、部屋の中にはソウがいる。

アパートの外側に面した廊下に出ると三つ隣の部屋に住んでいる女性が、開け放った扉に寄りかかるような姿勢で、部屋の中にいるだれかと喋っている。いつも通りギターケースを背負って、ラフな格好だった。僕は彼女がミュージシャンなのかそれとも単なるニートなのか、未だに見極めがついていない。彼女の後ろを通って、階段を下りる。

八月も半分以上終わって、だけど夏はまだ続いている。僕ももう大人なわけだから、この一夏の間に思い出作りしている場合じゃなくて、今後のことを考えないといけない。

さし当たっての問題は残りの夏を乗り切れるか怪しい懐《ふところ》の寂しさと、収入源の蜃気《しんき》楼《ろう》。陽炎が立つようなアパートの敷地、そして道路をペッタペッタと歩きながら、さあどうしよう、どうするとかまだそういう選択肢があるのかな、と目の前のマリモに問う。

僕とソウは互いに無収入、無労働。ノーマネーノーワーク。

ぶっちゃければニートだった。二人とも二十三歳なのに。

「ニートが二人でニートゥ〜、ニードゥ〜」

即興で明るく歌っている場合ではないが、地球はこんなにもくそ暑くて陽気なので釣られてしまった。

僕たちにはお金が足りない。

お金は生活するのに大事だ。幸せになるためにも重要だ。幸せの要素は、美味しいものを食べるとか欲しいものを買えるとか、毎日の働く時間が少なくて遊んでいられるとか、貯金の有無に左右されるような事柄が多い。お金がある＝幸せは、僕たちに寿命がある限り大体当たっている。全部ではなく、大部分。

例えばカツ丼を食べようと思い立った際、ソウに作ってもらうところを『油ないから作れない』いやこれは先月、掲示板で見かけた質問についてソウに聞いたときの返事だから、微妙に関係ない。つまり、お金があれば。カツ丼二杯を注文できるお金があれば、ソウと一緒に北本食堂へ行ってカツ丼を作る時間は省かれて、一緒にオレンジページを開いて料理の写真の感想を言いあう、楽しい時間が生まれるわけだ。それは間違いなく幸せである。

だったらお金がいっぱいあればソウがいなくても僕は、そこそこ幸せってことなんだろうか。んー？　いや、それはなんか凄く嫌だな。幸せでも、なんか辛い。それに多分、この幸福とお金がイコールになっているのは、若い内だけなんだと思う。

人間には数式で測れない、国語の領域がある。ありがちだけど心だ。身体がある期を境に衰えていくように、心も衰弱していく。そして老衰した心は、お金＝幸せの数式を成立させるために、途中に変換を挟む必要が出てくる。それは孫とか小遣いに群がる人とか、まとめると大抵、自分以外のだれか。他人が必要になってくる。どんな理由であっても、自分の側に来てくれて、相手をしてくれる人を求めるようになる。足腰が弱って、一人で歩けなくなって支えてくれる人が必要になるのは、心も身体も同じじってことなんだろう。

僕はまだ、一人で道ぐらいなら散歩できていた。夏に似合わぬ素寒貧《すかんぴん》だけど。「あぁ、懐が軽いから歩きやすいのかぁ」なるほどなー。

光に満ちた街は逆に、物の輪郭を溶かしているように、あやふやに映った。今時、だれも使っているのを見たことがない電話ボックスとテニスコートが左手にある道を歩いていると、猫が『んなーぁ』って鳴いているのが聞こえてきた。発情期だろうか。立ち止まって周囲に首を振り、なんとなく猫の姿を探してみる。僕は猫が苦手だ。というより、動物全般。すぐに死んでしまうところが辛い。僕はすぐに消えないものが好きだ。

結局、猫の鳴き声はやまないけど姿は見つからなかった。諦めて散歩を続ける。

正面にある橋を上っている途中、頂上から慎重な足取りで進んできたお爺さんと目があう。散歩しているとよく顔をあわせるお爺さんなので、お互いに笑顔で会釈した。黄門様《こうもん》のと色が似ている黄色の帽子は今日も健在だ。服が灰色で地味だから、帽子だけ空間に浮いているように時々見えてしまう。でも、この日差しの下だとそんな帽子でもうらやましい。

日によって杖をついたり、両腕を大きく振って歩いたりと散歩方法の変わるこのお爺さんとはすれ違って、本当に稀《まれ》に立ち話を数分するぐらいの仲だけど、僕の中では散歩仲間みたいなものと捉えている。どうか、まだまだいなくならないでほしい。

今日は会話なく、お爺さんとそのまますれ違った。橋の傾斜が段々辛くなって、足の指で地面を踏みしめるようにして進むようになる。一人の散歩はお金がかからないから助かるなぁ。ソウと一緒だと、橋を越えたあたりで『きっさてーんきさってーん』とか回っていない舌で要求して服を引っ張ってくる。偶にソウが一人で散歩するときは、必ず寄る行きつけの喫茶店があるらしい。金銭管理がいい加減なソウに財布を任せているのはそろそろ改善すべき点かもしれない。でも僕もだらしがないってよく言われるしなぁ。

自転車を辛そうにこいでいる野球部員を追い抜いて、橋の頂上に立つ。有料橋の料金所がある橋の中間で立ち止まり、日陰に座る。涼しくはないけど、直射日光から解放されて腰が落ち着く、って感じは強まる。ゆっくりと息をはいて、片膝を手で寄せた。

そうして、百円を入れてくださいという機械のアナウンスを背景音にしながら、僕はこうして橋の頂上で愛とか祈りについて、時々考える。一人きりじゃないと考えられないようなことも、世の中には幾つかあった。だれかと、ソウと一緒にいるとそっちに夢中になって、僕は自分の頭上を確認することを忘れてしまう。さて、なに考えようかな。

散歩で少しは活性化した脳みそをすぅっと、薄く全身に行き渡らせるイメージをする。

「うーん……」

百円、百円と機械が後ろでお小遣いをねだっているせいか、今日の僕は愛や祈りよりもお金のことを真っ先に考えだしていた。それも大事だなぁ、と一人頷く。真っ黒に日焼けした野球部員が目の前を通りすぎて、下り坂を猛スピードで気持ちよさそうに駆け下りていくのを眺めながら、「僕たちはお金が足りない」と口に出して呟いた。

お金がないなら働けばいい。それは大学も卒業した大人ならほとんど当たり前のことだ。だから僕やソウも働くべきなんだろう。……うん、それでいいのか。ソウは分からないけど、僕は別に働けると思う。そもそも働いていない理由も、なんとなくだった。

大学にぼんやり在籍していたらいつの間にか卒業の年になっていて、ソウもなんだかぼーっとしていて一緒に就職せずに卒業して、在学中のバイトで貯めた二人分のお金を使って一年と三ヶ月ほど一緒に暮らした。その結果、そろそろ貯金が尽きる。今はそんな感じだった。職種にこだわりがあるわけじゃないから、仕事はなんとかなりそうだ。

「じゃあ悩むこともないのかな」

ぼけー、と料金所の屋根を見上げてまだ悩む必要があるのか考える。橋の上はさすがに、蟬の声が聞こえない。でもそれだけで別世界、雲の上まで来てしまったような気になる。

「ああ、いけない」

口が半開きになっていることに気づいて、顎を下から押す。歯が上下でカツンと当たって、封鎖は完了した。口が半開きになっているとみっともないって、ソウによく注意されるから気をつけることにしている。でも、癖になっていて意識せずに実践することはまだ難しいみたいだ。僕はこの癖も関係してか、人から『なに考えてるのか分からない人』とよく評される。それはなにも考えていないというオチで、まぁ当たらずとも遠からずなんだから否定する必要はないな、とその風評を反論もせずに受け入れて生きてきた。

だけどさすがの僕でも、愛とか祈りとかそういったものをなーんにも考えないでぼーっとすごしているわけにはいかないだろう、という気持ちがあった。だからこの橋まで散歩して、時々こうして考えてみようとする。それは僕の両親に関係しているのかもしれない。

家庭の空気が悪かったとか両親の不仲はなかったけれど、母親は僕が中学生のときに事故死した。それからは残った僕と父親が一緒に暮らして、そして今では家に父親一人。

僕と父親は大した理由もないまま離れて暮らすようになったけれど、それは家族愛みたいなものが失われたからなんだろうか？　他に理由があるなら、分かる。父親とケンカしたとか結婚して新居を構えたとか、親元を離れた生活に憧《あこが》れた、なんていうのもある。だけど僕にはなにもない。いつも通りぼんやりしていたら、いつのまにかソウと一緒に生活することにしていた。ソウと一緒に暮らすと決めた理由も、ほとんどなぁなぁでどっちかに確固たる動機があったわけじゃない。僕と父親との間、そしてソウとの間に愛があるんだろうか。そしてないとダメなのか。そういうことを、いつもここで考える。

　僕はこれからソウのために働く。正確に言うなら、僕とソウの生活のためだ。それは愛か？　一緒にいたいっていうのはなるほど、愛情かもしれない。だったら一緒にいない父親には愛情を持っていないってことか？　成人するまで子供を育てれば、家族間での愛情の有無は自主性に重んじてしまっていいという、この世のルールがあったりするんだろうか。

　いやそもそも愛って自由なのか。僕はだれでも自由に好きになっていいし、思うがままに嫌ってもいいのか。そりゃあまぁ、自由か。だとするなら、父親に愛情を感じなくても問題ないのか？　いや愛情はあっても、表立ってないだけかもしれない。そんなもん、意味あるのか？　じゃあ逆に愛は具体的じゃないとダメなのか？　それはご飯を外へ食べにいって、カツ丼をこの人に奢《おご》ってあげたいとか、そういうことを具体性と呼んでもいいのか？　それが認められるなら、ソウに愛情を抱いているのは間違いないんだけどなぁ。でもそれは毎日じゃなくて、時々なわけだ。そんな時々でもいいのか？　認められるのか？　それとも愛というのは安定して持っていなければならないもので、瞬間最大風速を記録するように、その時々で膨れあがった愛情はカウントされないのだろうか。

……などということを考えて、知恵熱で頭が沸騰《ふっとう》しそうになるのが僕の散歩だった。

「ばたんきゅー」

料金所の日陰でそのまま寝転ぶ。地面に背をつけると、自動車の振動が伝わってくる。タイヤの回る音も角度が変わり、より臨場感が溢れる。目をつむると、耳もとをタイヤが走っていくようにも思えて、心臓に大変悪い昼寝になりそうだった。

でも、こうやって距離感や正体の摑みづらくなっているものが、つまりよー分からんものが愛なんじゃないか。柳《やなぎ》の下の幽霊みたいなものだ。正体が分かったら途端につまらなくなる。ネス湖のネッシーさんだって嘘だったけど、子供のときに放映していたネッシー捜しの特番を観た興奮は忘れられない。形が摑めず、愛から送られてくる攻撃とか波動の正体も摑めないまま、それでも僕らはそんなものにすがって子孫を残し、そんなもののために一生をかける。すげー。愛はギャンブルだ。時間をチップにして、僕らは望む形のそれが見つかると信じて人生を消費している。

徳川《とくがわ》の埋蔵金捜しと愛にこんな共通点があるなんて思わなかった。でもそれってつまり、みんな、よー分からんまま生きているってことじゃないか。僕みたいに。僕はその分からんものが他の人よりちょっとだけ多いっていうだけなのか。なんか、安心しちゃうな。

そして、結局。

愛情とかいうぼんやりした不定形のものに翻弄されながら、それでもなんとかソウの手を握って生きているのも僕らしい生き方なんじゃないかと、そんな結論に達する。

いつもそうなんだけど、それでまだまだ僕は納得できるんだなぁと確認するために、ここへ足を運ぶのだ。これからも、愛に違和感を覚えるまではここでそんなことを悩んで、解決しているのかも不安になって、それでも普段使ってない頭で考え続けるんだろう。

愛とか祈りとかを確かめるために。

立ち上がって、背中を払う。さて、どこへ行こうかな。まっすぐ帰ってもいいんだけど。

原チャリに二人乗りしている、高校生風の男女が「処女！」「童貞！」と罵《のの》り（？）あって僕を追い抜いていく。最近の高校生は開放的だなぁ。原チャリも楽そうだし、うらやましいよ。そういえば大学行っている間に自動車免許は取ったけど、身分証明以外に使ったことがないな。車と名のつくものは、大学生のときの電車ぐらいしか利用していない。

どこへ行くときも、僕は自分の足で歩いて、走って、跳ねて。

橋の頂上から左右を見渡す。

僕をこれから待つのは、どちらに進んでも下り坂だった。

「ま、どっちでもいいけどね」

どこまでものぼっていかなければいけない人よりは、きっと楽だろうから。


一時間弱ほどの気ままな散歩を続ける途中、実家である『各務原書店』の前を通ったので、せっかくだからと顔を出してみることにした。父親は五十代で、僕しか子供がいないから孫の顔もまだ見ていない。だから僕が遊びに来てもあまり邪険にはされないだろう。

家といっても店のカウンターで、一日の大部分の時間を過ごしているみたいだけど。そこは昔から父親の居場所で、僕が家にいた学生の頃もいつだって、覗けば父親の背中と山と積んだ本が、カウンターの脇に見えた。

「お、まだ潰れてないな」

この言葉の内訳は冗談半分、安心半分。うんうん、と店の前で薄いレモン色の外観を眺めて顎を引く。隣にある薄暗い喫茶店と、チェーン店のうどん屋も健在だった。どっちも僕が小学六年生のときに建てられて、それまでそこは草木の枯れ果てた畑だった。

本屋の息子は本が読み放題なのか？　と同級生に尋ねられたことがあったけど、そんなはずがない。包装されている漫画に手をつけることはできなかった。そう話した時点で小学校の同級生はガックリきていた。小説は、返本するやつだけはその前に読ませてくれたけど、そんなに読み耽った記憶がない。本好きのソウが僕の立場だったら、喜んだかもしれない。ソウが好むのは宗田理《そうだおさむ》とか恩田陸《おんだりく》だけど、共通点あるのかな？　名前の真ん中に田があるとか？　いやいやまさか。

髪に降りかかった光を払うように頭と髪を振ってから、店に入る。表から入ったら父親がお客さんと勘違いして、ぬか喜びさせてしまうかなぁと一瞬考えたけど、それから家の鍵を持っていないことも思い出した。僕はもう、この家の子供じゃないからだろうか。

中ではあの音がする。夏の音、古いエアコンの送風口の、少し大げさな音だ。ガガガーッと風がもつれあっているように騒々しくて、学校のプールに入ったあとにその冷気を浴びると鳥肌が立つほど涼しいのだ。僕は外の暑さとその寒気がする冷たさの差が好きで、何度も店を出入りしていて母親に電気代のムダだと怒られたことがあった。

店に入ってすぐの右手側にある、カウンターを一瞥する。いつものように猫背になって老眼鏡をかけたり、上にあげて肉眼で本を舐め回すように見たりと手の忙しい読書をしている父親がいた。台の奥には小さなテレビがあって、見てもいないだろうにつけっぱなしになっている。液晶に映るのはどうでもいい、我が町自慢みたいな番組だった。

近寄ると僕に気づいたみたいで、本から顔を離す。本の表紙を一瞥すると、『オセロの正しい勝ち方』と書いてあった。この父親にしては変わった本だな。

僕と目があうと、顔をほころばせて老眼鏡のつるを指でずりあげる。

「よーっす」

「おぅ。今日はどうした？」

「散歩の途中で寄っただけ。あ、財布ないから本買えないよ」

「じゃあけーれけーれ」

父親が上機嫌そうに表情筋を弛緩《しかん》させて、『あっち行け』と手を動かす。僕はそれをいつものように無視してカウンターに手のひらをつく。「……ん？」

事務用封筒がカウンターの上に置いてある。『本屋さんへ』と表に書いてあった。

「なにこれ、なんかの通知書？」

それにしては子供っぽい手書きの字だ。まぁ成人したからって急に達筆になるわけじゃないんだけどさ、と自分の海苔《のり》をスライスしたような筆跡と比較して思う。

「ああ、あげますってお金が入ってたよ」

「うん？」

父親がなんてことないように語る内容は、僕を大いに混乱させた。封筒を手に取り、中身を確かめてみる。中には父親の言うとおり、お金が入っている。小銭が少しで、後は全部お札だった。僕の財布の中身よりずっと繁盛している。下手すればそこのレジよりも。

「おお、大金じゃないですか」

福沢諭吉《ふくざわゆきち》の顔と対面して、思わず丁寧語《ていねいご》になってしまった。全部数えると、六万七千二百円入っていた。数字に語呂《ごろ》合わせでもあるのかな、と少し考えたけどなにも思いつかない。父親は、僕の手元にある封筒を嬉しそうに、目を細めて見つめている。

「これ、だれが置いていったの？」

「知らん。気づいたらそこにあった」

本に夢中だった、と父親がハキハキ言う。差出人や意図の不明なお金について、不審がることもないみたいだ。この性格が遺伝したのかな、と頭の片隅で考える。

封筒の中にはお札の他に、小さく折り畳まれた手紙のようなものも同封されていた。出して開いてみる。……手書きはいいけど、汚い字だなぁ。男の書いた字だな、これ。

「ごめんなさい、お金をお返しします？　人に貸すようなお金なんか持ってた？」

「ないない。客いないもんなぁ」

そう否定する割に父親の頬肉は嬉しそうだった。顔のパーツがえびすさんになっている。人がいいとよく言われていた本屋のおじさんは、顔に刻まれたしわや老人斑《はん》によって好々爺《こうこうや》に近づいていた。父親の隠さない老いの片鱗《へんりん》に、苦いものを歯ぐきの奥で感じる。

「それやるよ」

「え？　いやーでも、もらったの僕じゃないし」

「だからもらった俺がお前にやるんだよ。それなら普通だろ」

確かに。納得、しかけたけど小遣いでもらうにしてはちょっと額が大きいな。僕が中学生のとき、一ヶ月に千五百円だったから……「ひのふのみ」大体、四年分ぐらいか？

「多すぎるよ。お金に少しぐらい執着したら？」

「してたらこんな店をいつまでも続けてないだろ」

返そうとすると、父親の突きだした手に阻《はば》まれる。以前よりくすんだ色の手のひらに押し返された。封筒は胸もとに来て、中身の手紙だけ父親が受け取った。

「それをもらったっていうことだけで十分なんだ」

そう言う父親の、本心からの歓喜と満足に覆われた顔つきなんて何年ぶりに見るだろう。僕はそういう顔が、家族以外のだれかからもたらされる父親の生活に、どこか安心するものがあった。だれもいない地球で生きているわけじゃないみたいだから。

「なんだ、だれからもらったか分かってるんじゃないか」

「ないない、知らん」

愉快そうに白々しい嘘をつく。お金＝幸せの間にだれかがいて、それに父親は満足しているんだろう。そういう満足の仕方をするようになった父親の年齢に寂寥《せきりょう》を覚える一方で、幸せが成立していることを無言で喜ぶ。今の僕にはそれができる限り続くよう、祈ることしかできない。だけど祈ることがいつか、なにかの動機になることだってある。

父親が両手を、湯気のような軌道でゆらゆら上げる。手を離したのでずりあげていた老眼鏡は目もとに収まり、父親の目が巨大化してレンズの中に映る。

「ボーナスと思ってパーッと使え、パーッと」

「パーッとねぇ」

ソウと豪遊。北本食堂で四百八十円のたぬきうどんを啜《すす》らずに、六百六十円のカツ丼を二人で注文する。パーッとしてねぇな。パラッと花びらが散った感じだ。

使い方を考えながら首を回すと、骨が鳴るのと同時にカウンターの奥にあるどんぶりを見つけた。みそ汁の椀《わん》や漬け物の小皿も空で、側には緑茶が無音の湯気を立たせている。

「昼は出前？」

父親が頷きながら、空のどんぶりを掲げる。

「カツ丼を三人前頼んだ。一つは今、一つは夜、一つは明日の朝飯用」

「野菜を食え」

「最近野菜アレルギーなんだ」

あんた、五年前も野菜アレルギーだと自己申告していたぞ。額を手で押さえながら溜息。

「家事はずっと人任せだったからなぁ。洗濯と掃除はできても、料理は全然だ」

母親のことでも思い返しているのか、父親が寂寞に基づいたような、俯いた調子で苦笑する。母親が亡くなってから、家事は僕と父親で分担して行っていた。だけど、台所は冷蔵庫を空っぽにしたとき以外、ほとんど手つかずだった。父親が明言したわけじゃないけど、母親が家で暮らしていた跡を消したくなかったのかもしれない。僕はそういう雰囲気が家の中にあるのを感じ取って、料理を率先して学ぼうという気になれなかった。

「……じゃあ、僕はそろそろおいとまで」

小さく、肩の上で手を振る。それから封筒の『本屋さんへ』という文字を眺める。ひょっとしてこの封筒、出前を運んできた人が置いていったのかもしれない、と考えたけどそれは口に出さない。そんなことを明らかにする意味なんか、父親と僕にはないだろう。

「もう帰るのか？」

「うん。顔見に来ただけだから」

家族に『帰るのか？』って聞かれると妙な気分になるものだ。幸せだった、子供の僕にとっての家族がいた時代と今を比較して、寂しさも芽生える。

それでも今の僕は、いつまでもここにいるわけにはいかなかった。

「カツ丼を作ってくれる彼女が、家で待ってるんで」

父親が読みかけの本に目を落としながら、緩く目をつむる。なにかを回顧するように口もとは笑みを浮かべて、日だまりの犬のように穏やかな声がこぼれる。

「そういうのが、ずっと側にあればいいな」

「ただしアパートに油があり、お金がなければの話だけど」

「……油、持ってくか?」

「いやいいッス」

これだけで十分、と封筒を口もとに掲げた。それから、振り向かないで書店を出る。

外は夏の昼下がりに珍しく、風が強くなっていた。横から吹いた熱風がごぅっと耳もとで鳴く。喫茶店の表にある鉢植えの花が揺れて、空の雲も速く、速くと流れていた。

目の前の道路をトラックが横切って、排気ガスの臭いを通り道に残す。その臭いと空気にまかれて、僕の肌はあっという間に高熱に感化される。ざぁっと肌の薄皮を一枚剝いだように冷気は消え去り、夏の空の下であるべき温度に包まれる。はぁ、と溜息に似た余韻の息が漏れる。

暑くなって、また涼しくなって、暑くなって。その切り替わりの、温度の狭間《はざま》が僕は好きだ。だからもう一度、店の中へ戻りたくなったけど踵に力を入れて、それをこらえる。

子供じゃない僕はだれにも叱《しか》られないのだから、自分で戒《いまし》めないといけない。

散歩仲間のお爺さんを真似て、大きく腕を振って歩きだした。

今の僕の帰る場所へ向けて歩いていると、黄色い帽子を被った小学生の姿がぽつぽつと歩道に散見されるようになった。川の向こう側から流れてくる、放流された稚魚の群れみたいだった。小学生たちは一様にスーパーがある方へ歩いている。そして手にはプールバッグ。北本食堂の側にある小学校へ、プールに入りに行くのだろう。いいなぁ。

僕とソウも卒業生ということで混ぜてくれないだろうか。当時の先生は、まだだれか残っているのかな。小学校の中にある、僕の地球の残骸《ざんがい》をいつかそっと覗いてみたい。

大きな青いリュックサックを背負って、夏場には珍しく長袖の上下を着た女の子ともすれ違う。服装のせいか必要以上に暑いらしく俯きがちで、他のプールへ出かける小学生より険しい顔つきだった。黄色い帽子じゃなくて、地元球団の青い野球帽を被っている。プールじゃなくて、友達の家へ遊びに行くところかな。もしくは……合宿？　柔道を習っていた子が夏にあんな感じの装いで出かけるのを見たことがある。

なんにせよ、あの子たちがいい夏休みをすごしていればいいと思う。夏休みも残り十日になって、手つかずの宿題に追われるいい夏休みを……案外大変だな、小学生も。

小学生とほとんどすれ違わなくなった住宅地を半ばまで歩いて、そこでふと気づく。大きく振っていた腕を停止させて、「あれ？」と首を傾げた。両手の指をパッパと開閉させる。

握りしめていたはずの手には塩味の薄い汗ぐらいしかくっついていない。

「ないぞ」

封筒なくした。手のひらを両方確かめたけど、手相しか見つからない。無意識にジーンズのポケットにでも入れたかなと探ってみたけど、毛玉みたいなのしか出てこない。

右手に持っていたよな、とグーパーしてみたものの、ないという事実は変わらない。

「参ったなー」

七万円ぐらい入ってたのに。いつ落としたかも分からない。少し引き返して道を捜してみたけど、あるのはアスファルトを突き破って生えている雑草と、飲み口からまだコーヒーのこぼれているスチール缶ぐらいだ。缶を拾って、近くの自販機に備えつけてあるビン、缶用のゴミ箱に捨ててからその自販機に背中をつけて、「うーむ」とうなる。

「パーッと消えてしまった」

花火のようだ。魅力的なものはまばたきをする間に散ってしまう。僕はキョロキョロと地面を捜す素振りをしながら、しかし目玉が具体的に封筒を見つけようとしていないことに気づく。やけつく、大きな生き物の吐息みたいな風が道を通り抜けて、僕の注意や封筒への未練、その他諸々《もろもろ》を遠くへと運んでいってしまう。そして、シャツの裾をバサバサとめくって、僕の胃腸が縮んでいることを気づかせてきた。

「ま、いいか」

お腹が空いていることを思い出したせいもあってか、早々に捜索を諦めてしまう。お金を失うことは幸せでもないが、取り立てて嘆くほどの不幸でもない。もらった、という事実だけで十分なんだろう。

僕も、父親も。根っこが一緒というか、似たもの親子というか。同じような地球を持って、その中で生きている者同士なのかもしれない。そういう繋がりみたいなものが今は無性にこそばゆくて、また腕を大きく振って今度は走った。散歩お終《しま》い、後はなにかと競争。

普通に走るとゴム草履の鼻緒《はなお》が親指と人差し指の間に食いこむので、指を草履の上で立てたり大きく足を振り上げたりと、なかなかに工夫が必要だった。意外と楽しい。アパート前に到着してから、腰を曲げる運動のついでに、日の高さを確かめてみる。太陽はまだまだ青空を席巻《せっけん》して、夕焼けの片鱗さえも感じさせない。日の入りは遠く、なにかを始めるには十分な時間があった。

よしよし。

階段を駆け上がって、アパートの扉をノックする。そろそろ起きているだろう。

「ソウ、開けてー」

「あーいあーい」

間延びしたソウの声。鍵を外す音。不用心だなぁ。外にいるのが僕としっかり確認してから開けるように教えないとダメかな。いや前にも言ったような気がするぞ。

ソウが扉を開ける。寝癖で髪がボサボサのソウは目を辛そうにしかめて、扉にほとんどもたれかかっていた。その顔を一目見て、あ、防犯意識なんて無理だなと反省した。寝起きのソウがそんなに聡明《そうめい》なはずがない。

だから、僕がしっかりしないとなー。

「ただいま。なんか今日気分いいから、お昼ご飯食べに行こうよ」

「え、そーう？　助かるー」

「ついでにニートやめてフリーターぐらいは始めようと思うんだ」

「助かる？　えー、そーう」

「やっぱり僕の夢はソウと一緒に地球を救うことだよね。いい未来のために」

「そーう。助かる、え？」

ソウの目が点になったことを確かめてから、「行こうよ」と扉をいっぱいまで開け放つ。

さぁ、救うぞぉ。

『プロローグⅡ』

既にコミュニティ内の掲示板の下方に追いやられていたそのカツ丼トピックに、新たな書きこみが生まれたのは八月下旬、夏休みも残すところ十日となった日でした。『各務原雅明』さんはその日の夕方、彼女と一緒にアパートへ帰ってから、点《つ》けっぱなしだったパソコンの前に座りこみました。ネットに接続して、閉じっぱなしだった部屋にこもっている熱にうひーと辟易しながらマウスを操作します。彼女の方はお風呂に入る準備を始めたらしく、廊下に汗を吸った衣服を脱ぎ散らかしながら、浴槽へお湯を入れに行っています。そちらを一瞥したものの、『各務原雅明』さんはさして彼女の裸に興味を示しません。『各務原雅明』さんは地元の求人について検索して、いくつかの電話番号をメモ用紙に書きつづります。

それからふと、それこそ昼すぎに食べた料理から連想して思い出したように、『各務原雅明』さんは地元のコミュニティのページを開き、掲示板をクリックします。そこにある、下へと流れていったトピックに対して、『各務原雅明』さんの打鍵《だけん》するキーボードの音が連なりました。

『僕の彼女は作れるんですけど、働いてないからって作ってくれません。だから頑張って仕事見つけて、いつか主婦になった彼女に作ってもらいたいなー』

次に書きこんだのは『河崎』さんでした。バイトが終わってから家族揃って夕飯を取るまでの間、『河崎』さんは自室でパソコンを弄って時間つぶしをしていました。家の廊下ですれ違った弟が妙にそわそわしていることは少し気になったのですが、『河崎』さんは家族に必要以上に深く干渉することはしません。弟さんに口うるさくなりすぎないよう、母親に忠告することはありましたが、それもまた家族同士での浅さを保つためにです。

浅い関係でも、家族として同じ家に暮らしているなら十分じゃないか、と『河崎』さんは考えています。

『河崎』さんはしばらくオセロゲームで遊んだ後、パソコンを折り畳もうとしました。しかし、知り合いの練習している料理について思い返したように、『河崎』さんもまた、地元のコミュニティの掲示板を確認します。するとそこには掲示板の上へ、最新の書きこみが一件ありとなっているあのトピックが表示されていました。

『河崎』さんはへぇー、へぇぇーと感心したような声を無表情にあげながら、その書きこみに目を通します。「チクショウ、無職がのろけていやがる！」第一声がそれでした。

『河崎』さんはその憤慨を晴らすように、キーボードを人差し指で叩き始めます。

『最近、知り合いの処女が腕前を自慢しすぎて腹立っているので、俺だって形だけでも作れるようになりたいって思いますね。これから、本屋で料理本でも買ってこようかな』

『ギアッチョ』さんがそのトピックの書きこみに気づいたのは、午後七時をテレビがお知らせしたときと重なっていました。彼女はコミュニティを日課として覗いています。それは主にスーパーの安売り情報をチェックするためで、そういった氾濫《はんらん》する書きこみを調べて彼氏に伝えるのも家事だなうんうん、とか『ギアッチョ』さんは考えています。

そのコミュニティの中に町内の変わった人自慢募集というトピックがあり、そこの中では駅前でいつも歌っている女性についてがなかなかの割合で触れられていたのですが、それには気づいていないようです。

その日も、どこどこのスーパーで毎週行われている冷凍食品の安売りや、ポイントカードへのポイント十倍商品といった情報を拾って読み上げていました。『ギアッチョ』さんの彼氏はテーブルに頬杖をついて、テレビを眺めています。話も半分は右の耳から左の耳、といった感じのようです。眠いのか、まばたきで目をつむってから、開くまでに時間を要していました。『ギアッチョ』さんはそれに気づいていますが、だからこそ構ってほしいのか次々に話しかけています。そんな『ギアッチョ』さんが、あのトピックに気づきました。最新の書きこみは二件。大した興味はありませんが、開いて書きこみを読んでみます。

全体を通して二件目の書きこみには「わーい、仲間仲間」と無職の発見に手を叩いて喜んでいましたが、三件目になると「チクショウ、彼女の処女自慢かよ！」と激怒してテーブルを叩きました。

その衝撃で目を覚ました彼氏は、お、おー？　と周囲を見回していますが『ギアッチョ』さんは気に留めていません。対抗してやろうと、その書きこみを食い入るように見つめながら両手をキーボードの上に構えます。

うん、でもこれ自慢かな？　と『ギアッチョ』さんはふと冷静に考えましたが、まぁどうでもいいやと結論づけて、鼻歌交じりに三、三、七拍子のリズムでタイピングします。

『あー無理です。どうがんばってもアタシには無理です。でも、アタシはカツ丼を食べることができます。お金を稼ぐこと、だれかが側にいてくれることはどちらも尊いのです』

最後、五件目となる書きこみが生まれたのは同日、夜の九時過ぎでした。その人は『ドミノ』さんでしたが、以前と名乗る人が変わっているようです。背丈も年齢も、そしてデスクトップパソコンに向きあう態度もすべてが別物、別人です。『ドミノ』さんは帰宅後、家庭の異変に気づいたようで、鬼気迫る勢いで家の中を走り回っていました。

その慌ただしい動揺が過ぎ去った後、『ドミノ』さんは電源を入れて、ネットに接続したパソコンのキーボードを高速でタイピングし始めました。『ドミノ』さんは気が動転しているのかもしれません。所属している地元コミュニティの様々なトピックスに次々と書きこんでいきます。その内容は、以下の通りでした。

カツ丼の話題からは少し遠ざかった、穏やかではないお願いです。

『娘が家出してしまいました。どなたかそれらしき、小学生の女の子を見かけたら連絡いただけないでしょうか？』

五章

老人と家

私

カツ丼が作れなくても、人類は滅びない。

カツ丼が作れなくとも、朝日は昇る。

カツ丼を作らなくとも、老いていく。

しかしカツ丼を作らなくなった頃から、私の地球は回っていない。

私はまだカツ丼が作れるだろうか。

そして、それをなぜ他人にも問いかけたのか。この歳にしては珍しく、そんな疑問が自分の中にはある。だが、それに答える頭はない。頭の中は、水気を失ってひび割れた脳細胞で敷き詰められて、そこには生物としての呼吸も、鼓動もない。死地である。


私がさまようように歩く街とは大違いである。頭を押さえつけるような強い日差し。目を開けづらそうにしながらも前へ、前へと進む子供たち。じぃじぃと街を賑わせる蟬の合唱。空にかかる飛行機雲と、旋回するように電線を行き交う鳥の群れ。種族を問わず、生き物の行進が絶え間なくどこかで繋がっている。地球には、本当にたくさんの生き物がいて、私が知らない場所でも、目に映る場所でも、確かに時を刻んでいる。

新陳代謝の低下から、真夏に散歩してもほとんど汗の出ない自分は、生きている実感が湧きづらい。地面を踏む足腰が弱っているからか、立っている、という感覚までも希薄だ。若い頃、自分の足で厨房の床を踏みしめていたときの記憶まで年々、薄れていっている。自分が少しずつ曖昧になる、これが老いるということ。最近、そう思う。

今日は体調がいい、と思いこんだので杖を持たずに外を散歩していた。橋の下にある立体交差点の日陰を歩いて、緑地と草の匂いがめだつ橋脚の根もとに回る。昼間に散歩するとそこらあたりで、同じく散歩する若者とすれ違うことが多い。年の頃は二十代の前半だろうか、人当たりのよさそうな笑顔の若者で……まぁ、平日の昼間にぶらぶらと出歩いているのは問題かもしれないが、挨拶ぐらいはする仲だ。たまに若い彼女もくっついていて、この歳になっても羨ましくないといえば嘘になる。男というのはそういうものだ。

二十代。私が内心で老人を嘲《あざけ》っていた年頃だ。あの頃の私は心身共に尖っていた。他人に触れることも、傷つけることもたやすかった。若々しいその気持ちと、希望に満ちた生活は永遠に続くと信じて疑わなかったし、街ですれ違う鈍重な老人を軽蔑《けいべつ》もしていた。

そんな私が今、その鈍くさい老人となって街をノロマにさまよっている。よくすれ違う若者は笑顔で頭を下げるが、内心で今の、そして過去の私をあざ笑っていることだろう。

叶うなら、周囲の人間すべてをもっと大事にしろと、昔の私に忠告したいものだ。橋脚の根もとからだれともすれ違わず、畑に囲われたような道を歩く。ワラと土の匂いが鼻を乾かして、呼吸がカリカリと水気を失う。私の肌に合わせるように、だ。張りがなく、動かす度に肌の掠《かす》れる音が耳に届くこの身体は、一体いつからこうなったのだ。

私は自分の中に、『分からないもの』がほとんどなくなっていた。毎日見かけていたはずの自分の変化、時の流れに麻痺《まひ》して、いつからかただ生きるだけになった。『生活』していない、そう強く感じる。

人間というのはある種、信仰に等しい真実を持たねば先へ進めない。今の私は若年の頃に持っていた確かな真実を見失い、足踏みを続けているようなものだ。

十年以上前、妻を亡くしてから私は一歩も前へ進めていない。足踏みをして、ただ老いて。隠居というには引きずりすぎた未練と後悔を側に敷いて、夜をすごす毎日。

何ヶ月、何年、だれかとマトモに言葉を交わした記憶がない。子供や孫も精々《せいぜい》、正月に顔を出すぐらいだ。孫は元気だろうか。既に名前も咄嗟に思い出せない私が気にかけるのもおかしな話だが、小学生の頃は懐かれていたので多少、気にはなる。

「あ、あーあー、あー」

道を歩きながら、時々一人で発声する。そうしないとのどがつまって、喋ることができなくなってしまいそうだからだ。声を出しながら何度かむせて、のどを調整する。

こんなことに意味はないのだろうが、それでも、他にすることがないという理由で声の調子を整えて、ゆらゆらと道を歩き続けた。どこまで行っても、見知った道しかそこにはなく、毎日散歩していても変化にほとんど気づけないことに、軽く失望する。

駅前の方に出る。もうワラの匂いはない。私の好きな街の匂いが少しだけ広がる。街の匂いは車と人がもたらすものだ。自然よりよっぽど、人が行き交っている方が好ましい。

私もそういった場所で生きてきたからだろうか。駅の側、十分前後歩いた場所にかつての私の生活する場があった。私と妻が盛り立てていた食堂だ。今は私も妻もそこにはない。

妻が死んでから、私の足は食堂に向くことはなくなった。いや正確に語るならば、向けるための、心の足が失われてしまったのだ。私と妻は二人三脚のように、心から伸びた足を結んで、歩調を合わせて生きていたのだろう。だから一人になると歩き方を忘れてしまって、前へ進めなくなったのだ。

そして引き継ぐと宣言したかもあやふやなまま、娘が店を切り盛りしている。ほとんど投げっぱなしの形で店を任せてしまい、娘には申し訳なく感じている。妻が今の食堂の姿を立派と感じるか嘆き悲しむのか、時折想像してみる。が、妻の顔を思い出せない。

人と会わなくなると、顔や名前といった個人を識別する要素への関心が本当に希薄になってしまう。いずれ私自身、何者であるかを忘れてしまうのだろう。

駅と外の歩道をつなぐ細長い通り道で、今日も昼間から歌い続ける若者が一人いる。ギターの弦を弾き、汗の玉を散らすように熱唱している、背の低い女性だ。駅の利用者で彼女を知らない者はいないだろう、というほど何年にも亘《わた》って、そこで活動する姿が目撃されている。歌もギターも取り立てて上手ではないが、決して雑音ではない。

私はそんな彼女に、苦々しさと微笑ましさ、矛盾したその二つを見る度に味わってしまう。駅前でギターを弾けるその若さ、行動力。そしてこの間、演奏を覗いていたときの私に投げかけてきた言葉と視線。老人をまったく敬《うやま》わず、むしろ軽蔑するその態度は、過去の私そのものだった。胸が痛くなるその目つきに、私の心は乱れた。

ああこういうものか、と老人である私、そして彼女の両方の視点から省みる。自分が周囲に与えていたものの正体を知り、またそれが彼女の固有ではなく若い人間にありがちなものであると学んで、複雑な気分だった。注意することも、悲しむこともできないとは。

散歩の折り返し地点へ向かう前に寄り道して、そのギターを弾く女性の前を通る。先月、演奏の休憩を取っていた自分を覗きこんでいた、じじいの顔を彼女は覚えているだろうか。彼女の足もとには昆布のような汚れがへばりついた空き缶があり、そこには数百円程度の硬貨が収められている。彼女の演奏に料金を払う者が、駅を利用するだれかの中にいるという証拠だ。私もあの年頃には食堂で、料理の代価として賃金を受け取っていた。

金を自分で稼がなくなってから、私の人生は呼吸を止めているような気がしてならない。

空き缶の中に硬貨を投げこもうと思ったが、財布をすぐに用意することができず、そのまま通りすぎてしまう。女性は歌うこと、演奏に夢中で通行人の顔にはほとんど見向きもしていないようだった。自意識過剰でありながら、いざ行動すると他人の目が気にならなくなる不思議な自尊心を持つ若人《わこうど》に、羨望と回顧の苦笑いを漏らした。

通る道の関係上、駅の方へ歩いているが用事はもちろんない。だから引き返して普段の散歩コースに復帰するべきなのだがすぐに引き返すと、いくら通行人を気にかけない彼女であっても不審に思うかもしれない。そんなくだらない見栄《みえ》から、駅の構内の前までは進むことにした。そこから左手に曲がる道を経由して、元の道へ戻ればい い。駅の中にある『生活市場』で食料を少し買いこもうかと考えたが、その荷物を持って帰るのが億劫だと目の下あたりの疲労が訴える。退屈しのぎの散歩で疲れて息が乱れているなんて本当に、アレだ。多くの人が生涯で一度は呟くであろう、アレに尽きる。

「歳は取りたくないものだ」

だが取らずに生きる方法はない。生物は何歳までが成長で、それ以降が衰退なのだろう。

屋根の下でも火を焚《た》いているような熱に包まれて、枯れた思考の端がかすかに燃える。それが薪《まき》となって、なにかが再燃するのではと目を細めた。だが、火はしぼんでいく。乾いた木は着火しやすいはずだが、火の方に問題があるようだった。私には情熱がない。

あのギターを持った女性の五分の一でも熱の高ぶりがあれば、まだなにかが始まるのかもしれないが。

あまり人通りのない、というより昼間は利用者がほとんどいない駅の入り口から左手にある道を歩いて表から離れると、構内に入っている店の壁と、フェンスに挟まれた通りに入る。左側が網状になったフェンスで、その奥には緑地が囲われている。種類は断定できないが何本かの木が南国風の大きな葉を、私の背丈を追い越す高さで茂らせている。幹の表面はパイナップルに似た模様があり、旅行先でも見た記憶がある。木の根もとには刈り揃えられた芝が生えて、人はフェンスという遮りでそこに入れないようになっている。鳥や虫の籠《かご》を大きく作ってあるようなものだ。実際、今は蟬の楽園と化しているのだろう。真《まこと》にうるさい。だが、体格に見合わぬその大声は羨ましくもあった。

さてまぁ、その蟬はいい。それよりなぜ、そんな緑地に注目したかというと、そこに人がいるのを初めて見かけたからだ。木陰に毛布を重ねて敷いて、寝転んでいる女の子がいる。小学生で、高学年ぐらいだろうか。夏場には似つかわしくない長袖の服を着て、野球帽を深く被っている。私の肩の高さまであるフェンスは、その短い手足でよじのぼって越えたのか。私が真似しようものなら、ガチガチに硬くなった股関節《こ》が悲鳴をあげるだろう。

女の子は青いリュックサックを枕代《まくら》わりにして、横向きで深く寝入っているように身動きしない。毛布まで用意して寝転んでいるなら、熱中症の類ではないだろう、とそちらの心配は薄れる。だが、この女の子は何者なのか。なぜ、木陰で寝転んでいるのか。

友達の家や、ちょっとした用事で出かけるにしては大きいリュックサックから、私は女の子の複雑な事情をついつい想像してしまう。パッと思い浮かぶのは、家出。

顔を隠す野球帽や大荷物、そして日中と夜における気温の変化を見越しての長袖、といった深読みが思わず、私をフェンスに引き寄せる。網にシワだらけの指を絡ませて、女の子の顔を上から覗きこもうとする。すると、即座に目があった。

その瞬間、女の子はリュックの紐を握りしめて跳ね起きた。そして帽子を手で押さえながら駆けだす。フェンスを右手で摑んで身体を一気に引き寄せる。その素早さ、警戒心から、私は自分の想像があながち、間違っていないのではと不謹慎にも浮かれてしまう。

その高揚から、寡黙《かもく》な口もとは普段より緩んでいた。

「ほとんど捨て猫だな」

歳を取ってからの癖の一つに、つい思考を口にしてしまうというものがある。考えなしに口は開かれて、思ったことを咄嗟に相手へ伝えてしまう。それが相手にどういった気持ちを与えるとか、自分への印象とか、そういったものは一切計算にない。緩いのだ、全体として。逃げようとしていた女の子は捨て猫という評価に憤慨したのか、キツイ顔で振り返る。怒った顔は猫というより、動きの細やかさも相まって齧歯《げっし》類に似ていた。それと少し目を引くのは、左のこめかみにあるほくろだ。色が少し濃いせいだろうか。

「失礼な。わたしは猫ではありません」

きまじめそうな顔つきなところ恐縮だが、怒り方としてはどこか不適切な気がした。なにがいけないのか、怒られた私にも分からないが。わざわざ立ち止まって怒ることか？　とも思う。しかしなにはともあれ、相手を不快にさせたのなら謝罪するべきだろう。

「失敬。あー、君はアレかな、家出しょう、」

私が質問し終わる前に、女の子は引っかけていた片足でフェンスを蹴り、身軽な跳躍で飛び越えてしまう。そしてタクシー乗り場を横着に横ぎって、駅の外へ走っていった。脚力も体力も私の比ではない。余生をかけても追いつけるどころか、距離を詰めることさえできないのではないか。かつての私もああいった活力に満ちていたとは、自分のことながら信じがたい気持ちでいっぱいだった。

木の下には毛布が敷きっぱなしで、安っぽい避暑地のようになっていた。

「……おや？」

家出少女、という存在に些末な引っかかり。つい最近、身近な場所でその言葉を見かけた記憶がある。猫の里親募集のページをなにげなく見かける程度の印象だったが……はてさて。

「ま、構わないか」

あの体力があれば大丈夫だろう。それに家出など若い内にしかできないことだ。私の年齢なら数日間家を空けたところで家出ではなく、徘徊《はいかい》として片づけられてしまいかねない。

やはり、歳は取りたくないものだ。ジジイになってから尚《なお》、そう痛感する。

散歩の終着点、といえば少々大げさになるが行き着く先は、いつも同じ店の前だった。そこを、古い建物を、私の店だと言い張る権利は既にない。黄緑ののれんに、煤《すす》けた色合いの建物。車が滅多《めった》に利用しない小さな駐車場に、『北本食堂』と書かれた看板。

出前用のカブは道路に止まっていないが、創業当時との違いは壁の色ぐらいだ。表のショーケースに飾られた蠟細工の料理見本も、相変わらず不格好で食欲をそそらない。

私は店の正面にある道路の中央に立って、その全景を眺め回す。そうしている間にも店から堅い服装の男性が出て、そして代わりに現場で働いているような青いツナギの男がのれんをくぐって入っていく。その自動扉の開閉によって店内の冷気が外へと漏れて、私の乾きながらも熱に侵された鼻や頬肉がわずかに涼んだ。すぐにじわりと溶けてしまうが。

それと入り口の扉が開かれたとき、のれんの影響で薄暗いままでしか確認できない店内に老眼をこらしていた。奥の厨房で働く人影を、確かめたかったのだ。娘がまだ働いて、孫も手伝ったりしているのだろうか。直接、店内に入って見聞きすることは足が拒否していた。

いつもそうなのだ。私はいつも日中の退屈しのぎに散歩に出かけて、この店の前に立ち尽くし、無益な時間をすごす。私自身から、それ以上の行動を起こすことはない。長い時間を経たことによるためらい、戸惑い、そして妻を亡くした喪失感が変貌した、一種の恐怖感。

それぞれの理由が私の両足をよろめかせて、前へ進ませない。そして、食堂の前から逃げだしてしまう。

苦笑いがこぼれる。若い頃は足がどうしても動かない、なんてときにがっしりと地面を踏んでいたものだが、肉体が老いると足が震えて動かせないのだ。こんなどうでもいいことまで衰えるとは。

自動扉の奥にある暗がりからは、風鈴の涼やかな音だけが自己主張していた。あの風鈴は私の妻がつけたものだ。よくまだ割れずに残っている、と感心して同時に、寒気がした。

私も妻もとっくにここからいなくなったはずなのに、まだその名残《なごり》がある。私や妻がいた、という痕跡《こんせき》がある。だがそれに気づく者は、もう私しかいない。私はここにいた、確かにいたのだ、と声を高らかに主張して店に乗りこむことが、許されるかはともかく実行に移せるのは私だけだ。『生活』を失った、この私が生きた証明を手にできる可能性。

「……………………」

だけど私はここまで来て、なにもできないでいる。

ではなぜ散歩と称して、この店の前まで来るのだろう。

ここにいて、店の中のだれかが、或《あ》いは通りすぎるだれかが私に声をかけてくれる。そんなことを期待して、道路の真ん中で熱中症の危険と闘いながら突っ立っているのだろうか。

まるで、親の気を引きたくて家出した小学生のようである。遠くに行く勇気もなくて、家族の反応を窺いたいだけ。そんなつもりはない、と私の心が大げさに首を振って否定するが、他の理由も思いつかない。子供たちの嘲笑が幻聴となって、私の耳を覆う。

蟬よりも、小学校のプールの水が跳ねる音よりも耳障りだった。

店に背を向けて、すぅ、はぁと深呼吸する。普段の呼吸は自分でも認めるほど弱々しく、精気が足りていない。呼吸の意味を見出しづらいほどだ。意識して呼吸をすると、今度は弾んで苦しそうになる。加減が非常に難しい。私はまだ老人の感覚を制御できていない。

鏡のない、四方に手を伸ばしきれる世界に立つことで私は自身の年齢を幻想する。

足は服をまくるように大きく掲げられて、足首が衝撃で折れる心配など微塵《みじん》も持たずに地面を踏む。腕は扇風機の首振りより激しく振られて、がくんがくん、と階段を連続で駆けあがるように首と視界が上下にはでに揺れる。全身が連動して、一丸となって飛び跳ねる。

そして私は、目の前が真《ま》っ赤《か》になりそうなほどの疲労感に、曲がり角の手前で包まれた。

「ぜ、へ、へ」

数メートル走っただけで息は絶え絶えとなり、膝に手をついているとその膝ごと、道路に崩れる。ひゅるる、ひゅるると呼吸不全の音が耳もとで虚《むな》しく鳴って、目の前が点滅を繰り返す。赤、緑、赤、緑。どくんどくん、と首筋の脈拍がはちきれそうなほど激しい。

幻想は陽炎よりもはかなく消える。無様なジジイが道路に転がるだけだった。

ここに私はいない。あの、無謀と無鉄砲に満ちた私は消え失《う》せてしまった。

あの店にも、この街にも、私の身体にも。

「うくく……」

ここは別世界だ。別の地球に、年金をもらうついでに飛ばされたのだ。

そんなおとぎ話で、ちぎれそうな肺の痛みを濁した。

その日の夕方と夜の境、私は家にある古いパソコンの電源を入れて、長い起動時間を待つ間に「そうかそうか」と弱々しい柏手《かしわで》を打った。家出少女、というものをどこで尋ねられたか昼間は思い出せなかったが、今気づく。パソコンの中であった。ネットの掲示板だ。

あそこの書きこみ……確か、『ドミノ』さんが家出した娘の目撃情報を求めていたな。

そんなことを思い返しつつ、私は未だ真っ黒の画面に意味の分からない数字の羅列を並べるパソコンを放置して、部屋の外へ出た。障子《しょうじ》を開けると、すぐに縁側がある。

サザエさんの家みたいだ、と孫がここへ遊びに来たときに愛想笑いを浮かべて評していたのを、今日はふと回顧する。色々と感傷に浸る日なのだろう、老いぼれらしく。

日照時間がほぼ終了を迎えても、日の光が身体の局所を熱さないだけで蒸し暑さは代わり映えしない。外の庭に面した縁側に立つとそれが顕著だ。地面に溜まった熱がたちのぼっているのだろう。私の人生もこれぐらい、しつこい熱があればいいのだが。

縁側に座りこんで、遠くを走る騒々しい改造バイクの音に耳を傾ける。風流に、秋の訪れを先取りするような虫の鳴き声が庭に用意されていたりはしない。そもそも若い頃からそんなものに興味はなかった。年寄りだからといって、趣味まで一緒にされては困る。

古臭く、丈の短い着流しの裾を折って貧相な太ももを丸出しにする。とにかく暑い。祖父はこの歳になると四季を問わず『寒い』と連呼してふとんの中にいたものだが、私にそういった兆候はない。二十代だった私はそんな祖父を、『ボケてるのか?』などと無遠慮に評価したものだ。今となっては、遠慮なく接してくる孫さえも私にはいない。

膝の横に頬杖をついて、グッと目をつむる。よし、祖父のことは一旦忘れた。

今考えるのは……あの女の子についてか。他にそれぐらいしかない。

昼間の女の子が『ドミノ』さんの捜す家出少女だとするなら、早めに居場所を教えておいた方がいいだろう。掲示板に書きこんでおけば、『ドミノ』さんがチェックするはずだ。

それで解決するかは分からないが、私にできることはお終いだ。しかし、どうして女の子は家出などしたんだろう。そこに思い至った経緯が気になってしまう。私も昔は家出しようと決意して、親に反抗しただろうか。過去の記憶は質が悪く画像の粗い、ビデオテープの記録のようにしか残っていない。それも場面が断片的で、音声まで切れていた。

ぶつ、ぶつとテープが切れる幻聴までする。まったく、酷いものだ。昔の若さを羨んでいるのに、その過去を具体的に振り返ることはできない。ぽんこつ、とは正《まさ》にこのこと。

くしししし、と気味の悪い笑い声を漏らしながら縁側より立ち上がり、部屋に引っこむ。そろそろパソコンも起動ぐらいは済ませただろう。考え事についてはほとんど結論も出ていないがなに、答えを出したところで、なにかを変えられる歳でもない。

部屋の隅に設置したデスクトップパソコンの前に正座する。そして古ぼけたパソコンを数分かけてネットに接続して、あの家出人について書きこまれたコミュニティのページを開く。カツ丼トピックには、『ギアッチョ』さんが夕方の時間帯に家出娘への発言を残していた。

『そういえば駅前をうろうろして、芝生《しばふ》の上で寝てた子が最近いたんだけどあの子って家出娘なのかな？　アタシ朝とか昼はいつも駅前にいるから、今度見かけたらここに書いとくねん』

「……うん？」いつも駅前にいるアタシ、女性とな？　むくむくと『ギアッチョ』さんの想像図がギターを担いだあの女性に変形していく。うーむ……まぁ、それはさておくとしてもやはり、駅前で目撃されることが多いようだ。人通りがあそこにしか生まれないせいも、あるかもしれない。

『ああ、思い出しました。家出した娘さんに関してですが、私も今日の昼間に駅前でそれらしき子を見かけました。声をかけようとしたら慌てて逃げてしまいましたが……』

思い出したのくだりは不要か、と送信前の文面を推敲《すいこう》する。削除キーと。「あ、しまった」こういうときはバックスペースキーだったか。思い出しました。の後に続く文章を一気に削除してしまう。慌てて指を離す。残ったのは『ああ、思い出しましたが……』

「なんたる思わせぶりだ」

くっついてできあがってしまった文章に苦笑する。私はこの間も、思わせぶりな問いかけでトピックを作ってしまったじゃないか。

『カツ丼は作れますか？』

なんて、抽象的な質問。少し前振りと補足を省きすぎて、深い意味合いでもあるように思えてしまう。しかし実際、そんなふうに受け止めてもらっては困る。私自身、どうしてそんな質問トピックを立てたのか、もう記憶にその動機がないのだ。

こんな質問に対して返信してきたこの四人は一体、どんな連中なのだろう。過去の書きこみを見直しながら一人ずつ、ネットの向こう側にいる人物像を想像してみる。

『ギアッチョ』さんは女性。書きこみからはどことなく若さを感じるし、本当に駅前のあのギター女性かもしれない。『河崎』さんも若そうだが、言葉選びのセンスから中学生と見た。『各務原雅明』さんは……そういえば、各務原書店という本屋が街中にあるのだが、あれと関係あるのかな。それとも単に地名から取ったのか。どちらにしても、この人も学生か、二十代の雰囲気。

どうも私以外、もれなく若々しいようだ。老人の意味不明な言動に面と向かってつきあってくれる若人はなかなかいないが、ネットを介すれば返事もあるわけで、ありがたいものだ。顔の分からない相手との交流なんて、とバカにしたものではない。

人間、やはり見た目から受ける印象も大事であるからして。真に心の在り方だけで伴侶《はんりょ》を決める男はそうそういまい。

「最後は家出人捜索中の『ドミノ』さん……ふーむ」

『ドミノ』さんは二回書きこんでいるが、読んでみるとどうも違和感を覚える。最初の文章は、カツ丼のトピックに対して『二度とみたくありません。いいかげんボンカレーがこいしいです』。

そして二度目は、『娘が家出してしまいました。どなたかそれらしき、小学生の女の子を見かけたら連絡いただけないでしょうか？』となっている。見比べると、一度目の方が明らかに稚拙《ちせつ》だ。しかし筆談ではないし、一度目は変換を怠っただけかもしれない。急いでいて用事でもあったとか。……いや、それも変か。普通、二度目の方が焦って変換ミスでもありそうなものだが。なにしろ娘が家出しているのだ。どうでもいい質問に返信するときよりは慌てふためくだろう、普通なら。そして『ドミノ』さんが普通でないのなら、家出した娘のことなど気にかけないのではないか。と、勝手な想像を膨らませる。

「つまり、文章を送信した人間が一度目と二度目で違うのでは？」

推理小説を半分読破した時点のように、私はそんな仮説を口にする。無論、そんな独り言に反応する人間は周囲にいない。これもネットの利点で、うかつな独り言が相手に届かない。伝えたいことだけをまとめて、送信することができる。たまに操作を誤って、中途半端な文章を送信してしまったりもするが、それはもう仕方ない。若くないのだから、と色々諦めている。理由になっていないが、この歳になると様々なことを諦めるのが得意になってしまった。

「なにはともあれ、見かけたという報告はしておこう」

中途半端なまま放置されていた文章を作成し直して、ついでに耳もとで飛び交う蚊を手で払いながらメッセージを送る。トピックに新規の書きこみが生まれて、掲示板の一番上へと押し上げられた。これで今夜か明日中には『ドミノ』さんが目を通すだろう。

「この場合、二人目の『ドミノ』さんが本物で、一人目が偽者なのか？」

既に私の中では『ドミノ』さん二人説を有力視してしまっていて、更にはその一人目が、家出した女の子ではないかとも推理していた。推理というか空想に近い。だが、不思議と外れている気がしない。学校の試験でも、こういう気分で書いた答えは外れなかった。

あの青いリュックサックを背負って、元気はつらつにフェンスを飛び越える女の子の姿を思い出す。あれが、カツ丼嫌いの『ドミノ』さんだろうか？

カツ丼を二度と見たくないと拒絶する女の子。ボンカレーが恋しいと書くぐらいなら、肉食を好まないわけではなさそうだ。とすれば、毛嫌いする理由がなにかあるのだ。

「……………………………………」

この文章を送信した人物に会ってみたい。会って、話してみたい。

なぜか、その出会いに強く惹かれるものがあった。

私とあまりに価値観が違うからだろうか。カツ丼が嫌いな人間なんて、菜食主義者でもない限りあり得ないと考えていた私には、相当の衝撃だったのかもしれない。

心に、『分からないもの』の芽生える予兆がふつふつと湧く。

明日はもう一度、駅の近くを散歩してみようと予定を立てる。それも朝早く、家出娘を保護しようとする『ドミノ』さんが現れる前に。いつも駅にいるという『ギアッチョ』さんは、保護までは考えていない口ぶりだったから注意しなくても大丈夫だろう。……いや待て、駅前にあの女の子がいるとは限らない。むしろ私が不用意に接触を試みてしまって、駅周辺には警戒して近づかないかもしれないな。女の子がネットの書きこみを確認しているという可能性もゼロにはできない。となれば、そもそもどうやって会ったものか。

「……そうだ、毛布」

女の子は駅の木の下に毛布を置き忘れていった。あれは清潔感があって、道端で拾ったものという雰囲気ではなかった。女の子の荷物の一つだろう。夜、どこかで眠るときに必要なら回収に来るはずではないだろうか。そのときに、接触できるか？

「いやいや、必要なら既に拾っているだろう。あれから何時間経ったと思っている」

などと言いつつ、パソコンの画面の右下に表示されているデジタル時計に目をやる。午後八時にもなっていない。最近の小学生が眠る時間にしては早く、そして、駅が完全に沈黙するまで間がある。もし女の子が人通りを懸念《けねん》して、駅が静まるまで間を置くつもりなら、ひょっとすれば毛布はまだ回収できていないのかもしれない。

最近という書きこみがあるなら、駅に長くいることだろう。それならば人影の途絶える時間も知っている、「やも知れぬ」時代劇のように締めてみる。年寄りになっても時代劇などにはまったく興味が湧かないのだが。さて、で、どうする？

毛布という根拠があるとしても、それの期限は今夜までだろう。そして今、夜は始まりだしている。迷っている時間はない。だから、今すぐ腰を上げるか液晶画面の前にへばりついているかを選べ、と思った瞬間に「よっこらせ」と口に出していた。よしよし。

立ち上がった私は戸締まりとパソコン画面を放置するように、玄関の方へ歩きだす。見立てではかなりの高確率でムダ足となるだろう、とは分析できている。

だが、もしあの女の子と出会えるなら、今夜しかない。結婚相手を選ぶ際、相手が頷いてくれる確率はとても低い。だが、自分が幸せになれるとしたらその人しかない。そういう気持ちになったときと、今は似ていた。それしかない、ということなら確率など無視するしかない。会えるか、会えないか。半々まで、確率なんてものは持っていける。

不確定な可能性につられて、ムダになるかもしれない行動に出る。

未知数に翻弄されるその感覚に、私は自ら率先して飛びこんだ。

思い立った私は杖を持って家を出た。心躍る散歩など何年ぶりだろう。覚えている範囲では、七、八年前に娘夫婦が結婚記念日のデートとか言って出かけた際、一日預かる孫を迎えに行ったとき以来かもしれない。当時は懐いている孫を可愛《かわい》がったものだ。

懐いていない孫でもまぁ、可愛いのは事実だが。

夜になっても外の空気は丸くない。のっぺりとだらしなく湿気が広がり、その中を歩くとすぐに肌へまとわりついてくる。瑞々《みずみず》しさのない肌に湿気が取りつけば補完の役目でも果たしそうなものだが、そういった算数は通用しないようだ。単純に暑く、不快だった。

　私の家は街全体が田舎でありながら、更なる過疎を引き起こしたような位置にある。周囲は昔からあった畑や田んぼを埋めて真新しい住宅を建てたものの、数年前から一向に入居者は現れない。建物ばかりに囲われているのに、住んでいるのは私ぐらいのものだった。

　この家は、私が子供の頃に家族と暮らしていた場所だ。今となっては、一人だが。他の家は清廉《せいれん》な白い壁、外見に曲線の少ない現代建築、屋根が瓦《かわら》ではないとスマートな印象だが、私の使っている家は昔ながらの和風建築だ。サザエさんの家と孫に言われるレベルであり、四方を囲むような新築住宅と比べると、立ち退きに反対している家のようだった。

　そんな立地故《ゆえ》か、食堂で暮らしていたときには夜間でも見られた、塾に出かける子供と自転車の姿もまるでない。私と自動車だけが、風通しのいい道路を利用している。民家からの光もなく、月明かりによって揺れるかすかな人影は、夜に油を舐める化け猫の到来のようだった。生き物から伸びた影とは思えない。

　杖を第三の足とするように右手で突きながら、早足で進む。夏場は杖なしでも足腰が多少は安定しているが、今日は急ぎなので利用することにした。布団《ふとん》の中より他の場所を優先するなんて、最近ではとんとなかった気持ちの高ぶりだ。

それを一番強く感じたのは結婚式の当日だっただろうか。確かあの日は前日から一睡もできなかった。この先何年、何十年と自分以外の人間の将来を養うことになる、という事実にずっと緊張していた。

思えばあれが、私に初めて芽生えた責任感というものだったのだろう。大人になったと言うべきか。子供は家族を持つことができない。子供と大人の境界線は、そこにあるのだと私は悟った。万人の正解かは分からないが、私にとってはそれがこの世の真実だ。

人間が前へ歩きだすには真実が必要である。だが、その真実はなんでもいい。だれから与えられようと、歪《いびつ》でも、まやかしでも。

そんなことを思い、時間帯がまるで正反対なラジオ体操の歌を鼻歌で掠れ気味に演奏しながら、駅へ向かった。

「……ここも風通しがよろしいことで」

参加しなければ爽快さも含まれるほどの人の奔流は、駅前からほとんど失われていた。日照り続きで涸《か》れた水源のようだ。終発のバスを目指す大学生風や、疲れた顔の女性。地下道を渡って駅から出てきたサラリーマンたちが立体通路の上下を寂しく歩いている。駅の賑やかな明るさは、客の入らないサーカステントの、舞台だけが盛り上がっている様に似ているように感じられた。

駅と街を繋ぐ通路に、ギターを持つ女性の姿と音はなかった。彼女が活動しているのは日中だけのようなので、残念ながら『ギアッチョ』さんですか？　と今日、尋ねることはできないようだ。もっとも仮にいたとしても、話しかける気はないのだが。

「さて」

毛布探しをしなければいけない。杖を鳴らして歩いていると、すれ違った大学生風が私を蔑むように一瞥する。そういう態度は私にも覚えがあったので、腹も立たない。苦笑いだけだ。こんなに若い彼でさえ、何十年も経てば私となる。その事実に私は自分だけが特別に老いるわけではないという慰めと、例外はあり得ないという事実に寂寥を覚える。

輝かしい将来、とは言うが一体それはいつまで、輝いているのだろうか。そして将来に光がないのなら、年老いた私はどこに希望を見出せばいいのだろう。

「もうないかもなぁ、希望」

逆に望むことはなにかあるのか、と考えてもパッと思い浮かばないことだし。

急がば回れ、という格言を無視して私はがら空きの駅の中心を通って、まっすぐ毛布の元へ向かう。特に若い内に言えることだが、物事は基本、急いだ方がいい。急いでもゆっくりでも一日は変わらない、というのは数字しか見えていない者の大誤りである。時間は使い方次第で、大きく変容するものなのだ。

「老後になったらゆっくりすればいい、ともよく言われてたなぁ」

あれも間違いだ。老後にゆっくりしても、楽しくもなんともない。さて、と。

フェンスに囲われたあの緑地を覗いてみるが、当然、女の子の姿はない。木々に変わらずへばりついているのは蟬だけだ。こいつらもあと、一ヶ月も経てばほとんどが地面に転がることだろう。そういえば蟬の死骸というのは街を歩いていてもたくさん見かけるわけではないが、なぜだろう。他の動物が食べているのか？

つい昆虫図鑑でも開きたくなる好奇心はさておき、女の子はまだ毛布を回収していなかったらしく、現場にそのまま残されている。おお、賭《か》けに勝った……と思わず拳《こぶし》をグッと構えかけたが、そもそも拾いに来る気がないだけかもしれないのだ。しかしそれでも、私のやることは変わらない。ここでフェンスにでも背中を預けて、女の子を待つ。

年寄りは時間だけはある。寿命が少ないのに時間が余っている、というのもおかしな話だが。くくく、と笑いながらフェンス上部に腕を置いて、もたれかかった。フェンスは私の体重を受け入れてしなやかに曲がる。その変化が、どうしてか私を嬉しがらせた。

駅の正面に、県名とタワーがくっついた安易な名前のビルがある。そこの二階と駅構内を結ぶ立体通路が空にかかっていて、それをぼうっと見上げる。左右は透明なガラスが壁の代わりとなっていて、中を歩く人間が覗けるようになっている。今はタワービルの中にある居酒屋へでも行きそうな会社員たちが談笑しながら歩いていた。立体交差の通路というのはどうも、未来的な匂いがするものだ。そこをあんな気楽そうに歩く彼らは凄い。

一度もあんな場所を歩いたことがない私は、きっとガチガチに緊張してしまうことだろう。ガラスに手をついて下を覗いた日には血の気が引いてしまいそうだ。

近未来のイメージ。パイプ型の半透明な通路が空を走る街。それに近いものだから、立体交差した通路に未来的な印象を抱くのだろう。子供のときに空想した未来は、いつだって希望に満ち溢れていた。それこそ立体通路を走り抜けるように、夢を描いていた。

今の私はそれを羨むように、こうして見上げるだけだ。

店じまいなのか、駅の中から漏れる明かりが一つ消える。

私はそうやって消えていく光を十代、二十代、三十代と呼んで、ケラケラと笑った。

そうして、女の子が姿を現したときには駅の明かりもほとんど消え去っていた。街の夜の本格的な始まり、人々の静まる時間。私の背後にある囲われた自然の中で、ひーひーひーと鳴いている虫がいる。その鳴き声はかすかな涼やかさを、私の耳もとに運んでいた。

女の子は駅構内の入り口側から、慌てた素振りもなく私のもとへ近づいてきた。青いリュックサックを背負った少女は正確を期するなら、毛布に近寄っているのだろう。だが帽子の奥の瞳は私を睨んでもいる。私は一度、欠伸を挟みながらも血流が速まるのを感じて、ゾクゾクしながら待った。女の子は私や毛布と少し距離を取って立ち止まる。

「さっきから見てましたが、なんで動かないんですか」

昼間と同様に、警戒の膜が表面に張られた硬い声である。私はそれに、和やかに努めようと意識した声で答える。

「ここで待っている人がおりまして」

はぐらかすような発言に、女の子は不愉快そうに唇を曲げる。私の待ち人、目的が自分とは当然、察しているだろう。だからこその警戒だ。

「お爺さんは何者ですか？　どうしてここに？」

「私は……君と同じですかな」

「はい？」

「家出中なのです。最低、十年以上は帰っておりません」

無職の暇な老人と答えることに憚《はばか》られて茶化す。だが本音も混じっていた。私が持った所帯の暮らしていた場所は、あの家なのだ。そこにはまだ私の家族だった娘が住んでいる。

私は連れ添う相手を失ってからそこに住むことができず、逃げだしたのだ。

女の子は値踏みするような目線を動かさず、まばたきもほとんど挟まない。

「はいかいろうじん、というやつですか」

「まぁ、今はそれに該当するかもしれませんな」

そして女の子は自分が家出中だと暗に今、認めていた。

「それに質問の前半にしか答えていません」

本人はそれに気づかないのか、否定もない。代わりに厳しい指摘を口にする。

「実はネットの書きこみで……」

その件について話していいものか、私の素性がバレかねない、と一瞬躊躇《ちゅうちょ》したが、別に公《おおやけ》となっても構わないことに気づいた。むしろそうしなければカツ丼に関する話もできまい。無意味な個人情報の保護を意識して、本末転倒になるところだった。

「ネット？」

女の子が私の言い淀みから単語を拾い上げて、眉間《みけん》にしわを寄せる。

「そう、ネット。書き言葉からすれば女性、母親の方だと思うが、家出した娘についての情報を求めています。目撃された情報も書かれていましたし、ここには長くいない方がよろしいでしょう」

女の子の顔色が変わる。今にも走って、この場から逃げだしてしまいそうな雰囲気を感じ取る。だからそれを実行されてしまう前に、続きをつけ足す。

「と言っても書かれたのは今日ですから、今夜中にどうこうはないかも」

女の子はぐるりと一回転して、周辺の人影の有無を確かめる。自動車のライトが夜を真横に切り取るように駅を照らすが、そこにはなにも動く気配がなかった。かつては賑わった街一番の通りも、今ではシャッターの方がめだつ。夜は顕著だが、東京とは比べものにならない人口密度だ。どっちが地球の土地を無駄遣いしているのだろう。

それから帽子のツバをギュッと真ん中で折り曲げて、女の子が低く整った声を出した。

「やっぱり、こっちの質問に答えてない。どうしてここにいるのか、って聞いたんです」

平静を装おうとしている女の子の、背伸びした態度に感心しながら口を開く。

「あなたにお尋ねしたいことがありまして」

「だから、なんですか」

「あなたは『ドミノ』さんですか？」

女の子は一瞬、「は？」と目を丸くした。だが直後、虫の鳴き声の間隔にねじこめるほどの速度で驚愕《きょうがく》する。思い当たるものにすぐ行き着いたようだ、いやぁ脳が若い。

「『ドミノ』！　ってあの、お母さんの！」

驚きのせいで、女の子の発言がぶつ切りになる。言いたいことは伝わってくるので、黙ってその続きを待った。だが、やはり当たっていたか。少し得意げになり、気分も高揚。

女の子ののどと目が大きく開くようにして、次の疑問が口を出る。

「どうして、『ドミノ』がわたしって、」

「二人目の『ドミノ』さんが掲示板のトピックに家出した娘のことを書いていましたので、昼間に見かけたこの子かなぁと」

「じゃあの、よく分かんない質問の、見た人？」

「そうそれ」

「お爺さんは、だれですか？」

「そのよく分からない質問をした人です」

また若干はぐらかして答えた。歳を取ると中身がスカスカになって、つい虚飾に走ってしまう。女の子は私を爪先から頭のてっぺんまで眺めるように首を振っている。

今は警戒というより驚きが働いて、正常な感覚が麻痺しているようだった。

「でもそんなことを確かめたいから、ここにいたんですか？」

「ああ、もう一つあります」

なんなんだこのジジイ、という目で私を見上げながら、女の子が「はぁ」といい加減に相づちを打つ。私の相手に疲れてきたという目をしているので、そろそろ本題に入った。

「よかったら私の家に来ませんか？　服の洗濯と寝床の提供ぐらいはできますが」

「はい？」

駅前でナンパとは私もお盛んなものだ。

妻が聞けばきっと、にこやかに中指を立てたことだろう。


「言っておきますけど、わたし、お爺さんを信用してません」

「賢明ですな」

「でも洗濯機と布団は借りましたからお礼は言います。ありがとう、嬉しいな、サッパリしてる。ありがとう、ぐっすり、寝すぎて頭が痛い」

妙な三拍子でお礼を口にしながら、向かい側に座る女の子が納豆をぐりぐりとかき混ぜる。女の子は昼すぎまで布団から出てこなかったため、昼ご飯なのに食卓に並ぶのは朝景色だった。

目玉焼き、ベーコン、炒《い》ったジャコに納豆、トマトが各二人前。少し作りすぎたか。

「どうして笑っているんですか？」

「いや、なんでもないのです」

ただ、自分以外の食事を作るのが久しぶりで、ああ、楽しかったと思っただけ。

女の子は自分が笑われたとでも解釈したのか、「ふん」と鼻を鳴らしてそっぽを向いた。服は女の子が眠っている間に洗濯しておいたので、昨日と同じながらも清廉としている。女の子自身も昼ご飯の前の湯浴《ゆあ》みによって、艶やかな髪と肌になっていた。

女の子はまだ納豆を箸でかき混ぜて、そして障子の開け放った縁側の方を眺めている。なにかを恐れるように、ジッと注意深く。賑やかなテレビには見向きもしない。

「なにか外に気になるものでも？」

話しかけると、女の子がこちらを向く。ジッと、私の目を疑わしそうに覗いてきた。

「……このままここにいると、わたしのお母さんが来たりするんですか？」

「はぁ？　ああ、いやいや君のお母さんとは別段、知り合いではありませんよ。ネットを通した希薄な、関係と呼ぶのもおこがましい繋がりがあるだけです」

「そのネットにわたしを保護したとか、書いたりしたんですか？」

「してほしいのですか？」

質問に質問で返すと、女の子は遺憾《いかん》そうに唇を尖らせる。それから混ぜ終えた納豆を卓に置いて、代わりに茶碗《ちゃわん》を手に取った。娘が幼少期に使っていた、卒園祝いの茶碗だ。

ここは娘が物置代わりに使っていたような家だが、時を経て意外なところでそれがよい方向に働くものだ。人の縁みたいなものなのかもしれない。

「昨日も聞いた気がしますけど、どうしてわたしを泊めたりしたんですか？」

茶碗の中の白米に箸を差しこみながら、女の子が尋ねてくる。掲げた茶碗で口もとを隠し、湯気で目もとをごまかすようにしている。聞かれただろうか、と昨晩を振返ってみたが記憶になかった。女の子はこの家に着いてから、ほとんど間を置かずに眠ってしまったたし。よほど疲れていたのだろう、バタンキューであった。それはさておき。

「カツ丼が嫌いな子と話をしてみたかったので。昨晩、君を捜そうと思ったのもそれが理由です」

正直に動機を明かす。すると女の子はなにかを思い出したようにしかめ面になって、お腹を手のひらで押さえる。カツ丼、という言葉に拒否めいた反応を示したようだ。

「本当にカツ丼、お嫌いのようですね」

「……なんでカツ丼なんですか？」

私が現役のとき、一番注文の多かった料理なので。それに妻にプロポーズした際も、引き合いというかダシに使わせてもらった、因縁《いんねん》のある料理だから。等々、説明したところで私的すぎて、女の子が納得するとは思いがたい。納得しない説明に意味があるのか。

「そちらこそ、よく見知らぬジジイこと私の誘いに乗って来ましたね。いえ、騙《だま》すつもりはありませんでしたが」

女の子の質問には答えず、話題の矛先《ほこさき》をずらす。卵の黄身を箸で刺してから、女の子は内臓を引き絞ったような沈痛な声と面持ちを、同時に心情の表現として用いた。

「外で寝るのが、あんなに辛いとは思わなかったから」

「……なるほど」

酔っぱらって道路で寝ていた経験はあるが、あれとは別種のものがあるのだろう。へたに同意せず、小さく顎を引くに留めた。それから黙々と、箸と顎を動かす。

黄身が半熟に仕上がった目玉焼きを潰して、それをベーコンに絡めて口に運ぶ。これが美味《うま》い。食堂のメニューにハムエッグという亜流が存在するのだが、だれも注文しないのが不思議だった。値段設定を間違えただろうか。

「そういえば、どれくらいの期間、家出するつもりだったのですか?」

「特に決めてません。お金がなくなるまでって考えてましたけど、ちょっとお金を拾っちゃってどうしようかなって思ってました」

「拾った？」

女の子が小さく頷く。目を左右に振り、自分のリュックを部屋の中に探したようだが見つからなかったらしく諦めて、実物抜きに語った。

「家出した日に道路で封筒を拾いました。中に七万円ぐらい入ってました」

「それは豪儀な。そんなものを落とす大富豪がこの街にいるとは」

なにかの代金だろうか。習い事の月謝とか、給料袋……は今時ないか。

「本当はお巡りさんに届けた方がいいのでしょうが、そうもいきませんでした」

女の子が淡々と言う。家出少女が警察にのこのこ近寄っていくわけにもいかないから、それは間違っていない。家出が正しいかはこの際、置いておくとして。

「……いたい間はここにいてくださって結構です。話はいずれ聞かせてもらいますので」

ジャコを箸で摘みながら、女の子にどうぞどうぞと親切を振りまく。賢明な少女は、手放しの親切をそのまま受け入れることはなく、きつく睨んでくる。

「妙に親切ですね。不安、怪しい、でも助かります」

疑念がある割に最後は素直だった。外で寝ていて蚊にでも刺されたのか、手の甲の赤い腫れをぽりぽりと爪で掻いている。腫れに爪で十字の跡をつけていて、おお最近の子供も同じことをするんだな、と些細な共通点に頰をほころばせた。

「老人はたまに、こういう変化がほしくなるものです」

それも前向きなものがいい。絶頂が終わり、下り坂を転がっていくだけの人生でも、横を見れば一時、素敵な景色を目にする機会があったっていいではないか。

「……お母さんには言わないでください」

「ええ勿論《もちろん》」

母親の心情を考えればすぐにでも連絡したいところだが、少女の意思も尊重しなければいけない。家出少女との生活は尊重の板挟みとなって、少し息が詰まりそうだ。

しかし今までずっとこの家でスカスカと気の抜けた時間を送っていたのだから、『生活』を営むことができるだけでも、ありがたいと思えるのであった。

テレビ画面を一瞥してから、女の子がぽつりと感想を漏らす。

「つまんない番組ですね」

「いやこれが案外、侮《あなど》れないのです。たまに昔の知り合いが出たりしますし」

和紙作りの名人爺さんとか、時計の修理屋爺さんとか。同世代の爺さんばかりだが。

「何年も会ってなくて年寄りになっていますが、なんとなく分かるものですね」

逆に有名爺さんの彼らは私を一目見て、だれか気づいてくれるのだろうか。なんの関わりもない若者がインタビューを受けている姿を観賞しながら、ふと考えてしまう。

私は何十年とこの街に住んでいるが、今週の有名人という番組で取り上げられたことはないし、きっと有名ではないのだろう。となれば、無理そうだなぁ。

そんなくだらないことで寂寥感を覚えていると、茶碗の中身を平らげた女の子が箸を置いて、姿勢を正す。背筋がヒマワリの茎のように、芯を伴って伸びた。

「ご飯食べた後、お爺さんは暇ですか？」

「年中退屈を持て余していますが」

いつでもどうぞ、とオールフリーを申告する。それを聞いて女の子は、顔を少し曇らせるように目を伏せた。そのまま下唇に前歯を立てるようにして、わずかな沈黙を挟んでから私を上目遣いに見つめてきた。

「じゃあつきあってほしいところがあるんです」

女の子のお願いに、深く考えず頷いた。

「構いませんが、どちらまで？」

「スーパー。お母さんが働いてるとこです」

「ところで聞きそびれていましたが、どうして家出を？」

「カツ丼が嫌いだからです」

「なるほど」

「今ので分かるわけないのに頷かないでください」

手厳しい少女である。「いやはは」と笑ってごまかすと、より厳しい視線で私を戒めるようだった。昼すぎの日差しと同様に私を射抜くようで、肩身が狭い。

外は今日も快晴だった。これで何日、雨が降っていないだろう。テレビではどこかの地域が断水となって、近々援助を行うといった話になっていた。この街、というより県は水資源が豊富な土地として有名で、そういった事態になることはなさそうだった。

女の子の道案内に従って歩くと、私の散歩コースと被っていた。それでどこのスーパーへ向かうか、途中でおおよそ見当がつく。しかし私は口を挟まず、女の子に先導を任せた。

女の子は服装を替えて、度のきつくない老眼鏡をかけている。帽子も自前の野球帽ではなく、私が持っている帽子を貸した。正確に言うと婦人用、妻の帽子なのだが。母親やその他の目をあざむく変装のつもりだった。

「お爺さんは独身なんですか？」

信号待ちの途中、女の子が道路を見つめたまま尋ねてきた。新品の消しゴムの角を思い起こさせるような、冷たい調子の声ではあるが話題を振ってきてくれたのだろう、と考えれば嬉しくもある。何年も、だれともまっとうな会話がなかった私はちゃんと話せるだろうか、と今更不安になる。緊張しすぎないように、と細い肩を叩いた。

「既婚者です。娘もおりますよ」

「一緒に暮らさないんですか？」

「家出中ですので」

昨晩と同じように身の上を語ると、女の子は道路から私に目を向ける。

「家出って、おかしいじゃないですか。じゃああの家はなんなんですか？」

「仮住まい、になるんでしょうな」

「……それに、歳もちょっと」

「ジジイなのにって？」

そうそう、と女の子が顎を引く。ジジイの家出とは奇異なものだったのか。そりゃあまぁ、私もそんな話は耳にしたことないが、世界は広いし老人も山ほどいるのだ。天文学的という言葉を持ちだせば、あり得なくはないだろう。

「実家に私の居場所がないのですよ」

肩をすくめて話すと、女の子は鼻を鳴らしてそっぽを向いてしまった。マジメに話していない、と判断されてしまったようだ。いかんなぁ、と後頭部を掻いて反省。

横断歩道を渡って、夏の日差しに頭部が煮え立つような暑さを覚えながら、口を噤《つぐ》んで歩く。分かれ道に差しかかるときだけ、女の子が「こっちです」と指示して指差すというやり取りが生まれる。私は頷くだけで言葉を発さなかった。

そうして、女の子に連れられた先は予想通り、駅と北本食堂の近隣にあるスーパーだった。屋根は赤、壁は白でサンタのような配色。サンサンと輝く赤い太陽がモチーフとして屋根に描かれていた。道路を挟んだ駐車場は半分ぐらいが乗用車で埋まっている。

やはりここか。食堂とは別に、自分の家で使う食材は妻がここで買いこんでいた。昔より外装が綺麗になっていて、野菜売り場も建物の外にはない。また一つ、過去が消え去る。

「それで、なぜスーパーに？　それもお母さんの働いてる場所なんて」

見つかっても構わないのか、と聞けば変装はするのだからそうでもないはず。女の子は老眼鏡の奥にある瞳をぎょろつかせて、抑揚のない声で答えた。

「ただ見たいだけです。お母さんがどうしてるのか」

「なるほど」

「分かった感じを出さないでください」

「失敬」

小学生の家出というのはやはり、自分を顧みない親の気を引くための自己主張なのだろうか。私の場合、どうなんだ？　別の家に移り住んだのはそういう意趣返しの一面もあるのか。もしそうなら結果として、娘と話す機会をほとんど失ったわけだから愚かしい。

「はい、じゃあ行ってきてください」

女の子がピッとスーパーの店内を指差す。私は「はぁ？」と近年めっきり薄くなった眉をひそめる。女の子は額の汗を拭ってから、威圧感でも出すように腰に手を当てた。

「わたしが見つかったら意味ないじゃないですか。見てきて報告してください」

「まぁそうなのですが、お母さんの顔が分かりません」

「ここにほくろのある人です」

女の子が自分の左のこめかみを指す。そこには女の子自身にもほくろがある。遺伝らしいが、労働に勤しんでお忙しいご婦人の顔をジロジロ眺めるのはいかがなものか。などと言ったら勝ち気そうな女の子に、腰のあたりを蹴られて発破《はっぱ》をかけられそうなので、承《うけたまわ》った。

「……はて？」

「まだなにか？」

「いえ、ではどうしてスーパーの前まで君がついてきたのかと」

なにをボケているんだこのジジイ、という目で女の子に露骨に蔑まれる。しかしジジイなのだからボケていてもおかしくない、というのは世間の認識に対する甘えだろうか。

「わたしがいないとお母さんが働いてるスーパーまで、案内できないじゃないですか」

「おぉ、なるほど。でもそれなら地図でも書いていただければ」

「お爺さんの家のまわりは道知らないんだから、書けるはずないでしょ」

ぽんぽんと、頭を私の倍速ぐらいで回転させているように反応してくる。卓球の試合でどんな球にも食らいついてくる選手を思い起こさせる、若さの反射があった。眩しい。

「すみません、歳を取ると脳細胞の距離が広がってしまうので」

「そうなんですか？　ノリとかでくっつければいいじゃないですか」
嫌みなのか本気なのか判別のつかない意見を返してから、早く行ってくださいとい
う目で私を見上げてくる。「では」とそれに応えて、数歩進む。が、道路を渡る前に
立ち止まって、潰れた豆腐屋の建物の陰に隠れる女の子に振り返った。
「なにか買ってきましょうか？　お菓子とか」
そう伺うと、女の子はムッと唇の下を盛り上がらせる。
「失礼な。子供、幼稚、お菓子という発想は短絡的すぎます」
また三拍子で反論する。ぺこぺこと頭を下げて「すいません」と謝罪してから、そ
の視線より逃げるためにそそくさとスーパーへ向かった。そういえば、財布を持って
きただろうか。一抹《いちまつ》の不安にかられながら、細く頼りない腕を振る。我ながら、なん
て軽い両腕だ。
ほくろほくろ、と特徴を忘れないように口の中で呟きながら自動扉をくぐって中へ
入る。青い買い物籠が入り口に重ねて置いてあったが、私はいつも通り取らなかった。
……ああ、そうだった。抱えるように品物を持つから、一緒に買い物へ来た妻に怒ら
れていたな。
軽く鼻にツンと来るものを去来させながら、店内に入った途端に身震いする。スー

パー内の冷房が送風されてきて、一気に暑気払いを実行してきた。快感を通り越して寒さに奥歯が鳴った。祖父の布団をまとっての震えを思い出す。頭まで痛くなりそうだ。

「本日はお肉がお安くなっていますよー、どうぞー」

入り口からすぐ、青果の置かれた冷蔵棚の脇に立つ青年が客に無差別に声をかけている。この冷気の中で半袖ながら、平気そうにしていて大したものだ。その青年のタレ目が私に向いた。と、ニコニコと営業の思惑《おもわく》を感じさせずに微笑む。

「あれ、お爺さんだ。こんにちは」

「うん……？　おぉ、青年か」

取り敢えず思い出したように反応して、時間を稼ぐ。えぇと……ああ、散歩ですれ違う青年ではないか。普段より少しだけ顔を引き締めているから咄嗟に気づけなかった。平日の昼間にも平気な顔ですれ違うから心配していたのだが、ちゃんと働いているとは。

「散歩以外で会うのは初めてですね」

「あー、そうだったかな。うん、そうだな」

「ご近所に住んでらっしゃるんですか？」

「うむ、まぁそんな感じですな。君もここで働いていたのですか」

「あはは、最近やっと就職したんです。研修中ですけど」

　胸もとの名札を摘んで見せびらかしてくる。スーパーの赤い制服には研修中という名札がぶら下がっていて、下には『各務原』と、恐らくは名字が書かれていた。……各務原？　うーむ、うーむ……むぅ。

「禍福《かふく》はあざなえる縄のごとし、ですよねぇ」

「ふむ？」

　青年の事情を知らないこちらからすれば、少し唐突な発言だった。青年は鼻を掻く。

「実は僕、仕事に就こうって決めた日にお金落としたんですよ」

　ズキ、と脳の一部がお節介にも痛んだ。つい最近、お金を拾ったと言った人がいますよと教えてくる。えぇい、覚えとるわいと側頭部を押さえながら舌打ちした。

「落とした？」

「あんな大金なくしたのはアレが初めてだったなぁ」

「大金とは、いくらほど？」

「六万円以上入ってたんですよ。貰った日になくしちゃうなんて、バカですよね」

　あははは、と青年が朗らかに笑い飛ばす。私は頬を引きつらせながら、「あははは」

と笑い声を同調させた。なんたる偶然、もしくは運命？　どっちも質は一緒か。

「君、下の名前は？」

唐突に名前の話題を振ってみる。青年は急な質問に対して、疑問符を目もとに作るが律儀に名乗ってくれた。

「は？　はぁ、雅明ですけど」

「……なるほど」

マサアキ、ですか。『ドミノ』さんが、『各務原雅明』さんの落とし物を拾ったのか。この世の引力というものは、町内やそこに住む人の配置を絶対、面白がって決めているのではないだろうか。妻と出会ったこと、妻と死別したこと含めて、そう感じる。

「でもお金を落とした代わり、なのかな。ここにすぐ就職できたんですよ。あのお金も僕が働いて稼いだわけじゃないし、二十分ぐらいしか手元になかったから正直、返ってこなくても未練ないんですよ。拾った人がいい使い方してくれたらなぁって思います」

各務原青年の表情には見栄も強がりも窺えない。本気で六万円が惜しくないらしく、お人好《よ》しにもほどがある笑顔は一向に崩れない。こういう、一種無欲な人間もいるのだなぁ。

「彼女に話したら怒られましたけどね」

そう語った直後、段ボールを抱えて入ってきた店員にも青年は怒られる。首を引っこめて、「すいません」と先程の私のように謝っていた。その中年女性である店員の顔を一瞥したが、ほくろは発見できなかった。何よりあの子の顔と似ても似つかない。違うだろう。

「お爺さんもすいません、引き留めて」

「いやいや。ああ、そうだ。スーパーで、女の子に買って喜ぶものとはなんだろうね」

「お孫さんにですか？」

「まぁ、そんなようなものか」

「うーん……あ、本日はお肉が安くなっております」

「……ありがとう」

目の前の彼が、この店での勤務が長続きすることを祈った。難しそうだが。

青年と別れて店内を巡る。商品ではなく店員の顔に注目しながら歩いている自分が挙動不審になっていないかと不安がよぎる。精肉売り場のショーケースに映った顔を確かめると、いつも通りの冴えない面と見つめあった。特売と書かれた肉の塊から顔を離す。

「どこの売り場で働いているか、聞いておくべきだったな」

ほくろだけでなくもう一つぐらいの特徴なら、私でも覚えていられそうだし。

魚売り場、調味料の棚、食品以外の日用雑貨のコーナーと店内を一周して青果の棚がある入り口に戻ってきてしまう。各務原青年はまだいるだろうか、と目をやると今度は、別の女性店員に叱られていた。大丈夫なのか、あの青年。散歩とカツ丼、どちらの仲間意識か不明瞭《ふめいりょう》だがつい親心のようなものが出て、その様子に目をやってしまう。

「……ん」

その青年を怒る女性店員は、まだ左のこめかみを確認していない人だった。年齢も三十代、小学生ぐらいの女の子がいてもおかしくない。それに、怒っているときの目つきが似ている……気がする。女の子は警戒ばかりしているので、険しい表情は見慣れた、という感じが既に私の中にあるのだ。だから相似するものには目が反応する。

何気ない顔と態度で、平謝りしている青年の側を通る。目はあわせない。青果の棚にあるマンゴーを手に取りながら、女性の顔を観察した。「……お」ほくろがあった。

この女性が、本物の『ドミノ』さん。あの子の母親か。ぱっつんと切り揃えた髪に、他の店員と同様の赤い制服。厳しいことを言うためだけにあるような引き締まった口もとに、厳しく物事を見つめるだけにくっついているような目玉。それは生まれつきの顔つきもあるが、目の下のクマや苛立ちによって彩《いろど》られている部分も多々ありそうだ。雰囲気から、リーダーというか責任者のようにも思える。

ピリピリとした雰囲気が冷気と混ざり、炭酸を肌に塗りたくられている感覚。イライラの原因は青年のふがいなさだけでなく、他にもあるのだろう。というか青年、怒られすぎ。しっかりしなさいだの、顔をにやつかせないだの、母親的な説教を下げた頭にぶつけられ続けている。普通、ああいった教育は店の裏側、客の目につかないところで行うものだが、苛立ちを発散するのに場所など選んでいられない、ということなのか。

「……………………」

母親の様子を知りたいということは、あの子の家出の理由がこの女性にあるということだ。それにカツ丼。この二つはなにか関係あるのだろうか。カツ丼虐《ぎゃく》待《たい》事件とか。ないか。

マンゴーをころころと手のひらで弄《もてあそ》んでいたら、『ドミノ』さんと目があった。客の目に気づいたのか、『ドミノ』さんはこほんと咳払いし、いい、しっかりしなさいと最後に青年に言い残して離れていった。青年は最後まで「すいません」とぺこぺこ。

私が側にいたのは承知していたようで、こちらを見てだらしなく照れ笑い。私も軽く愛想笑いしてから、会釈して青果コーナーの前を離れた。お母さんの観察は十分だろう。

これ以上追いかけても、苛立っていました以上の報告ができるとは思えない。

夏場としては無難に、チョコでコーティングされた棒アイスを買ってスーパーを出た。早速一本の袋を開いて、店の外で嚙《かじ》る。甘い。私の食堂では味わえない甘みと冷たさに頰の内側と歯が痛む。薄いチョコの中身はバニラだった。

豆腐屋の陰でパタパタと手で扇いでいた女の子の元へ戻る。女の子はパッと建物の陰から飛び出して、私を出迎えた。この短い時間にも日焼けしたのか、肌が少し赤くなっている。

「どうぞ」

まずはアイスを箱ごと渡す。女の子は受け取りながら「どうも」と生返事をして、それは置いといての仕草を取った。本題の方がよほど気にかかっているようだ。

「どうでした？　お母さん、いましたか？」

「ええ。少し遠くまで移動してから話しましょう」

促してスーパーから離れつつ、私は女の子の顔を覗きこんだ。その目が私を訝しんだ直後、あの青年を見習った笑顔で接しようと努める。恐らく、シワがいつもより寄るだけの結果となるだろう。

「話が終わったら、次は私の願いを聞いてくれますかな？」

女の子の左目がキュッと細められる。右目はそのままで、左右非対称な顔つきとなった。感情を読み取らせないように、表情筋が勝手に動いたという感じだ。

「……後から言って、断りづらいじゃないですか。言っておきますけど、できることなんかほとんどないですよ。不器用、子供、夏休み中ですから」

最後の一つは関係あるのか、と少々疑問符はつくが、「大丈夫」と自ら子供であると標榜《ひょうぼう》する女の子を肯定した。

「なーに、ちょっと晩ご飯を食べてもらうだけです。私の家でね」


「お母さんが、イライラしていた」

「そうです。家出した娘のことが気にかかっているのでしょう」

「……適当言って。本人に聞いてないのに」

アイスの棒の先端を囓りながら、女の子がジト目になる。その視線は私ではなく、先程からずっと眼下に向けられている。ガラスを一枚挟んだ下の世界では、駅を利用する人、駅前を利用する人の二種類がいる。その見分けがつくぐらいの数しか、人が街を歩いていなかった。あと一時間もすれば、帰宅する人で賑わうだろう。

まだ日の高い夕方、私と女の子はタワービルと駅を繋ぐ立体通路に並んで立っていた。晩ご飯まで時間を潰すとなって、私がたっての希望としてここを指名したのだ。どうしても死ぬ前に、ここに立って足もとを見下ろしたかった。今日がいい機会だと思ったのだ。

女の子も他にアテがないからか反対はせず、こうして大人しく町並みを眺めている。二時間近く、ここにいるだろうか。私はまったく飽きないで、足の疲れも気にならない。

旅行先ではしゃいで、両親を振り回していたときの体力と気力を取り戻したように、二本の足がしっかりと床を踏みしめている。煙となんとやらは高いところが好き、というわけだ。

女の子は私からの報告を聞き、母親が苛立っていた、という事実を何度も口にしている。私はその度、君のことを心配しているのだと答えるが、女の子はそれを認めない。

「もし本当にお母さんがわたしを心配していても、どうして家出したかは分かっていないんでしょうね」

「分かってほしいなら直接、伝えるべきでは？」

「それができたら苦労しません」

「ごもっとも」

そんな簡単に胸の内を明かせるなら、人間関係という言葉自体がこの社会から失われていくだろう。家族という特別な関係でも、そこに例外はない。私みたいに、明かす相手がもういないという境遇もあって、人の世は寂寥と壁に満ちている。

女の子が齧っていた棒を袋の中に捨てて、私を横目で見上げる。

「ここにずっといて、よく飽きませんね」

「そちらこそ。若い子には退屈では？」

「考えることがいっぱいあって飽きません」

「それはそれは」

小学生も苦労しているものである。私はと言えば、小難しいことも考えずに立体通路にはしゃいで、駅前のギター女性の演奏に耳を傾けていた。今日も熱唱する彼女の声は、こちらまで掠れ気味ではあるが届けられている。『ギアッチョ』さん、なのだろうか。

いずれ彼女が若さを失ったとき、そのギターをどう扱うのだろう。

「……さて。そろそろいい時間なので、行きましょうか」

「……はい」

女の子を連れて街を歩く、というのはどうにも昔を思い起こさせる。娘の背丈や手は同年代の子より小さく、握るために膝や腰を少し曲げて歩かなければいけないのが地味に辛かった。いっそのこと、おぶった方が楽だったかもしれない。

私は女の子と並んで立体通路から下りて、歩道を歩く。足もとの道路は駅前の商店街特有のタイル敷きで、過去を踏みしめているようでもあった。この道を歩くとき、私の傍《かたわ》らには娘、そして妻がいた。自分の子供を原チャリの後ろに乗せたことはほとんどなく、どこへ行くにも一緒に歩いていた。散歩の好きな子だったのだ。

今は腰や膝を折り曲げなくてもいいのに、街の景色を見渡せば目線が低くなっていることを実感してしまう。私の身長が歳と共に縮み、足腰も筋が通らない代物となってきている。ガタがきている、というやつだ。建物と違って交換できないところが難点だ。もっとも仮に交換できたとして、それなりに愛着のあるこの足を捨てるかは考えものだが。

「お爺さんの家でご飯は、お昼も食べたのですが」

「ああ、今度は実家の方です」

夕方のそれなりに店が混む時間帯に出かけて、北本食堂へ向かう。本当は昼前がベストなのだが生憎《あいにく》、明日は定休日だった。繁盛している時間帯の方が女の子も、店内で注目を浴びにくいだろう。平日の夕方に小学生が一人で来店する微妙な違和感は、夏休みという背景があることで助かっている。その夏休みが終わっても、この子は家に帰らないつもりなのか？　この子との共同生活が続く様を想像すると、それも悪くないという気分になった。

今度は私が道案内役となって、食堂の前まで移動した。側の小学校前の道路を通るとき、女の子は警戒心を強めて周囲を探っていた。自分の通っている小学校だからだろう。

母親が連絡して、学校側にも伝わっているかもしれない。そういう警戒だった。

「食堂、ですか」

店の外観を確かめた女の子が呟く。それから表に飾ってある蠟細工のカツ丼に険しい視線を送っていた。なかなか手強い敵愾心《てきがいしん》のようだ、カツ丼になにをされたのやら。

「そう。ここが私の実家です、過去にご来店は？」

「ないです。前を通りかかったことはありますけど」

「なるほど。ではどうぞ、行ってらっしゃい。よろしく」

千円札を渡してから手を振って見送ると、女の子が訝しむ。目つきの厳しさは母親と瓜二《うりふた》つだ。口もとの曲がり具合も似ている。子は親の背中以外もちゃんと見ているのだな。

「お爺さんは？」

「家族に見つかると面倒なので、外で待っています。出てきたら中の様子と味の感想でも教えてください」

「わたしと一緒じゃないですか。ぱくりですか？」

「ええまぁ。スーパーの中で思いつきましたので」

真似ごとであるとあっさりと認める。女の子は気持ちのいい顔をしなかったが、小学校のプールやグラウンドから見渡せる道路に長くいたくないのか、早歩きで店の入り口へ向かった。のれんを手で除けなくても、髪の毛だって触れることはない。

店の自動扉が開いて、風鈴の音が耳を打つ。目の端にかかっていた睫毛が震えるようだ。過去が鈴の丸い音色に、鞠《まり》のように転がされる。ちりんちりん、と意識を呼び止める。

　この音が私を、ずっと足踏みで留まらせている。

「……おや？」

　まだ店の前に立っている女の子が振り返って、惚けている私の顔を見上げていた。慌てて目の焦点をあわせる。

「わたしはなにを食べればいいんですか？」

「お好きなものを。当店はカツ丼がお勧めですが」

　大げさなほど嫌な顔をして、女の子は無言で前に向き直った。そして店に吸いこまれる。

　それを見届けてから、がらんどうの駐車場に設置されている自販機に寄りかかって、ふぅと肩を落とす。認めたくはないが緊張による溜息だった。

「私は一体、なにがしたいのだろう」

　店の様子などを探らせて、なにか得るものはあるのか。家族である娘は私のことなど、年に一度も気にかけはしないだろう。介護が必要になったら鬱陶しがることだってあり得る。では、私はなにを気にしているのか。あの女の子のように、なにを。

「……食堂、そのものか？」

　私のいない食堂の様子は確かに気になる。食堂自体が、家族の一員のようなものか。

となれば家出というのは半分冗談だったのだが、言い得て妙だったかもしれない。私はいい歳して、家出した女子小学生と同じ境遇なのだ。いやむしろ、いい若い者が老人と同様の心境にあることの方が問題だな。国にとって由々《ゆゆ》しき事態、というやつだ。

手のひらを突きだす。空へ、熱へ、光へ。遮り、小さな夜を目の中に作る。第一関節がやや左に曲がった中指を見つめながら、ほくそ笑む。自分の中に底の知れないものが芽生えたのは、久しぶりだった。いい意味で心が落ち着かなくなりそうだと、口もとを緩ませた。

刺激の少ない余生なのだ、たまにはこんなことがあってもいいだろう？まどろむような意識の中で、伸ばした指先でだれかに触れるようにして、そんなことを尋ねた。返事はなく、しかし私はそのとき既に、己の内に答えを見つけていた。

じりじりと西日に焼かれながら、十分近くが経過していた。もう女の子の頼んだ料理はテーブルに置かれただろうか。客の数次第では、とっくに食べ始めているかもしれないな。

駐車場側にも店の中を覗ける小さな窓はあるのだが、アサガオの蔓《つる》が邪魔なうえに逆光で、なにも見えなかった。

「……おや、風鈴の音」

お客が入ったのか、出ていったのか。自販機と駐車場は食堂に隣接する形なので、入り口は窺えない。道路の方を横目で眺めると、カブの独特のエンジン音と、若い男女のかしましい声が聞こえてきた。バイトの子が出前に出かけるのだろうか。

そのまま見ていると、二人乗りのカブが道路に現れた。すぐに右折のウインカーを出して、駐車場の中を横切って曲がろうとする。だがそこで、後ろに座る女の方が私を指差して素《す》っ頓狂《とんきょう》に叫んだ。

「あっ、祖父ちゃん！」

祖父ちゃん？　とくれば、孫か。運転している男の方が叫び声に驚いて、カブを急停止させる。駐車場に食いこむ形で停車したカブのタイヤと、アスファルトの擦れる匂いが焦げ臭い。ヘルメットを被った男、といっても孫と同じくらいの年齢か。高校生の雰囲気だ。

「久しぶりー。どしたの、こんなところで」

片手に岡持《おかもち》を握っている孫がカブの荷台から降りて、私に近寄ってくる。運転手の高校生風は微妙な距離と表情を保って、私と孫を見比べていた。こいつは、孫の彼氏か？

「いやなに、散歩の休憩中だ」

「中入って休めばいいじゃん。こっちの童貞がお茶は出してくれるよ」

孫が歯を輝かせるような爽やかな笑顔で、後ろに立つ高校生風を親指で指す。童貞呼ばわりされた高校生風はムッとした顔つきになり、私と孫の間に割りこんでくる。

「祖父ちゃんってことは、こっちの処女のお祖父様ですか？」

今度は処女と来た。昨今の若い者には恥じらいがないのか。大胆な三人称を駆使した会話に私は面食らうが、高校生風は構わず話を続けてくる。

「初めまして、この食堂でバイトしてる竹仲です。処女さんのお世話をいつもしてます」

高校生風が恭《うやうや》しく一礼してくる。処女、もとい孫がその下げた額に、にこやかに肘を叩きこんだ。カウンターで入ったその一撃が奏でる音は、工事現場の鉄骨が落ちる騒音と比べても遜色《そんしょく》なかった。

「ってぇぇぇぇ！　おい処女、人の挨拶を台無しにするな！　そういう空気の読めないところが処女チックなんだよ！」

「るさい！　身内の前で処女処女連呼すんな！　生ぬるい目で見られるでしょ！」

いやもう遅い。額に真っ赤な丸を作った高校生風と孫がギャーギャーとじゃれあう。

そうかぁ、孫にも彼氏ができたのか。娘が男を家に連れてきた日を、思わず回想しそうになる。

しかし娘のときと比べて、落ち着きのないカップルだな。発情期の猫よりうるさい。

「それで祖父ちゃん、元気してる？」

高校生風の額を手のひらで押さえながら、孫が社交辞令として体調を伺ってくる。

ここで足腰が芳《かんば》しくないと答えたところで、孫が具体的になにかしてくれるわけでもない、という想像と計算の働くところがダメなのだろう、きっと。

「ああ、元気だよ。お前もはつらつとしているようだな」

同年代の男子を握力で押さえこむ程度に活力があるなら十分だろう。

「まーねー。中にお母さんもいるよ、顔出していったら？」

「……いや、いいよ。客でもないのに店には入らない」

そう断ると、孫は微妙な顔になった。顔が全体的に下へ俯くようになって、目もとが不安定になっている。遠慮がちな態度、と言えばいいのか。

「ここ、祖父ちゃん家でしょ？」

「まぁ、そうなのだが……今はなぁ」

苦笑する。孫は聡《さと》い子だから、この笑い方で空気を読んでくれるだろう。隣の高校生風の方も雰囲気を察してか、頭を押さえられたままで黙って、身動きも取らない。

「でも祖父ちゃん、」

「出前に行くんだろう？　早くしないとご飯が冷めてしまうよ」

孫の話を遮り、早く行けと促す。高校生風の方が「その通り」と同意して、孫の手を額から外す。そしてその手を引っ張って、「さー行くぞ」と停車中のカブに連れていく。

「あ、こら童貞」

「処女がお騒がせしました」

「いえいえ」

「馴染まないでよ！」

なぜか私が孫に怒鳴られた。高校生風が孫をてきぱきと、荷物として扱うようにカブにまたがらせる。それから私の方を一瞥して、会釈してきた。私も頭を下げ返す。

なかなか聡い少年のようだ。孫よ、そう童貞とバカにしたものではないぞ。

「今度は、ちゃんと中に連れこむからね」

孫が悪質な客引きを宣言するように私の鼻を指差してくる。苦笑いを浮かべると、孫も釣られて頬をほころばせる。笑い顔が、若いときの娘と被って見えた。

二人を乗せたカブが発進する。あんな古い原チャリを乗り回しているのが、若い男女というのもおかしな取り合わせだ。そしてカブは立派である。私より労働年数が勝《まさ》っているのに、まだ道路で一線を張っているなんて。機械はやはり、尊敬に値する。

「祖父ちゃん！」

孫が振り返り、得意げな笑顔を私に見せつけてくる。口の横に手を添えた。

「私、カツ丼作れるようになったよ！　こっちの童貞のお陰！」

その宣言に、弱くなった心臓が縮み上がった。カツ丼を作れるって。まさか、とネットの掲示板が高速で頭の中を駆け巡る。孫は手を振って、建物の死角へ消えていった。

「……まさかな。でも、カツ丼……孫がか」

記憶の中では小さく、私に懐いていた孫。その情報が自動的に更新されていく。高校生の孫となり、彼氏とカツ丼の情報が書きこまれた。急成長しすぎて、寂しさが日焼けした肌のように心から剝ける。そこには目もとを熱くするような痛みも伴っていた。

……なんだな。意外と私も街を歩けば、知っている人がいるじゃないか。歳を取って、その分子供が成長して、立派になって街を回している。不可思議な感慨が胸を包む。


「……じー」

「おぉ？」

女の子が建物の陰から、顔を半分出してこっちを見つめていた。目があうと、全身を陰から飛び出させてくる。どうも、孫たちがいたので出番を待っていたようだ。

「ああ、どうもどうも。お腹はいっぱいになりましたか？」

女の子が頷く。それから、カブの走り去った方向を見据えて、言った。

「お爺さんは本当に家出中なんですか？　お孫さんには歓迎されているようでしたが」

嫌みか皮肉かひがみ、いずれかに該当するような口ぶりだった。この子も家に帰れば両親には歓迎されるだろうに、なにが羨ましいのだろう。

「食堂全体に、歓迎されてないのですよ。お役ご免と言いますか」

私の言い分に、女の子は「ふぅん」と薄い反応を見せる。表現の意図が伝わっていないだろうな、とは思うがわざわざ解説をするのも少々恥ずかしい。結局、黙るしかない。

自販機から身体を離して、コンクリートを足の裏で強く踏む。強くと言っても力をうまくこめることができずに、どこか不安定な状態は変わらない。ずっとこんな調子だ。

女の子が、私の隣に並びながらぽつりと呟く。

「美味しいご飯が食べられるのに、勿体《もったい》ないですね」

まったくですな。だけど私、これでもほとんど作る方だったのですよ。

まだどうにも、作られる側の気持ちが分かり切っていないのです。

「店内は掃除が行き届いて清潔にしてありました。でも置いてある雑誌類がちょっと日付古いです。あれならいっそのことなくしちゃった方がスッキリしていいかもしれません」

「……ご指導どうも」

家に帰ってから店内の感想を尋ねてみると、査定を頂戴してしまった。女の子は店の再建でも依頼されたかのように店の内装や気配りにダメ出ししてくる。

「あと、店員さんがなれ合いすぎです。もう少し教育をシッカリしないといけません。

私語厳禁、テレビ音量控えめ、落ち着いた雰囲気でものを食べる。これに尽きます」

「なるほど、参考になります。それで、なにを注文したのですか？」

「お勧めされたので天ぷらうどんを食べました。美味しかったです」

「へぇ、うどんか……勧めたのは、孫かな」

私は女の子の話を聞くついでに、立ち上げたパソコンでネットの掲示板を閲覧する。家出情報の確認のためだったが、今夜は『河崎』さんがこんな書きこみをしていた。

『今日、北本食堂ってところに女の子一人のお客さんが来てましたよ。格好は家出ってほど仰々しくなかったけど、なんか思い詰めた顔で天ぷらうどん食べてたなぁ。すぐ出前に行ったから、長くは見てられなかったんですけどね』

「……おやぁ？」

北本食堂の出前って。確かあの高校生風、竹仲と名乗っていたな。うーむ。

「またか？」

この街は密室でできているように狭いのか。ジジイも歩けば知り合いに当たる。顔も知らない、遠く離れた相手と繋がりを持てるのがネットの利点なのに、えらく密着した糸電話風の関連性を持ってしまっている。つかず離れずどころか、べったりだ。

「わたしのこと、なにか書いてありましたか？」

パソコン画面を遠くから覗いている女の子が、期待と不安の入り交じった調子で尋ねてくる。私は画面をスクロールさせて、他の書きこみがないか確認してから振り向いた。

「街のどこそこで見た、という書きこみがあります。ただ君のお母さんは書きこんでいません。多分、見てはいるでしょうが」

「……そうですか」

「ガッカリ？」

「してませんっ」

女の子の語気が少し荒くなる。私がそれに苦笑すると、女の子は膨れてしまった。

多少は緊張も解けて、感情を表に出すようになったか。よい兆候である。

「よっと」パソコンの前から立ち上がり、女の子と向かいあって座る。女の子は私が話したがっている空気を察してかそっぽを向いたものの、立って逃げるようなことはなかった。

「えー、そろそろ聞かせてほしいのですが」

「なにをですか？」

「どうしてカツ丼が嫌いなのですか？」

女の子が目を剝く。冷たい態度で無視するかと思ったが、また目を逸らした。

「別に、泊めてもらったら話すなんて約束とかはしてません」

「それは確かに」

あっさり首肯《しゅこう》して引く。女の子はそういう私の態度が意外なのか、逆にそこで話を終わらせなかった。目を困惑させながらも、口もとは尖っている。

「大体そんなこと、なんで気にするんですか」

「私はカツ丼が好きなもので」

「……なんで、カツ丼作れるかなんですか？」

女の子が純粋に不思議なのか、険を除けたような口調で質問してきた。なんでカツ丼なんですか。尋ねられても非常に返答に困る。それはなんというか、象徴みたいなものだ。

私にとって、なにかできるということ。無力なままで生きることなく、生活を営むために生産性を持つこと。それが、カツ丼を作れるということだった。だから、きっと。

「妻にプロポーズした場所は、大衆食堂だった」

「……はい？」

「今は潰れてしまったけれど、何十年も前にあった食堂でね。結婚する前の妻とはよくそこで食事していた。当時から私は貧乏でね、そんなところに連れていくのがせいいっぱいだった」

脈絡のない話を始めたようにしか思えない私を、女の子が気味悪がる。私はそれを敢えて無視して、翼でも広げるように伸び伸びとした口調で話し続ける。

「で、プロポーズのときにカツ丼を食べていたんです。そして私は妻に言いました。これより美味しいものを提供できる食堂を、一緒にやっていこうと。そうしたら、妻が返事をする前に店の人に怒られました。昔の人は短気というか、直情的ですね」

そのとき、慌てふためいてどんぶりを持ったまま店の外へ逃げようとした自分の姿を思い返して、苦笑する。女の子は無言で、無表情で、私を見据えていた。組んだ手の指先だけがいじいじと絡みあっている。

「だから、私の中でカツ丼が特別なものになっているんじゃないかな」

はい、説明しましたよ。今度はそちらの番。そうバトンを投げ渡す意味合いをこめて、語気を大げさに区切って女の子の顔を覗いた。女の子がムッと睨み返してくる。

そのまましばらく、間近で見つめあった。女の子が一方的にメンチを切っている、という見方が正しいのかもしれないが。外からは飛行機が空気を切り裂く音と、花火の音。

大がかりな祭りの花火が空で弾ける音ではなく、ロケット花火の発射に盛り上がる子供の声が低い位置から聞こえてくる。民家の明かりがなく、人のいない土地だと思って遠慮なく大はしゃぎしているようだ。私が若かったら庭に飛び出して、『うるせぇぇぇぇぇぇぇぇぇぇぇぇエ！』と声が裏返るほど怒鳴っただろう。お前が一番うるさい、と言われるほどに。そんな、外だけが賑やかな時間が粛々と居間に流れた。

やがて根負けしたのか、それとも険しい目つきに疲れたのか女の子が瞼を下ろす。

その眠るような表情のまま、女の子が閉ざしていた口を開いた。

「わたしが、カツ丼を嫌いな理由は」

そこで女の子は一拍置く。「ふむ」と相づちを打って、続きを促した。

女の子がそれを受けて、のどでも詰まっているように苦しそうな声を絞りだす。

「食べ飽きたからです」

「……ふむ」

女の子の一言は切実さと、吐き気に満ち溢れていた。

「わたしのお母さんはチャーハン、ヤキソバ、カツ丼しか用意してくれません。その三つをずっと繰り返すだけです。スーパーで働いているのに食べ物のことに無頓着なんです、あの人。こっちの舌のことは、なんにも考えてくれないんです」

溜まった愚痴《ぐち》と不満を、女の子がツバと共に四方にばらまく。粘り着くような悪意と敵意ではなく、言葉にあるのは悲哀だった。もっと相手して、と素直にねだれない子供の叫びのように、私には思えた。

「こんなこと、お母さんに話したってきっと分かってくれないんです。ちょっとの間直す、でも気づけば元通り、わたしはまた同じものばかり食べることになる。根本的な解決にならないから、距離を置かないといけないんです。……だから、家出したんです」

「………………………」

つまるところ顧みない母親への反抗、ということか。それならもう少し時間を置いて家に帰り、そこで洗いざらい不満を並べ立てれば、どうにか解決するかもしれない。でもそれは、本当の解決なのだろうか？　いや解決したのなら本当もなにもないのだが、若い内からそうやってからめ手でことを収めるのは、少し勿体ない気がするのだ。

輝かしさが目の前にあるときしかできない、直情的な解決法だってあるだろう。

「私ならこう考えるのだが」

「えっ？」

まだ喋り足りなさそうな女の子の愚痴を遮るように、そんな前置きで口を挟んだ。

「君自身がカツ丼……に限らず料理を作れるようになれば、万事解決なのでは？　お母さんの作るものが不満なら、自分の手で作ればいいだけではないか」

女の子の右手を取る。そして、私の両手で上下を覆った。女の子の瞳が揺れる。

「あ……」

「私の手はこんなだが、君の手はまだこれから育っていく」

ぎゅっと、手を握りしめる。目の粗い布で柔らかいものを締めつけるように。

「君はまだ若い。将来という言葉が希望に溢れている。それなら、いくらでも自分で変えていけばいいじゃないですか。私ぐらいの歳になったら、未来とは絶望でしかなくなる。楽しい未来は若い頃にしかないんです、せいいっぱい楽しみ、足掻《あが》きなさい」

だって勿体ないだろう。若いっつーのはな、それだけで武器なんだ。世の中においてお金と並ぶ、どうしようもないものを覆《くつがえ》せる可能性がある武器なんだよ。しかもみーんな持ってる。使って段々磨《す》り減る、使わなくても溶けていく。どっちにしてもどっか行くけどな、メチャクチャ使い勝手いいんだぞ。それに十代あたりで気づけば、凄いことなんか山ほど量産できて、世界を変えられることだってある。自分の地球をこれでもか、と変えていける。そうした財産がきっと、出がらしの茶みたいになった老後の人生を思い出で彩ってくれるんだ。思い出に浸るっつーこと以上の豊穣《ほうじょう》さは、心にない。

だから子供よ、メチャクチャやってしまえ。お前だけの地球を作って、変えてしまえ。

……なんてことを、妻が死去する数年前の中年は思っていたのでした。あのときの志がもう少し持続していれば、『生活』を取り戻すことは容易だったのかもしれない。

「幸い、かどうか知りませんが私は料理を人に教えられます。……どうですか？」

尋ねると、女の子は目を伏せた。年甲斐《としがい》もなく熱いことを宣《のたま》ってしまって、こちらは汗顔《かんがん》の至りというやつではある。だが、同じく家出中である女の子にがんばってほしい、応援したいという気持ちがあるのは確かだった。若い人間を妬む以外の気持ちは、意外と新鮮ではないだろうか。夏の澱《よど》んだ熱をスッと、胸の内から軽減してくれる。

「……じっと触ってれば、お爺さんの手でも暑苦しくなるんですね」

「はい？」

私の手を払い除けて、女の子が走って部屋から出ていった。出ていくのか、と一瞬考えたがすぐに同じ速度の足音が、玄関ではなくこちらに戻ってきた。青いリュックサックを抱えた女の子が、私の前に滑りこんで座る。それからリュックの脇ポケットを漁って、なにかを取りだした。しわくちゃになった封筒が、ズイと私の鼻先に突きだされる。

「これ、あげます。料理を教えてもらうのと宿泊代です」

「…………………………」

あの青年が落とした封筒はこれか。茶色の事務用封筒だ。ペラペラでボキボキ、こんなものを持ってあの気の抜けたような青年が道を歩いていれば、落としたと言ってもそりゃあそうだろうと納得だった。

「拾ったお金で申し訳ないんですけど、子供のわたしにこれ以上、お金を稼ぐ手段はありません。ローン、借金、返済できないということは困りますし」

苦笑する。最近の子供はどうにも、現実的な言い分ばかりで頼もしい。

「……では、確かに受け取りました」

青年が願うとおり、拾った女の子はいいお金の使い方をしたのではないか、と思う。

そしてこの封筒と中身はあの青年に、再び帰るべきなのだろう。

かくして少女の料理修業が始まった。……と改まるほど、特別なことは行っていない。

朝、昼、晩とカツ丼を作らせる、それだけだ。私は横で口出しをして、手は貸さない。女の子の小さな手に包丁はまだ長すぎたが、今は背伸びをして、胸を張るときなのだ。

女の子は最初、卵を上手く割ることもできなかった。それどころか、豚肉に素手で触るのも気味悪がるほどだった。そんな出発点から考えれば、女の子の腕前はメキメキ上達していった、と表現しても過言ではない。モヤシの成長に近かった。

日中、私は食材の買い出しに行ったり、それと機を見て実行に移すある計画の下準備に奔走したりしていた。もっとも老人の機動力で飛んだり跳ねたりしたところで、たかが知れている。予想よりずっと、準備に時間を食ってしまった。

それでも世間の夏休みが終了する前に終わったのは、僥倖《ぎょうこう》と言えよう。

後は少女の腕前の上達具合と、私に求心力なるものがあるかにかかっている。

六章

Q.これはオフ会ですか?
A.いいえ、カツ丼です

カツ丼

そして女の子の滞在期間が、一週間をすぎた頃。

八月二十八日の夜に、私はキーボードを叩く。しかしキーボードというのは不思議な道具だ。なぜ、こんなものを叩いただけで画面に文字が現れるのだろう。電話もネットもどうして一瞬で世界中を繋ぐことができるのだろう。レジはなぜあんなに計算が速いのか。

機械類にとんと詳しくない私は何十年生きても、利用しているものの正体を摑めない。

きっと私はそういった地球と科学の謎を一つも理解しないまま、土の下へ埋葬されることになるのだろう。そういった謎を追いかけて一生を生きるのも面白かったかもしれない、と今頃になって自分の生き方を考えたりもする。だが後悔はそこにはない。

地元コミュニティの、私が立てたカツ丼トピックを覗いてみる。家出娘の目撃情報はなぜか日増しに増えていた。どうもそれらしき子を見かけたら節操なく情報を書きこんでいるようだ。特に『河崎』さんは街の色んな場所を巡っているらしく、書きこみの頻度が最多となっている。そのせいで情報は錯綜《さくそう》し、まとまりを失いつつあった。街のどこでも女の子が目撃されている状態で、それはある意味正しいのだが『ドミノ』さんが求めるものとは大きく異なるだろう。今日も新たな目撃談が書きこまれていた。外出してないから。

私はそんなトピックに新たな提案を書きこむ。伝わるか、通るかは分からない。しかしネットのように、心が相手に一瞬で届くようにと気持ちを込めて、キーボードを叩いた。

『みなさんで家出した女の子を捜すために、情報をまとめませんか？　それでですね』

あ、しまった。そこで行を替えようとしたら誤って送信してしまった。これではまたも思わせぶりな言い回しになってしまう。変な格好つけと評価されるのは心外なのだが。

慌てて続きを送った感じに、時間の溜めをなくそうとすぐに文章を送信する。送った後、改まって眺めても、正座して見つめても、やはり格好つけの雰囲気は拭いきれていなかった。少し苦悩したが、消し方も分からないので諦めてそのまま受け入れる。

この歳になって後悔ばかりするのは案外、幸せなことだと気づきながら。

今度は、自分の紡《つむ》いだ文面と区切り方に小さく頷いたのであった。

『オフ会しませんか？』


北本食堂の店内まで足を運ぶのは十数年ぶりだったが、特別の感慨はなかった。駐車場で人を待っていて首や顎の下あたりに留まっていた熱がすっと取り除かれたように、自然とその空気が私に染みいった。まだ私は独特の清々《すがすが》しい匂いやテレビと冷房が織りなす、しっとりと落ち着いた雰囲気を余所様《よそさま》の場所と認識していないようだ。十数年が経過して別人になったとしても、私を受け入れてくれる店の懐の深さに感謝した。

さて、今はそれよりも『私たち』の微妙な空気の方が問題だろう。六人がけの席を五人で埋める風景は、この食堂にしては珍しい。奥の三席に女性二人。そして向かい側、店の入り口のすぐ隣にある三席には、私を含めた男性三人。

私の時代にはそういった風習がなかったので未経験なのだが、これが合コンとやらの空気だろうか。いや、合コンにしては耳鳴りがするほど盛り上がっていないのはどうなのだ。

本日はオフ会当日。八月三十日、子供だけでなく大人も休日である。

なにはともあれ、あのトピックに書きこんだ人は『全員』揃っているわけだが。

「…………………………」

『ギアッチョ』さんが沈黙する。傍らにはギターが立てかけられている。

「…………………………」

『河崎』さんも無言を通す。指の間から出前用のカブの鍵についたキーホルダー。

「…………………………」

『ドミノ』さんは爪を噛みながら沈痛そうな面持ち。気が焦っているのか落ち着かない。

「…………………………」

『各務原雅明』さんは気まずそうに『ドミノ』さんの顔を窺っている。

「…………………………」

そして咳払いも許されない独特の空気に浸る、オフ会主催者の私。

予想済みとはいえ、ほとんど知っている顔である。そしてオフ会とはかくもさめざめと、盛り上がらないものだとは。だれがだれと棒読みで確認しあってから十分弱、私たちは食堂の一角を占拠して静寂を保っていた。

「なにこの顔見知りばかりの集い」

『ギアッチョ』さんがぼやく。というより集ってるかも傍目《はため》に分からん気がする。私だけでなくそれぞれがそれぞれ、知り合いばかりのようだから。

「大体、オフ会の会場が食堂って時点で嫌な予感したのよね」

「今日はどうしたの？」

食堂で働く青年がお茶のお代わりを他の席の客に注ぎつつ、『ギアッチョ』さんに尋ねる。そう二人は顔見知り。ますます狭まる小さな世界。田舎の横の繋がりは酷い。

「……オフ会」

「どこが？」

「……みんなが電源切ったケータイになるところが」

びよーん、と親指でギターの弦を弾く。駅前よりずっとまぬけな音色だった。

「ていうか静、今日は奥に一人っぽいけどオバチャンとか休みなの？」

セイ、と呼ばれた青年は柔らかく、そして思わせぶりに微笑む。青年と一瞬、目があって互いに小さな会釈を交わした。それから青年はお茶のポットをテーブルに置いて、そのまま去っていく。

「あ、無視した。ヒデー」

唇を突きだして、『ギアッチョ』さんが青年の背中を睨む。青年は愉快そうに肩を揺すって、「もうすぐできるよ」と呟きを残していった。それから、また沈黙が訪れる。その間、店に響くのは衣《ころも》が油で揚げられていく食欲をそそる音。匂いもふぅわり漂ってきた。

ああ、いい匂いだ。気持ちが高揚する。他の料理とは異なる、料理が運ばれてくることへの素敵な予兆と独特の前振りだ。私はこの空気がたまらなく好きで、だから食堂を始めようと思い立った。ここに私の原点がある。

だから『カツ丼は作れますか？』と他の人にも問いかけたくなる。

そんな私だけが心地いい沈黙を破ったのは、お茶の熱さに舌を出して片目をつむっていた『河崎』さん。

「あの、これって『ドミノ』さんとこの家出ちゃんを捜すために集まった、んですよね」

『河崎』さんが周囲の顔色を窺いながら、小さい挙手を交えて発言する。それを引き継いだのが『ドミノ』さんで、鼻息も荒く頷いた。堰《せき》を切ったように口を大きく開く。

「そうです、うちの娘。いなくなってもう、十日になります。家出、失踪、自分探し？　家族で旅行に行ったときだってそんなに長く家を空けたことないんですよ！　家出ってそもそもなによ、へそ曲がり、反抗期先取り、非行少女？　いやうちの子は大人しいからそういうのとは無縁でしょ普通、きっと他のだれかが入れ知恵だのそそのかしただの、そういうことに違いないわ！　警察も動く気配ゼロで家の中の空気最悪よ！　仕事、仕事、仕事で一日埋め尽くして帰りたくないぐらいね！」

どどんがどんどん、どんどがどどん。『ドミノ』さんが小気味よく、テーブルに拳を叩きつける音である。男性陣、少々引く。横で聴いていた『ギアッチョ』さんは「いいリズム感だ」と顎に手を当てて感心していた。それはともかく、私はすっとぼけて『ドミノ』さんに質問などしてみる。

「あの、ほんとに家出なのですか？」

「そうよ！」『ドミノ』さんが手を突っこんだ鞄から、可愛らしい模様の便せんが飛び出してくる。それをテーブルの中央に突きだして、私たちの目線まで掲げた。

「こんなものがあるから、警察もロクに動いてくれないのよ！　誘拐事件ですって狂言を打って動かしてやろうと何度考えたことか！」

「ほへー……」

『河崎』さんが『ドミノ』さんの剣幕に気圧《けお》されながらも、家出した女の子の残した書き置きに目をやる。そこには『家出します。期間は決めていませんが、帰ってくるので気にしないでください。どこに行くか、なにをするか、なんで家出するかは言えません』と横書きの文面が、丸っこい字で記載されていた。手紙ではないので、女の子の名前は最後に書かれたりしていないが筆跡鑑定でもしてみれば、あの女の子の字と証明できるだろう。

「あー、だから最近職場で気が立ってたんですね」

『各務原雅明』さんは一人、合点がいったように頷いた。それを見咎めるようにキッイ視線をやった『ドミノ』さんが、また握りこぶしと言葉の機関銃の引き金を引く。

「それもあるわ！　ええそれもある、だけどその一点だけじゃないのよ分かる？　子供、子供、子供のテンポじゃなくて家出、研修中従業員のボケ面、夏の暑さと苛立ちが目白押しなの！　あんたの気の抜けた顔はお客様の間でも評判よ、この人に色々聞いても大丈夫なのかしらって！　もっと口もと引き締めなさい背筋伸ばしなさい！」

「あーちょっと、ちょっと待って」

『ギアッチョ』さんが両手を滑りこませるように突きだして、混迷となった場に割って入る。その声と仕草に『ドミノ』さんが不本意そうながらも口を噤んだ。『ギアッチョ』さんの声は大きく、滑舌《かつぜつ》もやたらとはっきりしているお陰で発言権を得やすいようだ。

さすが、いつも大声で歌っているだけはある……のだろうか。因果関係があるか分からん。

「『各務原』さん……って呼ぶのもなんか変」

「ほんとですねぇ、ご近所さん」

『ギアッチョ』さんと『各務原雅明』さんが顔を見合わせてへらへらと笑う。『各務原雅明』さん、今し方ぼろくそに批判されたのにまるで気にしていないようだ。図太い。

「あなたは『ドミノ』さんと知り合いなの？　その人だけ知らないんだよね」

『ギアッチョ』さんが言うと、『河崎』さんも「うんうん」と同意を示した。話自体は聞いていたが私も同様である。

「チーフ……まぁスーパーのえらい人なんだ」

『各務原雅明』さんが端折《はしょ》って紹介する。知ってる知ってる、と内心で頷いておいた。

「スーパーえらい人？　うわ、凄く凄いって感じ」

『ギアッチョ』さんが拍手するのと反比例するように、『ドミノ』さんが頭を抱える。

「あなた方に褒《ほ》められていると脳みその細胞分裂が止まりそうね。停滞、死滅、老衰」

順序が間違っていそうな三段活用だが、『ギアッチョ』さんと『各務原雅明』さんがまた顔を見合わせる。どちらの目の縁も丸々となっていた。

「バカにされた？」

「微妙かな」

「あんたたちが微妙よ」

今度は三人でドミノを形作る。話が『ドミノ』さんのお陰、というかせいで少し弾んできた印象だが、オフ会とはこういう盛り上がり方でいいのだろうか。端の椅子に座っている『河崎』さんは頬杖をついて、テーブルのメニュー表に目を向けていた。

「あのぉ、『ギアッチョ』さんからすれば私も知らないと思われるのですが」

先程の話の中で気になる点について言及してみる。私は厳密に言えば、ここにいる四人とは接点がほとんどない。私の本名を知っている者も一人しかいないのだ。

「知ってるよ、帽子爺さんでしょ。たまに駅の前ですれ違うじゃん。で、たまに人の演奏をジロジロ見ていく」

「あ、僕も散歩のときにすれ違う」

「俺もこの間、出前の途中ですれ違った」

「つまりすれ違いジジイなのね」

情報の妙な共通点をまとめて、枕詞《まくらことば》としてくっつけられてしまった。私にもちゃんとハンドルネームはあるのだが、それで呼ぶ人はここにいない。ま、すれ違いジジイでも構わないので、適当に「ああ、まぁそうですな」と納得しておいた。

「それで、娘のことです。皆さん目撃したんですよね。どうして保護、或いは連絡、或いは警察という行動に一人も出なかったのだと恨んではいません。とにかくどこで目撃したか、どういう格好だったか、衰弱していなかったかを聞かせてください」

鞄からノートを取りだしてペンを構える『ドミノ』さん。ほぅほぅ、と私は感心する。

娘の身を案じてはいるわけで、情の欠片もない人間というわけではない。

これならきっと、あの子が帰ってからもうまくいくだろう。

「お待ちどおさま」

青年が盆に載ったどんぶりを厨房から運んでくる。歩く度、立ちのぼる湯気が飛行機雲のように青年の後ろへたなびいた。ノートや筆記用具をテーブルいっぱいに広げたばかりの『ドミノ』さんは、それらを一旦片づけなければいけないことに不満顔だった。

「だれか注文したっけ?」

『河崎』さんが不審そうに首を傾げる。まぁ確かに注文はしていないが、そもそもなにも頼まずに店に居すわるつもりだったのだろうか、ここにいる方々は。

青年が両手に一枚ずつ持つ盆には、カツ丼のどんぶりが二つ載っている。それを細い腕の割に大して苦労もせず運んできて、テーブルの端に置いた。

「ごゆっくりー」

「あ、静。なんか待て、なんとなく待った。ステイ、静ステイ」

訓練された犬にお預けをさせるように『ギアッチョ』さんが手を伸ばす。だが青年はさっさと離れて思わせぶりに笑い、厨房の方に引っこんでしまう。

「あれ？ なんすかこれ」

『河崎』さんが通常とはほんの少し異なる、盆の状態に気づいて周囲の顔を窺う。

各々《おのおの》のどんぶりと盆の間に紙切れが挟んであり、それらには『ギアッチョ』や『河崎』といった各自のハンドルネームが書きこまれていた。私の名前だけない。それは仕方ない。

「なにこれ。この指定したやつ食べろってこと？」

『ギアッチョ』さんが紙切れを引っ張りながら疑問を口にする。私がそれに首肯した。

「はい、これが本日の趣向です。なにしろ、カツ丼のオフ会ですから」

私がそう言うと、『ああ、そうだった』という顔を三人が浮かべた。家出娘捜索委員会のごとき集まりだが、根っこはそこなのだ。カツ丼について書きこんでいない『ドミノ』さんだけが不満顔のままだったが筆記用具類をすべて鞄に放りこんでから、割り箸を四本入れ物から抜き取り、他の人にも配った。が、すぐに思いついたようにノートとペンだけまた出す。

「食べながら話を聞かせて頂戴。ネットでは書けないこともあるでしょうから、そういうことを聞くためにここへ来たのよ、包み隠さずお願いするわ」

「カツ丼食べながら？　なんか、刑事ドラマの取り調べみたいですね」

『各務原雅明』さんの一言に、『ドミノ』さんが取り分けきつく睨む。『各務原雅明』さんは即座に「すいませんすいません」と平謝りして、それから自分の名を挟んでいるどんぶりを盆から取った。くんくん、とまずは匂いを嗅《か》ぐ。「普通っぽい」と呟いた。

「どれか一つに罰ゲームとして、カラシが大量に入ってるとか？」

どんぶりの底まで下から見て確かめた『ギアッチョ』さんが尚、訝しむ。『河崎』さんは既に割り箸を割って、ご飯の上の具を軽く掻き分けて調べているようだった。

「いつもここが出してるカツ丼に見えるけどな」

「ていうかどうしてみんなカツ丼なの？」

『ドミノ』さんが根本的な質問を投げかけてくる。四人の顔を順々に、苛立たしそうに眺めた。『ドミノ』さんからすればカツ丼なんかより、娘の方がずっと重要なのだろう。

それは母として非常に正しい。だがこちらも感心ばかりもしていられない。

「なにか深い意味でもあるの？　味の評価でもして雑誌に載せるとか？」

『ドミノ』さんが理由を求めて、口を、目を動かす。他の人はそれに答えず、自然、私の方を見やった。『ドミノ』さんも釣られるように私を見据える。まぁ、そうなるか。

どうしてカツ丼なのか。理由はカツを揚げるときの音が好きとか匂いがいいとか、つまるところ私がカツ丼を好きだからに他ならないのだが、そんな答えでは納得しないだろう。

「とにかく、頂いてみてください。特に『ドミノ』さん」

せっかく、私が言いたいことなどではなく、だれかの伝えたいことがこうしてテーブルの上で湯気を立てているのだから、冷めないうちに召し上がって頂きたい。

手のひらを差しだして促す。『ギアッチョ』さんがそれに反応した。

「すれ違いジジイの分は？」

「ああ、私はいいんです」

昔々に、作ってもらいましたから。

「ふぅん。ジジイになってからダイエットしてんの？　カッサカサしちゃうよ」

歯に衣《きぬ》着せない『ギアッチョ』さんがそう呟いて、割り箸を割る。その音が皆を牽引するように、割り箸とカツ丼へ意識を向かせる。不思議なことだが、彼女の発する音にはなにかしら、人の注意を引くものがあるようだった。老人特有の気のせいかもしれないが。

そもそも老人にそんな誤認があるのかも、私は学んでいない。本当に老人か？

両の手を確かめたが、やっぱりそこにはカッサカサの肌しかないのであった。

「すれ違いジジイ、音頭《おんど》取って」

「ん？」

手を見つめていた私を『ギアッチョ』さんが呼ぶ。顔を上げると、四人ともが箸を構えていた。『ドミノ』さんはそれに加えて左手にペンを持っていたが、全員がなにかを待っているようだった。音頭？　……ああ、食事の挨拶か。各々ですればいいと思うのだが。

だがなぜか私を、連帯意識が働いたように皆待っている。……こんな老人にそんな目線をよこさないでほしい。もう人に注目される感覚を忘れてきていたのに。

などと思いつつ、手のひらをあわせた。全員、同じ動作を行う。

オフ会らしくなってきたなぁ、と勝手に解釈しつつ、祈った。

地球に。食材に。運ぶ人に。そして、作る人に。手前勝手ながら、感謝。

「「「「いただきます」」」」

かけ声は綺麗に揃って、そしてカツ丼に箸を伸ばす。私は食べるものがないから手のひらをあわせて、そのまま、他の四人の様子を憧憬混じりに眺める。

昔の私はこの風景を厨房越しに見ていた。いや、幸運なことに当時は店が繁盛していて、じっくりとお客の様子を確かめている余裕はなかったな。ついでに言えば、ここにいる彼らは私のお客でもない。あの女の子に言ったとおり、もう私はカツ丼が作れないだろう。

だからこそ、今はこうして客席に座る人たちを間近で目にして、後悔なんてものも芽生えてくる。あの頃、こうして少しでも時間を取ってお客の顔を眺めていれば。

こんなにも満ち足りた気持ちに、簡単になれたというのに。

お客のことを考える心配りがなかったとは思わないが、目の回るような忙しさというやつは私を調理場にだけ向かせようとしていた。そしてそれに抗《あらが》えなかった。

接客担当だった妻はこういった満足感を、知っていたのだろうか。妬ましいぐらいだ。

……ああ、ああだが、しかし。しかしだ。

料理を注文するお客が店にいる。それに店側が応える。精魂こめて代金に見合う、いやそれ以上の価値があると信じて料理を作り、お客の待つテーブルへ運ぶ。

客側も店側も、互いを必要として一つの空間を共有している。

そういった空気は厨房に引っこんでいても、調理の熱と共に感じていた。

その頃の私はちゃんと、生きる理由があって日々を迎えていた。

私の生きる理由とはすなわち、他の人間にとって必要であるということ。ここにいていいと認められることに他ならない。それが確実に、あのときは多数存在していた。

それもまた、幸せではあったのだ。

あれも幸せ、これも幸せ。意外にも幸福は、様々な形で街に溢れている。

……さて。

半分近く食べ進んだところで、『ギアッチョ』さんが首を傾げたようだからそろそろ、感傷はお終いとしよう。

「普通に美味しいけど、仕掛けが分からない」

俺も私も、と声があがる。それはよかった、味が崩れてなくて。

もし一人だけ失敗していたら、この後の空気がさぞ悪くなっただろう。

「……あれ？　なんか入ってる」

一人だけ、分かりやすく仕掛けのあるどんぶりを取っていた『各務原雅明』さんが箸でそれを摘む。どんぶりの底から、その長方形のものをずるずると引きずりだした。

「うわ、なにそれ」

『ギアッチョ』さんがしかめ面になる。『各務原雅明』さんも首を傾げながら、その米の湿気でふやけた茶封筒を表、裏とひっくり返す。それから、中身を確かめた。

「あれ、もしかしてこれ、僕が落としたやつ？　……うわ、お金もそのまま入ってる」

「……え？　その金、なんで……まさか各務原、って」

金額を確かめると、なぜか『河崎』さんも動揺している。『河崎』さんと『各務原雅明』さんの視線がこちらに向けられるのを感じながら、敢えてその封筒の詳細を語ることはしない。偶然の繋がりの中で落とし物が返ってきた、それだけでいいじゃないですか。

「実はですね、そのカツ丼を作った人がそれぞれ違うんです」

「はぁ？」

『ドミノ』さんが箸をどんぶりの底に突っこんだまま疑問の声をあげる。

その疑問は数分以内に氷解して、どんな液体を生むことだろう。

「はい、どうぞ」

パン、と厨房に向けて柏手を打った。

すると出番を待っていたらしく食堂の青年に孫、それと『各務原雅明』さんの彼女が厨房から迅速《じんそく》に姿を現した。彼女の名前は結局聞き忘れた。ぞろぞろと一列に並んで歩いて、驚き顔のオフ会メンバーの元へそれぞれの担当が向かう。

まず一組目、『ギアッチョ』さんの側には店で働く青年。彼には事情を話して今日のことを協力してもらった。この青年になら店を任せられる、と特別に思ったりはしない。

もうここは私の居場所ではない。潰すなり繁栄するなりなんなりと、だ。

「由岐の分は僕が作った。後、他のカツも揚げるとこだけは僕なんだけどね」

「うわー、意外性ねーなー」

「そんな露骨にガッカリされると落ちこみそうだよ」

「露骨にガッカリしたとか思っちゃう静の目に落ちこみそうだよ」

なんだかんだで仲はいいようだ。見ていて微笑ましい、と思える。

さて次。二組目のカップルとなる『河崎』さんの隣には私の孫がいて、肩に腕を載せて、ニヤニヤと笑いかけている。

「いつも出してるのと一緒だった？　いやぁ、童貞にしては素直な褒め言葉じゃない」

「……聞いてたのかよ。やっぱり処女は耳年増《みみどしま》だなぁ」

「うるせぇ童貞。いつも出してるとかそこだけ聞くとよからぬ想像をする癖に」

なんだかんだと高校生らしさはあるようなので、過激な発言は聞き流した。

三組目は『各務原雅明』さんと、その彼女。この組み合わせとは関係が希薄で、話を通すのに一番苦労したが、四日ほど前、彼女と散歩ですれ違ったときに話をする機会を作った。

「初任給が入る前のお祝い。だって、お金入る前に辞めちゃったら祝えないもんね」

「合理的に酷いなぁ、ソウは。でも、ほんとなんでこのお金が入ってたのかなぁ」

……なんだかんだで朗らかに笑っているのでいいんだろう、まぁ多分。

そして残るは、カツ丼のどんぶりを両手で包むようにして持ち上げたまま、一人で眉根を寄せている『ドミノ』さん。これはなにごと、カップル共のじゃれあいになぜ、私が連れだされたの？　といった困惑の表情を私に向けてくる。そろそろいいか。

なにしろ今日のメインなのだから、最後に取っておくに限る。

「『ドミノ』さんのカツ丼を作った人、どうぞ」

司会進行役にでもなったように、厨房の奥へ出番だぞと『彼女』を呼んだ。

その声に一拍置いてから、意を決したように厨房の柱よりその顔をまず覗かせる。

幼い顔立ちと、額にかかる髪の間からこめかみのほくろを私たちの目に晒した。

「あ！」

『ドミノ』さんが椅子を太ももで蹴り飛ばし、背中に鉄の棒でも突っこまれたように凄い勢いで背筋を伸ばして立ち上がる。がたがた、と慌ただしく椅子や私を除けて、前へつんのめるようにしながら店の中央まで移動する。そこで、驚きすぎた『ドミノ』さんは完全に固まってしまう。口はぽっかり開いて塞がらず、どんぶりも手で抱えたままだ。

この登場がよほど意外だったのだろう。この仰天に遭遇したのが私ぐらいの年寄りだったら心臓が止まっていたかもしれない。若い親子の話で助かったと言えよう。

女の子はそんな母親の様子を厨房の入り口で眺めていたが、いつまで経っても反応を見せないので、自分から歩み寄ってきた。狭い歩幅でゆっくりと、母親との距離を詰める。

『ドミノ』さんはむしろ娘から逃げるように足もとがよろけて、後ろへと一歩下がる。声をかけて、それを少し支えてあげた。

「お子さんが家出から無事、帰ってきてよかったですね」

他の三組もさすがに無言になって注目している。ただ女の子と一緒に調理していた人たちは、え、家出の子なの？　といった顔になっていた。ああ、事情を説明するの忘れてた。

いやいや、歳を取ると物忘れが激しくて困る。だがしかし、親が子に十日ぶりに対面して子供の安全が確認されたとき、どういった反応をすればいいかはまだ忘れていない社会常識から察せられるというものだ。

「経緯は後でご説明しますので、今のところは喜んでおいてはいかがでしょう」

そう助言すると、口を開けたままの『ドミノ』さんがかく、かくと下顎を力なく上下させる。まだ唐突すぎて唖然《あぜん》としているようだ。その間、女の子も気まずそうに顔をそらして、手を腰の後ろで組んでいた。その姿勢のまま、口を小さくもごもごと開く。

「カツ丼、作れるようになったの。練習、練習、また練習」

女の子が言うと、『ドミノ』さんは口の中に残っていたカツ丼を呑みこんでから、慎重とも取れる緩慢さで首を縦に振る。それを見て、女の子は言葉を続けた。

「コーチはそのお爺さんがしてくれた。十日ぐらい泊めてもくれたし。あ、誘拐とかじゃないよ。よく分かんないけどお人好しなのよ、そのお爺さん」

女の子に指差される。ご紹介に与《あずか》ったので「ああ、これはどうも、どうもお人好しです」と椅子から腰を浮かせてへこへこと頭を下げた。『ドミノ』さんが私を一瞥する。

目つきはまだ私に対する不審さを伴っていて、恐縮してしまう。女の子のフォローは誘拐という言葉を出したことで、かえって不信感を煽った気がしないでもない。

「あなたが、娘を……じゃあこれは、知ってて？」

オフ会という環境を見渡すように、首を左右に振る。

「はぁまぁ、そうなりますな」

ほっほっほ、と笑って嘘をごまかす。丁度、女の子がそのまま発言を引き継いでくれた。

これで『ドミノ』さんに怒られないで済みそうだ。

「これからは、自分でご飯作るから。色々練習する。お母さんの料理が嫌とかそういうのじゃなくて……なんていうか、自分にもできることがあるっていうのが嬉しいの」

そう言って、照れたようにはにかむ。事情を知る私の顔色を窺って、くすくすと笑った。家出から帰ってきたばかりなのになにを暢気に笑っているんだ、と今までの剣幕で怒りだすかと思いきや、落ち着いた『ドミノ』さんは涙で顔をぐしゅぐしゅにしてしまう。だが涙より、鼻水が今にもどんぶりの中へ垂れそうだった。塩味のバランスが崩壊しかねない、という危機はさておくとしても、この親子はもう大丈夫だろう。

「それと、ごめん。家出、とかして」

「うぅん、お母さんこそごめんね……」

ぐすぐす、と母親が泣いて謝り返している。女の子は、困ったように笑っていた。

「……さて、残るは、と」

『皆さんすいません餌に使いました』と謝罪でもしようと、他の人たちを見渡す。と、それぞれがまた、カツ丼を頬張りながら談笑に興じていた。

皆、もれなく若々しい。私のことなど視界に入っていないように、それぞれがそれぞれの相手と言葉を交わしあっている。オフ会は成功、と言っていいものか。いいのだろうな。

今の私にはこういった相手がいない。友人さえいない。だが、悲観することはない。私にもこういう時代があったのだ。人には平等に老いも、若きもある。

まだまだ輝かしい将来を歩み続けている人たちからそっと距離を取って、息をはく。
ここにいるだれもが、素敵な老人になれることを祈った。
名前も知らない方々と、そして私も含めて。
心から、心から。

エピローグ『What a Day』

八月が終わり、しかし私の生活がなにか変わったかと問われれば、「ぬわぁーんにも」

変わらん。毎日、散歩はするし早寝早起きの生活リズムも代わり映えない。散歩仲間の青年とすれ違う頻度が減って、一層周囲から変化が失われたと言ってもいいぐらいだ。

残り滓《かす》のような余生が、多少の出来事で劇的に変化することはない。変わってもらっては困るのだ。家出少女の件をキッカケとして食堂に復帰して、厨房で包丁を握る毎日……などというものが始まるはずもない。これは私が再起するような物語ではないのだ。

長い長い足踏みを終えて、衰えた足をしかるべき場所へ進めていく。それは再起ではなく、成長だ。私は成長していかなければいけない。子供から大人、そして、老人へ。

衰えを、老いを認めること。そういった成長もある。私は今の自分を肯定しよう。そうすればこんな足腰でも、なにかにしがみつかないでここに立っていられるだろう。

『カツ丼は作れますか？』

ええ、若い人たちが毎日、がんばってくれています。

私は作ってもらう立場にこの夏、ようやく落ち着けたのだと思います。

それを認めると、足はいとも簡単に私を前へ進ませていった。

午後からまた、若い人に私の知っている料理を教えなければいけない。

そして夜、食堂の営業時間が終わってから、娘に会いに行こう。話を、しよう。

劇的ではないが、これぐらいの変化はあってもいいだろう。

今日は久しぶり、と言っても二日ぶりぐらいなのだが、散歩仲間の青年と橋の側ですれ違う。片手をあげて、二人で笑顔を見合わせた。うん、まだまだ生きられる。

お爺さんとすれ違って橋の頂点までのぼって、いつも通りにゲートの陰に座る。そこで僕は、スーパーに勤めて一週間は続いていた筋肉痛からようやく解放された右足を抱き寄せて、立てた膝の上に顎を載せた。休日の散歩の目的地はここに限る。

九月一日だから、学生さんは始業式だろうか。昼前だから、帰りかもしれないな。有料橋を通過する車も台数が増加して、四つあるゲートの内、三つの料金口に百円玉が投げこまれていた。橋と水平に広がるような、高さを感じられない青空には雲が秋の形をまとい始めて、太陽を薄く覆った。

生温く、車の排ガスを巻きこんだ風が横から吹き抜ける。お尻を載せるコンクリートの上は日陰だからか熱くない。また風が吹いて、伸びた横の髪が頬をくすぐった。

まだ夏の景色をそこらかしこに覗かせる橋の頂上で、僕はなにかを考える。考えないときも多々ある。お腹が空いていたら晩ご飯を想像し、眠かったら目を閉じて、悩んでいたらちょっとだけ悩む。そういう雑念がなにもないときだけ、頭を働かせる。

今日は筋肉痛の悩みもなくて、空っぽだった。お腹は空いていたけど、今日の晩ご飯はソウが作るものを数日前から決めていたから想像の余地がない。だからなにを考えよう、とまずそこから思考する。頭を使う癖をつけておかないと、問題に当たったときにただおろおろするだけのやつになる、とスーパーのえらい人に研修で教わった。だから、頭をおろそかにしない。

「んー」

でも特に考えることはないなぁ。愛も祈りもお金も将来も父親もソウのことも、この夏の間に一回は考えてしまった。今のところ、僕が考えたいことなんかなにもない。僕が働きだして、ソウとの生活もしばらく順調ってほどではないが続けられそうだから、それでいいのだと思う。七十年後に地球が終わる恐怖と戦う唯一の方法は、僕にとってソウと一緒にいることなんじゃないか。最近、そう思うようになっていた。で、今年の夏の僕はソウと一緒にいるためになにをすべきか、よーく考えて、ガーッと実行に移した。これ以上、望むものはない。だからめいっぱいの充実感を詰めこんだ頭は、ガリガリとかき氷の機械みたいに回してその充実感を削らなくていいのだ。

ああ、考えることがないなんて、僕はなんて幸せなんだろう。

これからは秋で涼しくもなってくるし、もっと快適になるといいな。

そんなおめでたい僕を祝福するように、けたたましい電子音が鳴る。音の排ガスのようなそれは、携帯電話の着信音だった。ソウかなと思って電話を取りだして確認したけど、別の人の名前が表示されていた。仕事のとき以外に見かけるのは珍しいお名前だ。

なんだろう、と通話ボタンを押して電話を耳もとに添えてから、ぼくに覆い被さろうとするような空を隠す、ゲートの天井を見上げる。

「はい、各務原ですが……」

まさか、また娘が家出したって相談じゃないだろうな。


スーパーの外に慌てて走っていったお母さんを追いかけると、野菜売り場から少し離れた場所で携帯電話を耳に当てていた。腰に手を当てて、ちょっと気取ってる感じだった。

貴婦人、ザマス、足長おばさん。お母さんの後ろ姿を眺めて、意味の分からない三段ドミノを想像してしまう。そんな胸の内も知らずに、お母さんが電話を切った。

「ごめんね、電話するの忘れてたから。それで、お昼ご飯なんだけど」

「自分で作るよ」

やぁ、と本日特売のシールが貼られた、豚カツ用のロース肉が入ったパックを掲げる。これがお得だってことを、従業員の人にも知らせておくって今、電話していたのだ。

「でも子供一人で火を使うのは……うーん。包丁も、こう、手が危険」

「お爺さんが料理を教えに来るから、一人じゃないよ」

「えー、あの人？　うぅん、それも、うぅん……ああ、でも一回改めて、お礼を言わないとダメだしね」

お母さんが首を捻る、目を細める、溜息をつく。始業式の帰りにスーパーへ寄ったら、お母さんは色々と忙しそうだった、お仕事以外で。あと、わたしが昼ご飯を作るのを心配しているみたいだった。この間、カツ丼作ってあげたのに。あとで泣いたくせに。

ちなみにあの後、家に帰ったらわたしは家出した件でお父さんにこっぴどく怒られた。お母さんも泣くのをやめてお説教に荷担して、お小遣いも二ヶ月分減らされて、懐が早々と秋になっていた。そういうわけで、せめてお腹の方は満たさないと。

「本当に大丈夫？」

「大丈夫だって。今日の朝ご飯もわたしが作ったんだよ」

「そうだけど……」

もうわたしは、なにもできない子供ではなくなったのだ。そう主張しても、まだまだ信用されていない。だって子供だから。そこらへん、大人はちょっと頭が堅い。

あのお爺さんは柔らかかったから、ひょっとすると大人じゃないのかも。若い若い。

わたしも竹仲くんとすぐ仲直りできたから、頭は柔らかいってことで。

「無理そうだったらこれ食べなさい」

そう言ってお母さんはお総菜コーナーで販売されていた揚げ物を見繕《みつくろ》って購入して、わたしに渡してきたのだった。ちなみにハムカツだった。……あははは。

買った豚肉とハムカツを抱えて、お母さんと手を振ってからスーパーを出る。外は暑くて、手の中にこもる熱よりもサンサンとわたしに光が注がれる。商品を運んできた大きなトラックがスーパーの駐車場に入って、生暖かい風がこっちにまで来そうだった。

わたしも駐車場を横切って、家まで走りだす。ガチャガチャとランドセルの留め具が跳ねて、心がガサガサ、その音になでられる。だけどそうやって心が荒れて、わたしはむしろ元気にこなくそ、と地面を蹴ることができた。重力がなんじゃー。

お爺さんの代わりに、わたしがこの街でカツ丼を作る。

北本食堂の前を走る道路には黄ばんだ原動機付き自転車が止めてある。

わたしはその横を、ほっぷ、すてっぷ、じゃんぷで悠々追い抜いた。

あまり休んだという実感のない、慌ただしい夏休みだった。肩がこって仕方のない毎日が続いて、夏休み特有の気怠《けだる》さに浸る暇もなかった。一ヶ月以上の時間を空けた教室に行くと、その空気が同級生全体から滲みでていて、苦笑いが漏れた。

夏休み前に原付免許を一緒に取った、下着の透け方にうるさい友人は異様に日焼けしていて、なんか肌から焦げた匂いでもしそうなほどになっていた。やることもない癖になにしてたんだこいつ、と笑ってしまう。逆に俺はヘルメットの顎紐のラインに沿って日に焼けていない部分がある顔を笑われた。お互い、お前なにしてたの？　と質問しあった。

「処女をいじめて遊んでたんだよ」と答えておいてやった。勿論信用は得られなかった。

それから体育館での始業式が終わって解散となり、電車で街に戻る。昼だからがら空きの、ボックスシートの電車に揺られながら、家に帰る前に本屋に寄ろうか少し悩んだ。

「……既視感みたいなものがある」

ということはこの後、俺は出前用のカブを発見するんだろうか。

などとバカらしいことを想像しながら、それでも携帯電話で本日の日付を確認するのであった。九月一日、しっかり夏休みは終了して二学期が始まっていた。……はぁ。

電車から降りて駅の中を歩いていると、だれかが後ろから俺の肩を叩いてきた。というより、自分の肩をぶつけてきたようで骨のぶつかる感触が肩中に放射状に広がった。

地元のワル（今時いるのか？）に因縁でもつけられたかと慌てて振り返ると、そこには花も恥じらう処女がいた。夏休みが終わる前日まで処女と言われて否定していなかったから、まぁまだ多分そうだろう、と思う。かくゆう俺も童貞でね。

「やっ、童貞」

「おっす処女」

二人で相手の脇腹を殴りあった。当然本気じゃないよハハハ。ぐぇ、と二人で舌を出して冗談めかした後、ほんの少しだけ本気にむせる。思いの外、深く入ってしまったようだ。

「女のレバーをえぐるように殴るかな、普通。あんたが童貞な理由丸出しじゃん」

「普通の女は殴る直前に脇しめて拳に捻りをくわえないんだよ。そういう気遣いのなさが処女以外の何者でもないね」

罵っているんだかなんなんだか相手に根拠もない言いがかりをつけて、俺たちは駅

の入り口へ並んで歩く。夏休みが始まる前、北本に童貞呼ばわりされるようになると
は夢にも思わなかった。そして処女呼ばわりが許される間柄にもなるなんて。
「バイトの感想はどうだった？」
駅から一歩外に出た途端、北本がころりと態度を変えて俺の顔を覗いてくる。北本
の耳にかけていた髪が、顔の傾きでさらりと流れる。それをつい目で追って、心臓が
高鳴った。
「まぁ、楽しかったよ。忙しかったけど、色々勉強になった」
「ありきたりなことしか言わないんだね。つまんないやつだなぁ」
やれやれ、と北本が肩をすくめて手のひらを上に向ける。北本がしたり顔で目を閉
じている間、俺は普通にその胸もとを見つめていた。あー、いかんいかん。額を押さ
える。
「でも私、竹仲には感謝してるよ。サンキュー」
バンバンと俺の肩を叩いてくる。でも痛くない。蟬の声も人の足音も、今はただ遠
い。隣にいる同級生に、根こそぎ意識が奪われている。
呼吸より恋を優先しているみたいで、正直、バカみたいだ。いやバカか。
「あのさぁ……」

「なに？」

俺の童貞と同時刻に処女捨てない？　とか言ったらお前、セクハラで訴える？

などと言いだせるはずがなかった。いいんだ、直接的すぎるのは、まだ。

もう少しこの空気を楽しんでいたい。その時間はまだ、俺たちに許されていた。

と、ヘタレを正当化してみる。そういえば、俺と北本は一緒に歩いているけど別に帰る方向が共通しているわけじゃないんだよな。でもまぁ、いいか。

「あ、『ギアッチョ』さんだ」

「え、あの人、外人？　ていうか今なんか言おうとしたのは？」

いつも通りに通路の屋根の下でギターの用意をしている女の人を、二人で指差す。女の人はギターから顔を上げてジロリと睨んできた。俺はそれに愛想笑いを返してから、鞄の中に入れてある財布を取りだした。中にはバイト代の残りがつまっていて、随分重かった。

だからたまには、こういうのもいいだろう。初任給で人に奢るようなものだ。

俺が百円玉を取りだすと、北本もなぜか「おい」自分のじゃなくて俺の財布から百円玉をもう一枚抜き取った。それを指で挟んで掲げて、北本がにんまりと笑う。

「おっぱいを横から眺めた代」

「うわ、伝説の地元のワルに恐喝《きようかつ》された。貴重な体験だなー」

それにどうして分かるんだ。って、ああ、北本が俺の目をじっと見つめてるからか？

うわ、それはそれで恥ずかしいぞ。恥恥。二乗だ。

「うるせぇ、経験のない童貞のくせに」

「お前もだろチョイ悪処女」

「私は経験豊富な処女なのよ」

胸を張って北本が言い切る。その後、恥ずかしくなったのか赤面しだした。経験だと。ていうか経験豊富な処女って、こう、魅惑的な響きがあるような。俺だけか？

「け、経験って？」

「好きな男の子に告白したことがある」

「処女さん、資格詐欺《さぎ》でも始めるんですか？」

あかんわ、俺たち。どっちもダメダメだ、と遠い目になる。

『ギアッチョ』さんの足もとにある空き缶は鮭《さけ》缶のラベルが貼ってあるぼろいやつで小さい。歩きながら正確に投げこむのはなかなか難しそうだった。

……よし、決めた。

一発で綺麗に二枚とも入ったら、今月中に北本に告白しよう。

自称、経験豊富な処女がどんな反応をするか、不安でありながら楽しみでもある。

のどと肩の間の脈拍が劇的に増加して、だけど視界はどこまでも澄み渡る。

『ギアッチョ』さんの前を通る際、俺と北本の手がアンダースローを描く。

二人揃って、百円玉を空き缶めがけて投げこんだ。


ギャーギャーとかしましく青臭い高校生の男女が、その手から銀色を放った。二枚の百円硬貨は空中でぶつかりあいながらも、空き缶の縁の内側に当たって中で跳ねる。空き缶の底で振動でもするように小刻みに揺れていた百円玉が落ち着いてから、アタシは腰に手を当ててそのじゃれあう二人を見送る。うわー、ムカツクー。

まだ演奏も始まってないのに入れるなっつーの。

顔見知り料金に苦い顔となり、でもまぁ仕方ないかと思って肩の力を抜いた。アタシの演奏なんてそんなもんだ。むしろ演奏する前からそのオーラ的なものを評価されてお金が飛びこんできた、とでも前向きに解釈しておこう。ジャカジャン、とギターの弦をなでる。

「しかしアレだね、もう欠片も主人公じゃないね」

同情票を貰い続けてるようなものだもんなぁ、人生そのものが。ある意味それでもこうして二十歳すぎて、大病も患《わずら》わずひもじい思いもせずにのほほんと生きているなんて、この世界っていうのは幸せに溢れているんじゃないかと錯覚してしまう。だけど幸せっていうのは、許す領域を心得ている。アタシに完全無欠のものは運んでこない。

主人公じゃなくて、脇役としてこの街の片隅に置いてくれる。駅と街を行き交う人は昼間少ないけど、通りかかるだれかがきっと、大きな物語の主人公なんだろう。それはさっきの乳繰《ちちく》りあってた高校生かもしれないし、ひょっとしたら身近なところで静かもしれない。アタシはそういう大きなものを占める主人公の側で、こうして音楽をかき鳴らす。

ちゃーらー、へっちゃらー。直撃世代なので、つい口ずさむ歌はそんなのばかり。

「じゃあなんでここで、ギターを弾いてるって話なんだけどね」

いーんだって、夢がここにあるのだから。もしかしたらその内一回ぐらい、主人公やらせてくれるかもしれないよ。人がいる。山ほどいる。小さな街にも朝と夕方は溢れるほどの人がここに集う。その大勢の中でアタシだけが特別となる瞬間が、まばたきをして目を開く度、この世界のどこかにあるんじゃないかって期待する。

アタシは六年間、ここでそんな夢を見てきた。そしてそれを捨てないと誓ったのだから、ギターを片手にアタシは戦い続ける。何年、何十年も？　当たり前でしょ、そんなこと。

アタシの人生はいくつになろうと、まだまだこれからが信条なんで。

取り敢えずは今日の物語を始めよう。そう強く思い、ギターに手を添えた。

今日は最初から、エンディングの曲でいってみよう。


「あ、いたいた。ほんとにいつもいるわよね、あの人」

駅の陰から、女性がギターを弾く姿を覗く人影が言いました。その人影もまた、女性のようです。もう数人の人影が後ろにくっついて、一緒になってギター演奏を覗いています。

「ニートなんですかね」

後ろの人影の、大きなビデオカメラを担いだ男性が女性に話しかけます。

「多分そうでしょ。平日の昼間からあんなことしてるんだし」

「でもなんであの人なんですか？」

「街の変人教えてくださいって匿名《とくめい》装ってネットに書いたら、あの人に言及する書きこみが一番多かったのよ。だからあれが、今週のこの街の有名人に決定」

「ま、めだちますもんね。昔からずーっといますし」

そうそう、と女性が口の中だけで同意します。その女性は地元のテレビ番組に出演しているリポーターで、後ろに控えているのは撮影スタッフのようです。ギターを演奏する女性の一曲目が終わるのを待っているようでした。女性はジッと、その歌に耳を傾けます。

「ギター、あんまり上手くないですね。それにこれ、なんの曲だろ」

「そうね。これは確か、なにかのゲームのエンディングだったと思うわ」

「歌も普通っていうか。肺活量はかなりあるみたいですけど」

「うんうん」

「……なんか真剣に見てますね」

指摘されて、女性がちらりと目だけで振り返ります。それからぼそっと言いました。

「だってなんか、格好いいじゃない」

指摘した男性が最初は目を丸くします。が、次第にその目を遠くにやりながら、どこか浮遊感の伴う言葉でそのギター演奏を評します。

「あー、確かに……なんか、なんですけどね。変人扱いなのも事実だし」

「そうそう、なんか。そして変人」

そう頷く女性の眼差しには偽りではない、確かな憧れがありました。

世界はまだ夏の日溜まりの中にあり、低く流れるように映る滲んだ青空や、蝉の声が街を覆っています。夏の終わりはまだ遠く、その中で熱波と共に響き続ける女性の歌は、どこか停滞した空気を吹き飛ばそうともがくようでした。ただただ、前向きに。

それから数分後、ギターを手離して、ふぅと一息つく女性のもとへ、リポーターを先頭に押しかけます。女性はまだ顔を俯かせて、集団の存在に気づいていないようです。

そしてそのまだ電源の入っていないビデオカメラのレンズが、彼女を捉えます。

彼女だけを、そこに収めます。

「すいませーん、ちょっとお時間よろしいですか？」

「はい？」

「本日は、あなたが主役です！」

あとがき

こんなことがありました。

「すいませーん、口座作りたいんですけどー」

「ありがとうございますー。じゃあこの紙の太枠の中埋めてくださいー」

「はいー」

「……勤務先もお書きくださいー」

「……ありませんー」

「では無職とお書きくだ」以下略。


この作品に限った話ではないですが、物語の舞台には自分の利用していた場所をモデルとしていることが多いです。実家の近所はともかく、岐阜駅や名古屋駅、通っていた大学等の風景はけっこう分かりやすいと思うので、お近くで生活している人は少し探して、「ああ、ここかぁ」と思うのも面白いかもしれません。面白くなかったらごめんなさい。

また登場人物の名前も同様に、地元の地名や利用していた駅名から取ってあることが多いです。これもまた、ちょっと調べれば出てくるのでお近くで以下略。

今回も大変お世話になりました、担当編集の小山《おやま》様と三木《みき》様に現状維持ではない前向きな感謝を。また、今回イラストを担当していただきました宇木《うき》様にも多大な感謝を。

非常に丁寧に仕事をしてくださる校閲の方にも、感謝を。

それと『中国語でちょっとだけはチャイチャイピーって言う』などと即興の嘘を真顔で言いふらす父親と、母親にも感謝以下略。

これを書いているのは三月ですが、来月になったら担当編集さんがもう一名、立候補してくださったそうです。

原稿の打ち合わせで指摘される箇所《かしょ》がもっと増えることに以下略。

お買い上げいただき、本当にありがとうございました。

入間《いるま》人間《ひとま》

入間人間 著作リスト

探偵・花咲太郎は閃かない（メディアワークス文庫）
探偵・花咲太郎は覆さない（同）
六百六十円の事情（同）

嘘つきみーくんと壊れたまーちゃん　幸せの背景は不幸（電撃文庫）
嘘つきみーくんと壊れたまーちゃん2　善意の指針は悪意（同）
嘘つきみーくんと壊れたまーちゃん3　死の礎は生（同）
嘘つきみーくんと壊れたまーちゃん4　絆の支柱は欲望（同）
嘘つきみーくんと壊れたまーちゃん5　欲望の主柱は絆（同）
嘘つきみーくんと壊れたまーちゃん6　嘘の価値は真実（同）
嘘つきみーくんと壊れたまーちゃん7　死後の影響は生前（同）
嘘つきみーくんと壊れたまーちゃん8　日常の価値は非凡（同）
嘘つきみーくんと壊れたまーちゃん9　始まりの未来は終わり（同）
嘘つきみーくんと壊れたまーちゃんi　記憶の形成は作為（同）
電波女と青春男（同）
電波女と青春男②（同）
電波女と青春男③（同）
電波女と青春男④（同）

僕の小規模な奇跡（電撃の単行本）

◇◇メディアワークス文庫

六百六十円《ろっぴゃくろくじゅうえん》の事情《じじょう》

入間人間《いるまひとま》

発行　2010年5月25日　初版発行

発行者　高野 潔
発行所　株式会社アスキー・メディアワークス
〒160-8326　東京都新宿区西新宿4-34-7
電話03-6866-7311（編集）
発売元　株式会社角川グループパブリッシング
〒102-8177　東京都千代田区富士見2-13-3
電話03-3238-8605（営業）
装丁者　渡辺宏一（有限会社ニイナナニイゴオ）
印刷・製本　株式会社暁印刷

Printed in Japan
ISBN978-4-04-868583-2 C0193

アスキー・メディアワークス　http://asciimw.jp/
メディアワークス文庫　http://mwbunko.com/

本書に対するご意見、ご感想をお寄せください。

あて先
〒160-8326　東京都新宿区西新宿4-34-7　株式会社アスキー・メディアワークス
メディアワークス文庫編集部
「入間人間先生」係

発行●アスキー・メディアワークス　な-1-1　ISBN978-4-04-868384-5

舞面《まいつら》真面《まとも》とお面の女

野崎まど

ISBN978-4-04-868581-8

工学部大学院生の青年・真面（まとも）は叔父に呼びだされ山中にある邸宅を訪れることに。そこで『箱』と『石』と『面』に関する謎を解くように頼まれた彼は……？〈メディアワークス文庫賞〉受賞者、野崎まどが放つ怪作!

の-1-2
0029

第16回電撃小説大賞〈メディアワークス文庫賞〉受賞!

【映】アムリタ

野崎まど

ISBN978-4-04-868269-5

天才、最原最早。彼女の作る映像には秘密があった。付き合い始めたばかりの恋人を二週間前に亡くした彼女にスカウトされた二見遭一は、その秘密に迫るが——。芸大の映研を舞台に描かれる、異色の青春ミステリ!

の−1−1
0002

セイジャの式日

柴村仁

ISBN978-4-04-868532-0

かつて彼女と過ごした美術室に、彼は一人で戻ってきた。そこでは、長い髪の女生徒の幽霊が出るという噂が語られていて……。『プシュケの涙』『ハイドラの告白』に続く、不器用な人たちの、不恰好な恋と旅立ちの物語。

し−3−3
0026

メイド・ロード・リロード

北野勇作

ISBN978-4-04-868534-4

売れない作品ばかり発表しているSF作家が、初めてのライトノベルに挑戦することに。意気揚々と編集者との打ち合わせに向かうのだが、そこはなんとメイド喫茶だった……!? SF作家・北野勇作による、妖しくも不可思議な世界。

き-1-1
0028

たんぽぽのまもり人

海嶋　怜

ISBN978-4-04-868533-7

この世のすべての人ひとりひとりに寄り添って生涯を共に歩む、天からの使い——「守護者（ガーディアン）」。初めて女性を担当することになった青年ガーディアンと、彼の側で少しずつ大人になってゆく少女を巡るラブストーリー。

か-3-1
0027